26.09

WALTER BURK
Doppelrolle

MORD IM IDYLL? Wanderer und Krimiautor Roger Marty muss im Berggasthaus ›Staubern‹ im Alpstein ein vermeintliches Verbrechen miterleben. Blutspuren, welche die Wirtin Janine Dietsche am Morgen entdeckt, weisen auf eine Gewalttat hin – doch stammt das Blut wirklich von der vermissten slowakischen Saisonangestellten Valeska Hovorka? Und wo ist Alena Selnická, die ihre Freundin an diesem Wochenende im Alpstein besucht?

Auch nachdem der leitende Ermittler der Innerrhoder Kriminalpolizei, Bruno Fässler, eine Leiche findet, bleibt verborgen, was in der Idylle des Alpsteins wirklich abläuft. Erst Roger Marty, der auf eigene Faust Ermittlungen anstellt, kommt einem Verbrechen auf die Spur, das überhaupt nicht in die Beschaulichkeit der Region passt und in welches nicht nur weitere Personen, sondern auch international tätige Organisationen involviert sind.

Doch welche Rolle spielen Patrik Fricker, Valeskas Freund, und Monika Inauen, Servicemitarbeiterin in den ›Staubern‹ und Verehrerin von Roger Marty, – und auch er selbst – in diesem Fall?

Walter Burk wurde in Horgen am Zürichsee geboren und lebt seit 1979 in der Ostschweiz. Nach über 30 Jahren beruflicher Tätigkeit in der Bildung hat er sich 2010 als Berater für Organisationsentwicklung selbständig gemacht und arbeitet seither auch als Dozent an verschiedenen Fachhochschulen. Als ehemaliger Journalist, Blogschreiber und Redaktor blieb er bis heute seiner Leidenschaft, dem Schreiben, treu.

Seine Verbundenheit zum Alpsteingebirge, sein Interesse an der Diskussion existentieller Fragen des Lebens und Zusammenlebens, an der Auseinandersetzung mit aktuellen gesellschaftlichen Themen, seine Freude an der Vermischung von Realität und Fiktion sowie am Spiel mit der Sprache bilden die Basis für seinen zweiten Kriminalroman ›Doppelrolle‹.

Bisherige Veröffentlichungen im Gmeiner-Verlag:
Doppelbindung (2014)

WALTER BURK

Doppelrolle

Zweiter Teil der Alpsteinkrimi-Trilogie

GMEINER SPANNUNG

Besuchen Sie uns im Internet:
www.gmeiner-verlag.de

Im Ehnried 5, 88605 Meßkirch
Telefon 07575/2095-0
info@gmeiner-verlag.de

1. Auflage 2015

Lektorat: Claudia Senghaas, Kirchardt
Herstellung: Mirjam Hecht
Umschlaggestaltung: U.O.R.G. Lutz Eberle, Stuttgart
unter Verwendung eines Fotos von: © Autor Walter Burk
Druck: GGP Media GmbH, Pößneck
Printed in Germany
ISBN 978-3-8392-1666-8

Personen und Handlung sind frei erfunden.
Ähnlichkeiten mit lebenden oder toten Personen
sind rein zufällig und nicht beabsichtigt.

TEIL 1

SONNTAGMORGEN, MITTE AUGUST, BERGGASTHAUS ›STAUBERN‹ (PROLOG)

Als Roger Marty den Schrei hört, weiß er sofort, was passiert ist.

Er beschleunigt seine Schritte und spürt, dass sein Körper trotz der frühen Morgenstunden bereit ist, die Leistungsbereitschaft zu erhöhen. Der Alkohol des Vorabends, den er während der langen, inspirierenden und schönen Unterhaltung mit Monika konsumiert hat, scheint sich auf seinem Morgenspaziergang verflüchtigt zu haben. Wobei sich Roger durchaus bewusst ist, dass er sich bei dieser Interpretation mehr auf Illusion und Wunschdenken als auf Wissenschaft abstützt. Denn dafür war der Spaziergang zu kurz, der ihn von der Staubernkanzel, wo das Berggasthaus ›Staubern‹ steht, über den Staubernfirst bis zur Gabelung, wo der Weg hinunter ins Rheintal nach Frümsen abzweigt, führte. Und wo – für die meisten Wanderer unbekannt – auf der Nordwestseite noch die Ruine des ersten Berggasthauses ›Staubern‹ steht.

Mehr als Grundmauern, welche durch ein rostiges Blechdach geschützt werden, sind vom Wanderweg auf dem First aus nicht zu erkennen, der Weg zur Ruine ist nur für Eingeweihte zu finden. Wer diesen aber einmal gefunden hat, wird durch eine herrliche Aussicht von dieser kleinen Hochebene aus auf den Säntis, den Sämtisersee mit dem ›Plattenbödeli‹ und auf den Hohen Kasten belohnt. Nur eine kleine, gelbe Tafel neueren Datums mit der Aufschrift ›STAUBEREN 1619 m Staubere‹ deutet noch auf die Geschichte hin, die in diesem Haufen aus Steinen, Balken und Schutt verborgen liegt.

Roger liebt solche Orte, hortet sie als sein ganz persönliches Geheimnis. Orte, die nicht allgemein bekannt sind und zu denen er sich zurückziehen kann, ohne andere Wanderer zu treffen, wo er nur mit sich alleine die Faszination und Ruhe des Alpsteins genießen kann. Noch ist dies möglich, doch der geplante Wiederaufbau des alten Berggasthauses, das dann einen Spaziergang durch die Vergangenheit und Geschichte ermöglichen soll, wird auch diese Oase zum Verschwinden bringen. Bereits wurde von den Besitzern der heutigen ›Staubern‹ ein Gönnerverein gegründet, der dieses Projekt finanzieren soll, und auch erste Pläne eines Architekten für eine mögliche Rekonstruktion liegen vor.

Die letzten Meter zum Berggasthaus legt Roger im Laufschritt zurück, betritt dieses kurz vor halb sieben Uhr durch die Eingangstür auf der Rheintalerseite, durchquert zügigen Schrittes die Gaststube, in welcher Monika, die Servicemitarbeiterin, wie versteinert steht und ihn mit starrem Blick fixiert, und steuert direkt auf die Küche zu. Eher instinktiv als bewusst lässt er Monika einfach stehen und biegt zielstrebig beim Eingang zur Küche direkt links ab zur Treppe, die zum Keller führt.

Die Tür ist offen, im Keller brennt Licht. Roger steigt die Holztreppe hinunter – nichts zu sehen, nichts zu hören. Er biegt links ab, durchquert den ersten Raum, der mit PET-Flaschen und Lebensmittelvorräten gefüllt ist. Auch im nachfolgenden, links liegenden Raum, der schlecht beleuchtet ist und der ebenfalls als Lager für Getränke dient, ist nichts zu erkennen – außer, dass die Verbindungstür zum ›Stübli‹ offen steht. Dieser Raum steht den Gästen für Sitzungen und Seminare zur Verfügung oder einfach auch, um nach der Polizeistunde und dem offiziellen Schluss der Bewirtung im Berggasthaus noch weiterfeiern zu können.

Aus dem Raum strömt der bissige Geruch abgestandenen Rauches – ein untrügliches Zeichen dafür, dass die Gäste gestern Abend die Gelegenheit genutzt haben, dass das ›Stübli‹ vom generellen Rauchverbot im Berggasthaus ausgenommen ist. Roger Marty beugt sich vor und versucht sich einen Überblick zu verschaffen. Im Raum stehen zwei Tische, auf denen noch zahlreiche leere Flaschen und benutzte Gläser stehen, neben den Stühlen bietet eine Eckbank weitere Sitzmöglichkeiten, auf der rechten Seite stehen auf einem kleinen Buffet frische Gläser, Tassen und all das, was die Gäste hier unten noch benötigen könnten, dahinter führt eine weitere Tür ins Freie. Der Raum wird von dem durch die Fenster einfallenden Morgenlicht und von zwei gelblich leuchtenden gläsernen Lampen beleuchtet, welche an Reh- und Hirschgeweihen befestigt sind. An den Wänden hängen eingerahmte Fotos.

Was Roger in diesem Bild stört, ist aber weniger Wirtin Janine Dietsche, die wie versteinert in der Mitte des Raumes steht, als vielmehr ein eingetrockneter, rotbräunlicher Blutstreifen, der sich von der Ablagefläche der Eckbank über diese erstreckt und in einer Blutlache auf dem Boden endet.

AM VORTAG, BERGGASTHAUS ›STAUBERN‹

Monika freut sich sehr, als sie erkennt, dass Roger Marty ins Berggasthaus ›Staubern‹ kommt. Wann hat sie ihn das letzte Mal gesehen? Das muss schon lange her sein. Dem letzten längeren philosophischen Austausch im ›Plattenbödeli‹ vor Jahresfrist folgten einige wenige Kontakte, bevor sie sich aus den Augen verloren.

Denn Monika Inauen hatte nach vier Jahren als Serviceangestellte im Berggasthaus ›Plattenbödeli‹ Lust auf Veränderung verspürt. Nicht primär beruflich, sondern in erster Linie örtlich. Seit 28 Jahren, seit ihrer Geburt, hatte sie ihr Leben in Appenzell Innerrhoden verbracht, blieb ein Leben lang ›an die Scholle gefesselt‹, hatte es nicht geschafft, sich von ihrem Heimatkanton zu lösen.

Der Begriff ›an die Scholle gefesselt‹ hatte Monika schon immer fasziniert, weil sie sich selber so fühlte und sich bisher nicht hatte überwinden können, sich von diesen Fesseln zu lösen. Obschon der Ausdruck ursprünglich einen Fortschritt und etwas Befreiendes beschrieb, beinhaltet er auch etwas Traditionelles, etwas Bindendes. In alten germanischen Gesetzen definierte er, dass der Knecht nicht ein Sklave ist, mit dem der Eigentümer machen kann, was er will, sondern dass der Leibeigene nicht ohne Boden verkauft werden kann und somit dem Grundbesitzer zu folgen hat. Doch erst als die bäuerliche Produktion den Menschen sesshaft machte, fesselte sie ihn wirklich an die Scholle und forderte ihm seine gesamte Arbeitsleistung ab.

Gegen Ende des Vorjahres war für Monika der Zeitpunkt gekommen, sich von ihren Wurzeln und Freunden zu lösen und wegzugehen. Umso mehr, als sich ihre Hoffnungen, dass sich aus der Begegnung mit Peter ›Pit‹ Keller, dem Kriminalpolizisten, den sie Ende der Saison als Gast im ›Plattenbödeli‹ kennenlernt hatte, etwas ergeben würde, nicht erfüllt hatten. Er hatte ihr versprochen, sich wieder bei ihr zu melden. Doch daraus wurde nichts. Und Monika traute sich auch nicht, sich bei ihm zu melden. Das Wissen darüber, dass der Kontakt zu einem Menschen, den man gerne näher kennenlernen würde, möglichst schnell aufgebaut werden muss, da sonst Befürchtungen und Ängste schnell Oberhand gewinnen, nützte ihr dabei wenig. Sie war – und so schätzte sie auch Pit ein – dafür einfach zu zurückhaltend und zu scheu.

»Drei Dinge kann man nicht zurückholen: den Pfeil, der vom Bogen schnellte, das in Hast und Eile gesprochene Wort, die verpasste Gelegenheit«, erinnerte sich Monika an eine Aussage von Hadrat Ali, dem Vetter und Schwiegersohn des Propheten Mohammad. Wie recht er doch hatte!

So hatte sie sich entschieden, ab Jahresbeginn einige Monate im Ausland zu verbringen, bereiste wie so viele ihrer Kolleginnen und Kollegen Australien, ließ sich faszinieren von der Wärme, die trotz anfänglicher Regenzeit herrschte, von der Lockerheit der Australier und von den Möglichkeiten, neue Menschen kennenzulernen. Monika hatte diese Zeit ausgekostet, hatte sich gehen lassen und es genossen, tun und lassen zu können, was und wie es ihr beliebte.

Doch je näher die bereits im Voraus gebuchte Rückreise kam, desto mehr spürte sie auch, dass ihr ›Down Under‹ die Verbindlichkeit und die Sicherheit der Schweiz fehlte, dass sie sich nach ausgeprägten Jahreszeiten, ja auch nach Kälte und Schnee, zurücksehnte. Und nach dem Alpstein –

nach seinen drei Edelsteinen, dem Seealp-, dem Fälen- und dem Sämtisersee – nach den sechs Luftseilbahnen und den 27 Berggasthäusern, nach ausgiebigen Spaziergängen und Bergwanderungen in den Appenzeller Alpen.

So kehrte Monika Ende Juni nach knapp einem halben Jahr auf der südlichen Halbkugel wieder zurück ins beschauliche Appenzellerland, wo sie im Berggasthaus ›Staubern‹ mit ihrer großen Erfahrung als Verstärkung im Team sehr willkommen war. Denn Janine wollte für den erwarteten Ansturm während der Ferienzeit gewappnet sein.

Auf 1.751 Meter über Meer statt auf 1.284 Meter ging es damit für sie weiter in ihrem Beruf, den sie so über alles liebte: die Nähe zur Natur und speziell zu den Bergen, zu *ihrem* Alpstein, der Kontakt zu den Gästen, die Möglichkeit, neue Menschen kennenzulernen und mit ihnen zu kommunizieren, die Arbeit im Team und die Freude darüber, ihren Gästen ihrerseits eine Freude bereiten zu können und Gastgeberin zu sein.

Der Wiedereinstieg fiel ihr leicht – umso mehr, als sie natürlich einen Großteil ihrer Gäste bereits kannte. Denn wer im ›Plattenbödeli‹ verkehrt, ist mit größter Wahrscheinlichkeit auch in den ›Staubern‹ anzutreffen. Wobei im Gegensatz zum ›Plattenbödeli‹, wo vor allem Wanderer und Gäste aus Appenzell und Umgebung auf einen Drink oder zum Essen vorbeikommen, hier dank der Seilbahnverbindung von Frümsen her mehr Gäste aus dem Rheintal auf die Staubern kommen.

Und auch das Pächterehepaar und ihre Kolleginnen waren ihr nicht unbekannt, denn es ist üblich, dass sich die Mitarbeiterinnen und Mitarbeiter benachbarter Berggasthäuser regelmäßig gegenseitig besuchen. So war Monika schon zu ihren ›Plattenbödeli‹-Zeiten oft an einem ihrer freien Tage vom Sämtisersee über die Rainhütte den steilen, aber gut ausgebauten Bergweg zum Staubernfirst aufgestiegen. Aber auch die etwas längeren Varianten Richtung Hoher Kasten und übers Wänneli hinauf auf den Kamm zwischen Kastensattel und Staubernfirst, oder über die Bollenwees und die Saxer Lücke hinauf auf die Staubern hatte sie schon mehrmals gewählt.

Im ›Staubern‹-Team wurde Monika sofort gut aufgenommen, ihre neue Chefin Janine Dietsche und ihr Mann Martin zeigten Monika deutlich, wie froh sie über ihre Verstärkung waren. Das Team umfasst mit dem Besitzerehepaar in Spitzenzeiten zwölf Personen: Jakob, der die betriebseigene Bahn von Frümsen auf die Staubern bedient, die Portugiesinnen Juliana und Edna, welche für die Zimmer und die Wäsche zuständig sind, Daniel, der zusammen mit Martin in der Küche arbeitet sowie Roswitha und – in einem Teilzeitjob – Anna am Buffet. Und dann natürlich die Kolleginnen im Service: Petra, wie Monika waschechte Appenzellerin, Alexandra, die Stadtzürcherin mit ausgeprägter Liebe zur Bergwelt und die Saisonangestellte Valeska Hovorka aus dem ostslowakischen Košice.

Das Team funktioniert gut, so gut wie im Jahr zuvor im ›Plattenbödeli‹, Janine ist ebenso mütterlich besorgt um ihre Mitarbeiterinnen und Mitarbeiter wie damals Fränzi. Mit dem Unterschied, dass ihr im Gegensatz zur alleinstehenden Fränzi mit Martin ein Mann zur Seite steht. Ein Mann, der sehr engagiert ist, immer auch selber zupackt, wenn es notwendig ist, und der permanent an der Weiterentwicklung des Berggasthauses, seiner Infrastruktur und seines Angebotes arbeitet. Und der mit Leidenschaft sein

Ziel, den Betrieb der ›Staubern‹ so ökologisch und nachhaltig wie möglich zu gestalten, verfolgt.

Und dann diese Überraschung, die eigentlich keine war, da sie früher oder später erwartet werden konnte, erwartet werden musste: Roger kommt als Gast in die ›Staubern‹! Monika freut sich sehr, Roger wiederzusehen, die Gespräche mit ihm sind ihr in bester Erinnerung geblieben. Es war die Faszination der Unterhaltungen, in welchen so vieles gesagt, ohne dass es ausgesprochen wurde, in denen so viel Raum für persönliche Interpretation blieb. Und in denen sie so viel von dem, was sie beschäftigte, mitteilen konnte, ohne es anzusprechen. Irgendwie fühlte sie sich von Roger angezogen, genoss es, mit ihm zusammen zu sein und war gleichzeitig nach jedem Treffen zutiefst verunsichert. Verunsichert über das, was sie gesagt hatte, verunsichert über das, was sie von ihm gehört hatte – und verunsichert über ihre Gefühle zu ihm.

Lange hatte sie nach dem letzten ausführlichen Gespräch mit Roger im ›Plattenbödeli‹ darüber nachgedacht, ob und wie sie den Kontakt zu ihm aufrechterhalten könnte. Gerne hätte sie eine längerfristige und engere Beziehung zu ihm aufgebaut, trotz des Altersunterschiedes. Denn obwohl sie auch jüngere Männer attraktiv und interessant findet, fühlt sie sich schon seit längerer Zeit zu reiferen Männern hingezogen – zu Männern, die oft beträchtlich älter sind als sie. Männer, die vom Alter her auch ihre Väter hätten sein können. Wenn sie mit ihren besten Freundinnen darüber spricht, stößt sie meist auf Unverständnis und den Erklärungsversuch, dass dies wohl mit ihrer starken Bindung zu ihrem Vater zusammenhängen würde. Deshalb würde sie einen Partner suchen, der ihrem Vater ähnlich ist, einen Vaterersatz.

Doch für Monika sind es eine gefühlte Seelenverwandtschaft, ihre Ähnlichkeiten in der Art des Denkens, die Tiefe der Gespräche, die Möglichkeit, von seiner Lebenserfahrung zu profitieren und ihre gemeinsame Liebe zur Philosophie, die sie zu Roger hinziehen.

Doch ihre Australienpläne erübrigten weitere Gedanken. Da sie sich keinen zusätzlichen Abschiedsschmerz auferlegen wollte, suchte sie nicht mehr den Kontakt zu Roger, meldete sich auch nicht bei ihm, als sie ›Down Under‹ war und genoss einmal wieder die Spontaneität und Unverbindlichkeit im Kreise ihrer Alterskolleginnen und -kollegen, den Genuss des Moments.

Umso mehr freut sie sich jetzt über das Wiedersehen, welches gleich beim ersten Treffen nach langer Zeit wieder so vertraulich ist, als wären sie immer zusammen gewesen. Schnell tauchen sie wieder ein in philosophische Themen, sprechen über Monikas Veränderungswünsche, tauschen sich über ihre gemeinsam erlebten Erfahrungen und das, was sie zwischenzeitlich alleine oder mit anderen Menschen erlebt haben, aus. Obschon sie als Bauerntochter während ihrer Schulzeit nicht groß auf die Unterstützung ihrer Eltern, welche in der heutigen Zeit wohl als ›bildungsfern‹ bezeichnet würden, zählen konnte, hatte sie im jungen Erwachsenenalter eine spezielle Intelligenz entwickelt. Nicht diese kognitive, verstandesmäßige, an welcher die Kinder in den Schulen gemessen werden, sondern eher eine Lebensintelligenz oder eine gewisse Bauernschläue. Die Intelligenz, sich mit den wirklichen Herausforderungen und Anliegen des Lebens zu befassen, sich mit grundlegenden Themen des Lebens auseinanderzusetzen. So verschlang sie philosophische Bücher und Literatur über Lebensfragen, während sich ihre gleichaltrigen Kolleginnen auf Liebes-, Frauen- und Familienromane oder Sitcoms stürzten.

Monika ist dankbar für die Unterstützung durch Rogers Zuversicht, dass alles gut werde, wenn man geduldig bleibe. Geduld war noch nie ihre Stärke, dessen ist sie sich bewusst. Warten wird für sie oft zur Qual, sie will handeln, will Kontrolle über das haben, was läuft, will auch Einfluss darauf nehmen, *wie* es läuft oder sich entwickelt. »Im Warten lassen wir das, worauf wir warten, offen«, hatte Monika in einem Aufsatz von Wilhelm Höck über Geduld gelesen und wurde sich einmal mehr bewusst, dass sie sich nur ungern damit abfindet, dass auch etwas Unerwartetes eintreffen kann. Deshalb muss sie das Warten in ein Erwarten umwandeln, um damit umgehen zu können.

Wie damals mit Beat.

Beat war Monikas erster Schulschatz gewesen, zaghaft hatten sie gemeinsam ihre ersten Erfahrungen mit dem anderen Geschlecht gemacht, sich geküsst, gestreichelt, gespürt, dass da etwas Neues, bisher Unbekanntes geschah, hatten versucht, die Grenzen auszuloten, was bereits möglich war. Doch wie die meisten Freundschaften in diesem Alter hielt auch diese nicht lange, bald fragte Beat ein anderes Mädchen, ob sie »mit ihm gehen will«, seine Freundin sein wolle. Das war Monikas erste Erfahrung, dass schlankere, hübschere Mädchen mehr Chancen bei Männern haben – eine Erfahrung, die sie ihr ganzes Leben lang begleiteten sollte.

Monika verfolgte Beats Beziehungen aus der Ferne und erlebte, wie er mit einer Frau zusammenzog und über längere Zeit mit dieser zusammenblieb. Monika gab Beat schon beinahe verloren, als er plötzlich wieder allein war, seine Freundin hatte ihn überraschend verlassen. Monika witterte ihre Chance, sah diese aber schnell wieder schwinden, als Beat für längere Zeit in eine Trennungsdepression abtauchte und sich zurückzog, kaum mehr unter Menschen anzutreffen war. Erst als seine Freunde alles daran setzten, ihn aus diesem Tief herauszuholen, kam auch Monika wieder in Kontakt mit ihm. Nicht wirklich intensiv und nahe, aber immerhin tauchte Beat ab und zu wieder im ›Plattenbödeli‹ auf.

Auch so an einem Nachmittag, als er, wie sich schnell herausstellte, wegen Monikas neuer, jungen und hübschen Kollegin zusammen mit seinen Freunden den halbstündigen Aufstieg durchs Brüeltobel auf sich genommen hatte. Und damit hatte sich auch Monikas Versuch, Beat zurückzugewinnen, bereits wieder erledigt. Beat hatte fortan nur noch Augen für die andere, nahm Monika noch weniger wahr als zuvor.

Monika hatte ihre neue Kollegin in ihren Freundeskreis eingeführt, war viel mit ihr unterwegs, hatte mit ihr eine Menge Spaß. Doch als diese mit Beat zusammenkam, verlor sie nicht nur ihren Wunschpartner Beat, sondern auch eine Freundin. Und wurde sich einmal mehr bewusst, dass sie als stämmige und kräftig gebaute Bauerntochter bei Männern keine Chance hatte gegen so grazile und hübsche Frauen, wie ihre Kollegin eine war.

Obwohl sie alles unternommen hatte, um das Warten auf Beat in eine konkrete Erwartung umzuformen, war alles missglückt. Monika war enttäuscht, wurde sich aber sehr schnell bewusst, dass sie weiterhin den Lauf der Dinge mitbestimmen musste, um zu dem zu kommen, was sie sich immer schon so sehnlichst gewünscht hatte.

Und diesem Grundsatz will sie auch in Bezug auf Roger treu bleiben.

SONNTAGMORGEN, MITTE AUGUST, BERGGASTHAUS ›STAUBERN‹

Im ersten Moment ist auch Roger sprach- und fassungslos. Doch schnell findet er zurück in seinen vermutlich angeborenen Forscherinstinkt, der ihm schon so oft in seinem Leben – und vor allem in jüngster Vergangenheit – geholfen hat, Neues und für ihn Bedeutendes und Wichtiges zu entdecken.

»Gibt es Spuren zu der Lei…, ich meine zu dem Verletzten? Von wem könnte das Blut stammen, was ist hier wohl geschehen?« Die Fragen sprudeln aus Roger heraus, ohne jedoch von jemandem beantwortet zu werden. Janine steht nach wie vor wie angewurzelt im Raum und fixiert mit starrem Blick die Blutspur. Roger eilt zu ihr, packt sie von hinten an den Schultern, schüttelt sie sanft und versucht, sie wieder in die Realität zurückzuholen: »Janine, verstehst du mich, Janine, sag was, komm, wir müssen jetzt was tun, ich brauche deine Hilfe!«

»Blut …, Blut, überall, was ist hier geschehen?«, stammelt die Wirtin. Und wird sich gleichzeitig langsam bewusst, dass hier etwas geschehen sein muss, was ihr Leben und das Leben hier oben auf den Staubern nachhaltig verändern wird. »Ja, von wem stammen diese Blutspuren, wo ist diese Person? Was …, wer …, wo …? Was sollen wir jetzt machen?«, fragt Janine, und wendet sich langsam Roger zu.

»Die Polizei rufen, nichts berühren, alles absichern, schauen, dass keine Gäste hier runterkommen … und den Betrieb sicherstellen«, tönt es aus der Tür, durch die eben Monika ins ›Stübli‹ eingetreten ist. Roger schaut sie ungläubig an, ist erstaunt, wie schnell sie sich aus ihrer Starre, die er kurz zuvor im Vorbeigehen bemerkt hat, lösen und in diese Sachlichkeit wechseln konnte.

»Monika, alles in Ordnung, geht es dir gut?«

»Nein, nicht wirklich … Aber es nützt jetzt nichts, dass wir uns darüber unterhalten, wie es uns geht, wir müssen handeln«, antwortet Monika forsch. Ihre Augen haben von dem starren Blick in einen gewechselt, der Entschlossenheit und Zielstrebigkeit zeigt.

Janine schweigt einige Sekunden, scheint zu überlegen, wendet sich dann ruckartig zu Monika und fragt bestimmt: »Wo sind die anderen, wo sind die anderen Mädchen, Petra, Alexandra, Valeska? Monika, geh hinauf und schau nach, wo sie sind!«

»Janine, Petra kommt erst um halb acht Uhr mit der Bahn hoch, Alexandra am Nachmittag, Valeska ist noch im Zimmer, sie soll um sieben beginnen, das war so vereinbart«, versucht Monika ihre Chefin zu beruhigen.

»Langsam Janine, nur nichts überstürzen, lass uns zuerst mal kurz überlegen, was wir tun sollen. Bevor wir mit unüberlegten Handlungen etwas auslösen, was wir nicht wollen … Und dass wir hier oben nicht eine Panik auslösen, die das, was geschehen ist, unkontrollierbar macht«, interveniert Roger.

»Monika hat es bereits angedeutet, wir müssen hier unten die Situation ›einfrieren‹, nichts darf verändert werden, keine möglichen Spuren dürfen verwischt werden. Und niemand sonst außer uns darf diesen Raum betreten. Dann gilt es, oben den normalen Betrieb so gut wie möglich aufrechtzuerhalten, schon bald werden die ersten Gäste ihr Frühstück verlangen, dieses muss dann bereit sein. Das heißt, Monika geht hinauf und weist ihre Kollegin auf die besondere Situation hin, zu der sie aber im Moment nicht mehr sagen kann, garantiert den Frühstücksservice, und wir, Janine und ich, bleiben hier, rufen die Polizei und weisen diese hier ein«, schlägt Roger vor.

»Doch welche Polizei sollen wir rufen? Unser Berggasthaus steht auf Appenzell Innerrhoder Boden, die Bergstation der Seilbahn auf St. Galler Kantonsgebiet. Wer ist denn nun zuständig?«, fragt Janine Dietsche.

Roger wechselt einen kurzen Blick mit Monika, worauf beide wie aus einem Mund antworten: »Appenzell Innerrhoden, Leutnant Bruno Fässler, Leiter der Kriminalpolizei.« »Was nicht nur damit zu tun hat, dass der vermeintliche Tatort, das ›Stübli‹, auf Appenzeller Kantonsgebiet liegt, die Grenze verläuft ja genaugenommen schon kurz nach dem Eingang quer durch die Gaststube«, ergänzt Roger, »es geht vielmehr um die Erfahrung, die Fässler mitbringt. Und da seine Schwester ja das ›Plattenbödeli‹ führt, weiss er auch, was so ein Vorfall für ein Berggasthaus bedeuten kann.«

»Wobei wir ja noch nicht wissen, was hier wirklich geschehen ist«, wirft Monika ein.

»Monika, es ist jetzt bald Viertel vor sieben, geh hinauf und sieh zu, dass das Frühstücksbuffet bereit ist und reibungslos abläuft. Du Janine, rufst Bruno Fässler an, am besten über seine Schwester – es ist ja Sonntag, und Fässler wird wohl nur zuhause erreichbar sein … Er soll so schnell wie möglich mit seinen Leuten hier raufkommen, wohl am besten über Frümsen mit der Seilbahn, alles andere dauert zu lange. Brülisau – Plattenbödeli – Rainhütte oder Brülisau – Hoher Kasten – Staubernfirst beinhalten lange Fußwege, das geht nicht mit dem Material, welches sie mitnehmen müssen. Ich gehe schnell in mein Zimmer und hole meine Kamera, damit ich den jetzigen Zustand festhalten kann. Nicht, dass dann jemand auf die Idee kommt, wir hätten etwas verändert.«

Roger ist in seinem Element, dirigiert, koordiniert, scheint der Einzige zu sein, der trotz der speziellen Situation den Überblick behält. »Und, Janine, instruier dein Personal, dass niemand den Keller betritt – und den Seiteneingang zum ›Stübli‹ schließen wir ab, damit nicht noch jemand zufällig hier reinkommt.«

Die drei schwärmen aus, wissen, was sie zu tun haben, folgen ohne Widerrede Rogers Anweisungen. Janine geht nach oben in die Küche, wo bereits auch Daniel vor dem Herd steht und die warmen und heißen Speisen des Frühstücksbuffets vorbereitet: Rührei, gebratenen Speck, Siedwürste, Rösti. Da sein Chef, Martin, gestern bis spät in den Abend noch in der Küche stand, hat er die Frühschicht übernommen. »Dani, unten im ›Stübli‹ ist etwas passiert, wir wissen noch nicht genau was, ich muss die Polizei rufen, schau du, dass niemand in den Keller geht und dass die Gäste ihr Frühstück bekommen, als wäre nichts geschehen.« Noch bevor Daniel etwas sagen, geschweige denn eine Frage stellen kann, fügt sie an: »Ich muss jetzt sofort Martin wecken, ich brauche seine Hilfe.«

Roger ist unterdessen mit der Kamera, die er aus seinem Zimmer geholt hat, wieder im ›Stübli‹ und fotografiert alle Details, die aus seiner Sicht wichtig sein könnten. Er fotografiert zuerst den ganzen Raum aus verschiedenen Perspektiven, geht dann auf Details ein. Auf die Tische, auf denen noch gebrauchte Gläser und leere Flaschen des Vorabends stehen, schießt auch Bilder des mit Zigaretten- und Zigarrenstummeln gefüllten Aschenbechers, dann die

Sitz- und Ablageflächen, die Wände mit den Bildern, die Lampen, die Fenster und Türen. Zu guter Letzt hält er die Blutspur in mehreren Bildern fest, jeden Abschnitt im Detail, in Nahaufnahmen. So engagiert er sich diesen detaillierten Bestandsaufnahmen des vermutlichen Tatortes widmet, so sicher ist er sich, dass diese Aufnahmen vor allem ihm, und weniger – falls überhaupt – der Polizei dienen werden.

Monika arbeitet unterdessen wieder in der Gaststube, wo sie das Frühstücksbuffet weiter herrichtet. Immer wieder schaut sie nervös auf ihre Uhr, bis sie es zwei Minuten vor 7 Uhr nicht mehr aushält. Sie stürmt in die Küche und fordert Daniel auf, sofort mit ihr zu kommen: »Daniel, komm, wir schauen nach, wo Valeska bleibt. Ich brauche deine Unterstützung, du musst mich begleiten!« Monika und Daniel steigen in den zweiten Stock hinauf, wo sich neben dem Fünfer- und Zehnerzimmer auch die Personalzimmer befinden, versuchen leise zu sein, um die Gäste nicht zu wecken. Monika klopft vorsichtig an die Tür von Valeskas Zimmer. Keine Antwort, nichts regt sich. Monika klopft noch einmal, wartet, drückt dann vorsichtig die Klinke runter und öffnet die Tür einen kleinen Spalt: »Valeska, hallo, Valeska, bist du wach?« Als sich noch immer nichts und niemand regt, öffnet sie die Tür etwas weiter und tritt ins Zimmer ein.

Daniel folgt ihr mit kleinem Abstand, wirft einen Blick über Monikas Schulter in den Raum. Das Zimmer ist leer und das unberührte Bett weist darauf hin, dass niemand diese Nacht hier verbracht hat. Plötzlich beginnt Monika vor ihm zu wanken. Daniel sieht noch, wie sie sich zu ihm dreht und den Mund aufreißt. Doch der Schrei bleibt lautlos, die ausgestoßene Luft erreicht die Stimmbänder nicht mehr. Denn obwohl Monika versucht, sich mit einem kleinen Schritt zur Seite aufzufangen, kann sie sich nicht mehr kontrollieren. Wie ein umstürzender Baum fällt Monika vor ihm in einer leichten Rotation der Länge nach hin, ohne irgendwelche Abwehr- oder Schutzreaktionen, ihr Kopf schlägt hart seitlich auf der Bettkante auf, die Haut platzt und Blut fließt aus der gesamten Länge des Risses der Wunde. Alles geht so schnell und passiert so überraschend, dass Daniel ohne Chance bleibt, helfend einzugreifen.

Als Monika nur wenige Sekunden später wieder zu sich kommt, blickt sie in Daniels Gesicht, der sich über sie gebeugt hat. Reflexartig greift sie mit der rechten Hand an ihren Kopf, spürt etwas Warmes und Feuchtes und sieht, als sie ihre Finger zurückzieht, dass diese voll Blut sind. »Was ist passiert, was ist geschehen? Ich wollte doch … Wo ist Valeska?«

»Ruhig Monika, bleib liegen, ich hole Hilfe. Hier, nimm mein Taschentuch, es ist sauber, und presse dieses gegen die Wunde, ich bin gleich wieder zurück«, versucht Daniel, Monika zu beruhigen. Da bereits ein Gast den Kopf zur Tür reinsteckt und fragt, ob er helfen könne, bittet er diesen, kurz bei Monika zu bleiben und eilt hinunter in die Gaststube.

Und noch bevor Daniel diese erreicht, steigt in ihm eine Vermutung hoch, die Monikas Ohnmacht erklären könnte: Das, was unten im ›Stübli‹ passiert ist, hängt mit der Beantwortung der Frage zusammen, wo Valeska ist.

DREI MONATE ZUVOR, KOŠICE, OSTSLOWAKEI

Valeska macht sich auf in die Stadt. Noch einmal will sie sich mit ihrer besten Freundin und Studienkollegin Alena treffen, bevor es dann für längere Zeit in die Schweiz geht. Sie verlässt ihre kleine Einzimmerwohnung in einem dieser großen und auch für Valeskas Empfinden hässlichen Wohnblöcke mit acht Stockwerken und zwölf Wohnungen pro Etage nahe des Stadtzentrums. Wie in vielen Ballungszentren des ehemaligen Ostblocks prägen diese Plattenbausiedlungen um die Altstadt herum auch in Košice das Stadtbild.

Nachdem sich in den Sechzigerjahren Industriebetriebe in Košice angesiedelt hatten, explodierte die Einwohnerzahl förmlich. Aus dem beschaulichen Städtchen mit 60.000 Einwohnern wurde in zehn Jahren eine Stadt mit über 140.000 Einwohnern, zehn Jahre später waren es über 200.000. Heute ist Košice mit 240.000 Einwohnern nach Bratislava die zweitgrößte Stadt der Slowakei, die jedoch mit gut 20 Kilometern zur ungarischen oder 100 Kilometern zur ukrainischen Grenze wesentlich näher bei ihren Nachbarländern liegt als bei ihrer 450 Kilometer entfernten Hauptstadt.

Hässlich erscheint der Wohnblock Valeska auch deshalb, weil alle Bewohner ihre Balkone individuell zu gestalten versuchen – so sieht das Haus von der Toryská her gesehen, der Straße, die von Westen ins Stadtzentrum führt, wie ein buntes Flickwerk aus.

Da es nur knapp zwei Kilometer bis zum Treffpunkt sind, entschließt sich Valeska, den Weg zu Fuß zu gehen.

Nur kurz muss sie der stark befahrenen Toryská folgen, denn schon bald kann sie links abbiegen und gelangt über eine nur schwach besiedelte Grünzone auf die Floriánska, welche in die Šrobárova, später in die Alžbetina und schließlich in die Hlavná mündet, welche zum Dóm svätej Alžbety, dem Dom der heiligen Elisabeth, führt.

Valeska hat diesen Treffpunkt bewusst gewählt – erstens, weil jede Slowakin und jeder Slowake den größten Dom des Landes und das Wahrzeichen von Košice kennt; zweitens, weil sie diesen noch einmal aus nächster Nähe sehen will. Und als gläubige Christin lässt sie es sich auch nicht nehmen, die Zeit bis zum Eintreffen von Alena für ein kurzes Gebet im mächtigen Hauptschiff des fünfschiffigen Doms zu nutzen. Sie kniet sich in einer Bank nieder, den Blick auf den Elisabeth-Altar gerichtet, den Hauptaltar der heiligen Elisabeth mit seinen 48 gotischen Tafelgemälden und der Statue von Maria mit Jesuskind in der Mitte, und betet. Valeska bittet um Kraft für ihre neue Aufgabe, die sie erwartet, aber auch für Schutz in einem fremden Land fernab der Heimat.

Valeska ist unsicher, obschon ihr Vorname eigentlich ›die Starke‹ bedeutet. Ein wichtiger Schritt in ihrem Leben steht ihr bevor – beziehungsweise hat sie diesen bereits vollzogen: Ab- oder zumindest Unterbruch des Studiums. Vier Jahre, acht Semester Zahnmedizin hat sie an der ›Pavol Josef Safárik‹-Universität absolviert, doch jetzt ist ihr sprichwörtlich die Luft ausgegangen. Einerseits in finanzieller Hinsicht, denn trotz regelmäßiger Arbeitseinsätze während der Semesterferien reicht das Geld einfach nicht für die Studiengebühren und die Lebenshaltungskosten. Und von ihren Eltern, die aus einfachen Verhältnissen stammen und selber nur mit Mühe über die Runden kommen, kann und will sie keine Unterstützung erhalten. Andererseits aber auch, weil sie, je länger sie studiert, umso unsicherer geworden ist, ob sie mit Zahnmedizin wirklich die richtige Wahl getroffen hat.

Denn eigentlich hatte sie nach den vier Jahren im Gymnasium noch keine Vorstellung davon, was sie einmal ein Leben lang oder mindestens eine längere Zeit arbeiten wollte. Ihre Eltern drängten sie dazu, zu studieren. Sie wollten ihrer Tochter, die kurz nach der ›Samtenen Revolution‹ im Jahre 1989 – dem gewaltfreien Wechsel zur Demokratie – zur Welt gekommen war, eine bessere Zukunft und ein Leben im Wohlstand ermöglichen. Was sie aber nicht erkannten, war, dass diese Generation der ›Samtkinder‹ an ihren eigenen Erwartungen und dem Druck des ökonomischen Regimes, welches dem politisch diktatorischen folgte, zerbrach.

Trotzdem wählte Valeska wie sechzig Prozent der Schulabgänger den Weg an die Universität, obwohl sie wusste, dass neunzig Prozent der Abgänger ohne Job dastehen. Und die neu vom Staat eingeführten und subventionierten Absolventenpraktika für Jungakademiker in Unternehmen bieten mit einem Monatslohn von 190 Euro auch keine wirkliche Perspektive.

Deshalb fokussierte sich Valeska bei ihrer Studienwahl auf eine Richtung, welche wenigstens im nahen Ausland anerkannt ist und für die Zukunft eine gute Perspektive bietet. Obwohl der amerikanische Stahlkonzern U.S. Steel mit 16.000 Angestellten der größte Arbeitgeber der Stadt ist und bei diesem immer wieder interessante Kaderstellen zu besetzen sind, konnte sie sich nicht für eine technische Richtung begeistern. Und da im benachbarten Ungarn in der Zahnmedizin wegen des wachsenden Medizintourismus immer neue Fachkräfte gesucht werden, entschied sich Valeska für diese Richtung. Doch schon bald merkte sie, dass die Qual vor der Wahl nur durch die Qual nach der Wahl abgelöst wurde: »Bin ich hier am richtigen Ort?«

So versuchte sie schon vor einem Jahr, eine Stelle im Ausland zu finden – einfach mal weg aus Košice, weg aus der Slowakei, in den Westen Europas, von dem man hört, dass dort viel mehr Geld zu verdienen sei. Dass sie dafür wie auch hier arbeiten muss, ist ihr klar, zum Arbeiten ist sie sich wie viele ihrer Landsfrauen nicht zu schade. Doch hier sind die Perspektiven schlecht. Denn obwohl die Arbeitslosenquote des Landes mit gut 14 Prozent noch unter der des Gesamtdurchschnitts des europäischen Raums liegt, steigt diese, je weiter man in den Osten der Slowakei und damit in die Region um Košice kommt, auf über 22 Prozent. Die Arbeitslosenquote für die 15- bis 24-Jährigen liegt gar bei beinahe 38 Prozent, und eine wesentliche Verbesserung ist nicht in Sicht.

Einige ihrer Kolleginnen aus der Schulzeit arbeiten schon länger in landwirtschaftlichen Betrieben in der Schweiz, vor allem im Ostzipfel dieses kleinen Landes, das in Europa wirtschaftlich und politisch noch immer eine Sonderstellung einnimmt. Ihre Kolleginnen pflanzen Salate und Gemüse an, pflücken Äpfel, Erdbeeren und andere Früchte – meist nur in den Sommermonaten, dann kehren sie wieder zurück. Sie leben in einfachen Verhältnissen, in großen Gruppen in kleinen Wohnungen, zusammen mit Frauen und Männern aus Polen und Tschechien, die wie sie aus der Slowakei in diesen Betrieben als Arbeitskräfte gerne aufgenommen werden. Sie sind genüg- und arbeitsam, arbeiten oft über achtzig Stunden die Woche. Und nicht selten sind Studierte oder

Studierende dabei, die solche Arbeiten verrichten, um zu Geld zu kommen. Denn mit dem im Ausland hart verdienten Lohn – rund 1.600 Euro netto gegenüber einem durchschnittlichen Monatseinkommen von rund 400 Euro in der Ostslowakei – lässt sich dann zu Hause eine Zeit lang gut leben.

Doch Valeska will nicht in die Landwirtschaft. Nicht wegen der großen körperlichen Belastung, aber sie will auch bei der Arbeit unter Menschen sein, sich mit diesen unterhalten, mit ihnen reden. »Du machst deinem Namen wirklich Ehre«, muss sie sich oft von ihren Freundinnen sagen lassen. Denn ihr Familienname ›Hovorka‹ bezeichnet eine sehr gesprächige Person.

Über eine Agentur, welche osteuropäische Arbeitskräfte nach Deutschland, Österreich und in die Schweiz vermittelt, suchte sie eine Stelle in einem Restaurant oder Hotel. Doch im April waren die meisten Stellen bereits weg, und als dann doch noch eine auftauchte, für die sie sich melden konnte, hieß es, dass diese soeben vergeben worden sei. Eine Stelle in einem Berggasthaus in der Schweiz, im Appenzellerland, ganz in der Nähe von Appenzell – das wäre das gewesen, was sie sich vorgestellt hatte. Im Internet hatte sie sich in einem Filmportrait das Gasthaus angeschaut, wunderschön gelegen, auf einer Waldlichtung und auf einer Hochebene, nahe an einem kleinen See und mitten in einem beeindruckenden Gebirge. ›Plattenbödeli‹, diesen Namen hatte sie sich trotz der für sie ungewohnten Konsonanten gemerkt und gehofft, dass sich ihr vielleicht ein Jahr später diese Gelegenheit nochmals bieten würde.

Noch im letzten Jahr war sie im ersten Bewerbungsgespräch bei dieser Agentur gescheitert, hatte aber ihre Unterlagen dort hinterlegt und mit Nachdruck darauf hingewiesen, dass sie sehr, ja, sehr an einer Stelle in diesem Berggasthaus interessiert sei. Oder, wenn dort keine Stelle frei sei, in einem anderen der scheinbar zahlreichen Berggasthäuser dieser Region.

Und nun hat es geklappt: In den ›Staubern‹, etwas höher gelegen als das ›Plattenbödeli‹, aber in Sichtweite zu diesem, wird sie nächste Woche ihre Saisonstelle im Service beginnen. Valeska freut sich auf diese neue Herausforderung, wenn auch eine gewisse Unsicherheit bleibt, die sie nun mit ihrem Gebet im Dom zu verdrängen versucht.

Draußen wartet bereits Alena. »Was hast du denn im Dom gemacht, Valeska?«, fragt sie, noch bevor sie ihre Freundin begrüßt. »Gebetet«, lautet Valeskas knappe und klare Antwort, die Alena hindert, weiter nachzufragen.

Die beiden Freundinnen schlendern die ›Hlavná ulica‹ auf und ab, die Fußgängerzone, in der es neben zahlreichen kleinen Läden auch mehrere Cafés und kleine Restaurants gibt. Die ›Hlavná ulica‹ ist die Hauptstraße und der eigentliche Kern von Košice, die sich in der Mitte linsenförmig zu einem Platz öffnet, südlich am ›Námestie osloboditeľov‹, dem ›Befreierplatz‹, und nördlich am ›Námestie Maratónu mieru‹, dem ›Friedensmarathon‹, in einer Kreuzung endet. Dazwischen liegen alle wichtigen Denkmäler von Košice, die Michaeliskapelle, der Urbanturm, das historische Theater und auch der hochgotische Elisabeth-Dom.

Im ›Carpano‹, unmittelbar neben dem Dom, gönnen sich die beiden nach dem kurzen Spaziergang einen Kaffee. Sie sitzen draußen, obwohl es erst Anfang Mai, am späteren Nachmittag und noch relativ kühl ist. »Wie geht es dir, so kurz vor der Abreise«, will Alena nun endlich von ihrer Freundin wissen, nachdem sie sich während des gemeinsamen Spazierganges nur über Belangloses unterhalten haben.

»Freude, Spannung, Unsicherheit, vielleicht gar etwas Angst – alles kommt im Moment zusammen. Ich weiß nicht genau, was mich erwartet, ob ich die Erwartungen meiner neuen Arbeitgeber erfüllen und die für mich ungewohnte Arbeit bewältigen kann, wie ich den Abschied von Košice und meinen Freunden verkrafte, ob ich es aushalte, so lange von zu Hause weg zu sein. Ich war ja noch nie länger an einem anderen Ort«, sprudelt es aus Valeska heraus.

»Auch wenn ich dich natürlich sehr vermissen werde – ich denke, du hast riesiges Glück, dass sich dir mit 22 Jahren bereits eine solche Chance bietet und du diese packst«, versucht Alena sie zu beruhigen. »Hier geht es ja nicht wirklich vorwärts, ich weiß auch noch nicht, ob ich während der Semesterferien einen Job finde werde. Denn im Moment spüre ich noch nicht viel davon, dass Košice wie Marseille Kulturhauptstadt Europas ist. Das Einzige, das offensichtlich auf diesen Status hinweist, sind die farbigen Prismen, welche das Logo der Kulturhauptstadt repräsentieren und die überall in der Stadt aufgestellt sind. Und auch wenn einiges erneuert und verbessert wurde, scheinen bis heute noch nicht wirklich mehr Touristen hierherzukommen.«

»Ja, das spüre ich auch, deshalb fiel mir die Entscheidung auch leicht, es dieses Jahr nochmals zu versuchen«, bestätigt Valeska, »und nun hat es ja endlich geklappt. Zum Glück habe ich im Moment keinen Freund, das würde das Ganze noch schwieriger machen. Denn es ist ja schon schwer genug, alles zurückzulassen, dich, meine Eltern, all meine Freunde.«

»Das ist vielleicht *die* Chance! Wer weiß, vielleicht lernst du ja in der Schweiz jemanden kennen und kannst dortbleiben. Und mit der Arbeit im Service verdienst du wahrscheinlich gleich viel, wenn nicht noch mehr, wie wenn du dein Studium abschließen und hier oder in Ungarn arbeiten würdest. Und eines verspreche ich dir: ich werde dich im August in der Schweiz besuchen kommen!«

»Das wäre natürlich super! Da hast du recht, ich lass es einfach mal auf mich zukommen! Was meinst du, sollen wir noch ins ›Camelot‹ gehen, ich habe Hunger und nochmals extrem Lust auf böhmische Küche, auf eine richtige Haxe«, lacht Valeska.

»Ja, lass uns gehen, gute Idee. Das ›Camelot‹ ist ja wirklich der beste Ort für Haxen hier in der Stadt!« »Und für die Männer der wohlriechendste Ort, um das viele Bier abzulassen – denn wo sonst pinkeln sie im Pissoir auf Orangen- und Grapefruitschnitze!«, fügt Alena an, worauf beide in ein lautes Lachen fallen.

Das ›Camelot‹ liegt in einer Quergasse der ›Hlavná ulica‹, in der Nähe des Domes. Die mit großen Natursteinen gepflasterte Gasse fällt sofort auf, steht doch an deren Ende eine schöne, kleine, weiße Kirche. Und auch das ›Camelot‹, welches auf der rechten Seite der Kirche in der Ecke eines beigen Gebäudes untergebracht ist, ist nicht zu übersehen: Vor dem Restaurant stehen große Bierfässer, die zu Stehtischen umfunktioniert wurden und darauf hinweisen, welches Getränk hier bevorzugt getrunken wird.

Valeska und Alena betreten das Lokal, das bereits gut besetzt ist und aus dem eine Geruchsmischung aus Bier, gegrilltem Fleisch und Rauch strömt. Dass im ›Camelot‹ noch immer geraucht wird, hält niemanden davon ab, dort die Spezialitäten der böhmischen Küche und ein Pilsner Urquell zu genießen. Die beiden jungen Frauen schauen zuerst in die beiden großen und länglichen Zimmer auf der linken Seite hinein, doch sind diese schon voll besetzt. So versuchen sie es in der Gaststube zur rechten, die Weinstube im Untergeschoss wäre für die beiden, die Bier bevorzugen, höchstens eine Notlösung.

Der Kellner empfängt sie herzlich: »Zwei Personen, keine Reservation, vermute ich mal. Kein Problem, hier gleich in der Ecke ist noch Platz.«

Umrahmt von Vitrinen mit ›Pilsner Urquell‹-Originalgläsern, welche die Geschichte der traditionellen, seit 1842 im tschechischen Pilsen gebrauten Biersorte präsentieren, sitzen Valeska und Alena vor ihren Halbliterkrügen Bier und warten auf den kulinarischen Höhepunkt, die Haxe. Ein Teller mit einer kleinen Vorspeise steht bereits vor ihnen – eine deftige Wurst, Schafskäse, Saures, Zwiebeln und Brot – Produkte aus der typisch slowakischen und ursprünglich nahrhaften, aber kargen Küche, die aufgrund der rauen Bedingungen in den Bergen entstanden ist. Über ihren Köpfen hängen ein Mannschaftsfoto, ein Ball und ein T-Shirt der ›Hornets‹, einem Wasserballteam aus Košice.

»Valeska, warum hat es denn dieses Jahr geklappt? Letztes Jahr hast du ja keine Stelle erhalten.« Alena ist neugierig, spielt sie doch auch selbst mit dem Gedanken, irgendwann während einer Sommersaison in der Schweiz zu arbeiten.

»Letztes Jahr war ich einfach zu spät und hatte Pech, dass mir eine andere Bewerberin vorgezogen wurde. Die offizielle Begründung war das Alter, sie war, glaube ich, aber nur zwei Jahre älter als ich. Und dass sich die Agentur von ihr etwas mehr verspreche – was immer das auch bedeutet hat. Denn mehr Erfahrungen in der Gastronomie als ich hat sie nicht mitgebracht.« Valeska erinnert sich wieder an den Bewerbungsprozess und die Entscheidung, die sie vorerst problemlos akzeptieren, sich aber im

Nachhinein nie ganz erklären konnte. Warum wurde die andere bevorzugt, obschon sie selbst einige, wenn auch wenige, Erfahrungen aus der Gastronomie nachweisen konnte? Denn schon einige Male hatte sie in einem Hotel in Stadtnähe bei Hochzeitsfeiern und Banketten ausgeholfen. Doch was soll's – jetzt klappt es ja!

Unterdessen ist die Haxe eingetroffen, ein Stück Fleisch mit Knochen, das so groß ist, dass es weit über die Platte herausragt, mit Kraut, eingelegten Paprikaschoten, frischem Meerrettich und zwei Sorten Senf dekoriert. Valeska und Alena greifen zu und lassen sich das Fleisch und die krosse Kruste schmecken. Unterdessen steht bereits das zweite Bier vor ihnen – denn einmal ausgetrunken, wird dieses automatisch durch ein neues ersetzt, bis der Gast ›Stopp‹ sagt.

Zum Reden bleibt nicht viel Zeit, zu stark sind die beiden mit Essen beschäftigt. Und doch unterbricht Valeska die Ruhe, weil sie etwas gedanklich nicht los lässt: »Etwas eigenartig ist diese Agentur schon, das hat mich schon im letzten Jahr irritiert. Im Bewerbungsgespräch gehen sie kaum auf die fachlichen Fähigkeiten und auf den bisherigen Bildungsweg ein, stellen aber eigenartige Fragen, ob man schon mal was mit der Polizei zu tun hatte, wie das private Beziehungsnetz aussehe, ob man einen Freund habe – was geht die denn das alles an! Und man wird gemustert, als ob es um ein Casting für eine Modenschau ginge. Scheint, dass man für einen Job im Service nicht nur gut arbeiten, sondern auch gut aussehen muss«, lacht Valeska, »und dann war noch diese Frage, ob man bereit wäre, für die Agentur auch Kurierdienste zu übernehmen, wenn man mal freie Tage zu Hause verbringe. Das hatte mich im letzten Jahr etwas stutzig gemacht, dieses Mal hab ich einfach mal zugesagt. Ist ja eigentlich nichts dabei, Unterlagen der Agentur ihrer Partnerin in der Schweiz zu bringen!«

»Wie heißt denn diese Agentur?«, unterbricht sie Alena.

»Agentúra Lepšá Práca ALP, die Agentur für bessere Arbeit, ihr Hauptsitz ist in Bratislava, aber das Unternehmen hat auch Filialen in Städten osteuropäischer Länder wie Polen, Ungarn, der Slowakei, der Tschechischen Republik, der Ukraine, Moldawien und Rumänien.

Und auch hier in Košice.

Die Agentur hat eine offizielle Bewilligung unseres Ministeriums für Arbeit, Soziales und Familie, das habe ich vorher abgeklärt, und es ist auch ISO-zertifiziert. Doch nur die Rekrutierung läuft hier ab, die Agentur vermittelt die Arbeitskräfte, die Anstellung geschieht dann über ihre Partnerorganisationen in der Schweiz, in Deutschland, Österreich, Italien und den Niederlanden. Diese sind dann auch für die Anmeldung bei der ›Einwohnerkontrolle‹, wie die Meldestelle auf den Wohngemeinden in der Schweiz genannt wird, und die obligatorische Krankenversicherung zuständig. Eine Arbeitsbewilligung brauche ich nicht, denn Personen aus den EU-8-Ländern wie der Slowakei brauchen diese nur, wenn sie länger als ein Jahr in der Schweiz arbeiten wollen. Und von der Schweizer Kontingentierung, ›Ventilklausel‹ nennen es die Schweizer, sind wir auch nicht betroffen«, klärt sie Valeska auf.

»Na dann würde ich mir mal nicht zu viele Gedanken machen, tönt doch seriös und gut. Und vielleicht müssen sie ja diese Fragen für ihre Partner in der Schweiz stellen?«, versucht Alena sie zu beruhigen.

»Du hast recht – und in einer Woche weiß ich dann mehr«, strahlt Valeska nun wieder und wendet sich abermals der Haxe zu.

SONNTAGMORGEN, MITTE AUGUST, APPENZELL

Bruno Fässler wird durch den Telefonanruf jäh aus dem Schlaf gerissen.

Sonntagmorgen, einmal mehr: Sonntagmorgen! Und einmal mehr am letzten Tag seiner Ferien! Noch gestern hatte er – wie jedes Jahr – an der italienischen Adria am Strand gelegen, seine Ferien, die er sich einmal mehr verdienen musste, genossen, die feine mediterrane Küche, viel und guten Rotwein eingeschlossen. Und heute Morgen, nach einer mehrstündigen Autofahrt durch die Nacht und zurück nach Appenzell – glücklicherweise dieses Mal ohne Stau – heute Morgen, kurz vor sieben Uhr, läutet bereits wieder das Telefon.

Sonntagmorgen!

Als Bruno die Nummer auf dem Display sieht, erschrickt er. Bilder aus der Vergangenheit tauchen auf, Bilder, die ziemlich genau ein Jahr alt sind, und die ihn nachhaltig geprägt und sein Leben verändert haben. Dass ihn seine Frau verlassen hat und sich von ihm scheiden ließ, ist noch die geringste Auswirkung des bis heute ungelösten Mordfalls auf Brunos Leben. Denn schon länger hatten er und seine Frau sich nichts mehr zu sagen gehabt. Als sich Bruno wegen des ausbleibenden Ermittlungserfolges immer mehr zurückzog, diesen als persönliche Niederlage empfand, beinahe in eine Depression absank, wurde es seiner Frau zu viel. Zu lange schon hatte sie sich mit ihrem verschwiegenen und immer mehr nur noch auf sich und seine Arbeit fokussierten Mann herumgeschlagen, jetzt war genug. Er hätte es ihr nicht zugetraut, so wenig, wie *er* den Mut gehabt hätte, Schluss zu machen – obschon es schon längst Zeit dafür gewesen wäre.

So war der Moment für Bruno wohl überraschend, nicht aber die Entscheidung selbst. Und auf eine gewisse Art war es für ihn auch befreiend. Endlich konnte er tun und lassen, was er wollte, musste keine Kompromisse mehr eingehen, war frei für seine Leidenschaft, für seinen Beruf.

So liegt er nun allein im Bett, den Blick auf das Display gerichtet, ihm bekannte Bilder aus der jüngeren Vergangenheit vor Augen. »Warum wohl Fränzi schon wieder an einem Sonntagmorgen und erneut am letzten Ferientag – und so früh – anruft?«, geht es Bruno durch den Kopf. »Nicht schon wieder«, schreit er in sich hinein und merkt nicht, dass er bereits den Anruf angenommen und seine Gedanken in den Hörer statt in sich hineingeschrien hat.

»Bruno, alles in Ordnung? Hier ist Fränzi, guten Morgen!«, reagiert seine Schwester erstaunt. »Hab ich dich aus dem Schlaf gerissen?«

»Soll wohl ein Witz sein, Fränzi, es ist Sonntagmorgen, kurz vor sieben Uhr! Ich bin beinahe die ganze Nacht durchgefahren und erst seit wenigen Stunden im Bett. Ja …, ja, du hast mich geweckt! Was ist los?«

»Janine von den ›Staubern‹ hat angerufen, scheinbar ist dort oben etwas vorgefallen. Sie hat heute Morgen Blutspuren im ›Stübli‹ entdeckt, der oder die Verletzte fehlt jedoch. Eine seltsame Geschichte …«

»Nicht schon wieder«, entfährt es Bruno erneut, »nicht schon wieder in einem Berggasthaus, nicht schon wieder an einem Sonntagmorgen, nicht schon wieder nach meinen Ferien – und hoffentlich nicht schon wieder …« Die Stille auf der anderen Seite der Leitung verdeutlicht ihm, dass Fränzi sofort begriffen hat, was er meint.

»Okay, ich bin schon beinahe unterwegs, richte dies Janine bitte aus. Und – Fränzi – du weißt ja aus Erfahrung, was in einer solchen Situation wichtig ist«, will Bruno seine Schwester noch anweisen. »Nichts verändern, nichts berühren, Fundort absichern, Gäste raus, aber im Berggasthaus zurückhalten und und und …«

»Ja, ja, Bruno, alles klar, mach dich auf den Weg«, unterbricht ihn Fränzi und legt abrupt auf.

Bruno versucht, seine Gedanken in Gang zu bringen, um die nächsten erforderlichen Schritte auf eine sinnvolle und logische Art festzulegen. »Wie komme ich am schnellsten auf die Staubern, wen nehme ich mit, wer muss benachrichtigt werden?«, murmelt Bruno vor sich hin, während er sich sein Appenzeller Sennenhemd überzieht und seine braune, abgestoßene Lederjacke vom Haken nimmt.

»Max, guten Morgen, keine Zeit für Erklärungen, ich bin in gut fünf Minuten bei dir, wir treffen uns bei der Talstation der Seilbahn auf den Hohen Kasten, Einsatz auf den Staubern, Spuren eines Leib- und Leben-Deliktes, Opfer nicht auffindbar, Material für die ersten kriminaltechnischen Ermittlungen mitnehmen«, rapportiert Bruno seinem Stellvertreter telefonisch und in Kurzform, während er bereits auf dem Weg zu seinem Auto ist. Wie ein Film läuft vor seinen Augen ab, was er in den nächsten Minuten zu tun hat: Fahrt nach Brülisau, Max abholen, dann Richtung Appenzell und Eggerstanden über den Eichberg hinunter ins Rheintal nach Frümsen zur Talstation der Seilbahn, die auf die Staubern führt. Rund vierzig Minuten Fahrt, doch immer noch schneller als einer der direkten Wege über den Hohen Kasten, das Plattenbödeli oder die Saxer Lücke mit einem beträchtlichen Anteil Fußmarsch.

Einen Helikoptereinsatz will Bruno noch nicht provozieren, bis er weiß, was wirklich geschehen ist – umso mehr, als ein solches Aufgebot auch bewirken könnte, dass die Bestandsaufnahme seinen St. Galler Kollegen übertragen würde. Nicht aus Gründen der Zuständigkeit, sondern einfach, weil sie dann näher am Geschehen wären.

Max Dörig und Bruno verstehen sich, auch ohne miteinander zu sprechen. Deshalb braucht Max im Moment nicht mehr Informationen, als er bereits erhalten hat. Neben einem kurzen »Guten Morgen« gibt es im Moment nichts zu sagen. So ist das Erste, was Max von seinem Chef hört, auch bereits die erste Anweisung: »Ruf Janine an, damit die Seilbahn bereit ist, wenn wir die Talstation in Frümsen erreichen.«

Bruno rast wieder hinunter nach Appenzell, die kurvenreiche Strecke kennt er zu gut, als dass er die vorgeschriebenen 80 Stundenkilometer einhalten will. Umso mehr, als um diese Zeit die Wahrscheinlichkeit von Gegenverkehr in Form von ersten Wanderern, welche nach Brülisau hinauffahren, noch relativ gering ist. Für die Strecke hinab ins Rheintal gilt das Gleiche, wenn auch diese wesentlich unübersichtlicher ist. So muss sich Max des Öfteren in seinen Sitz stemmen, um durch das brüske Abbremsen vor den engen Kurven nicht in die Sicherheitsgurte befördert zu werden. Erst unten im Rheintal geht es etwas ruhiger vorwärts, von Oberriet sind es nur wenige Minuten bis auf die Autobahn Richtung Ruggell, von wo es nochmals über Landstraßen nach Frümsen und im Dorf eine kurze Strecke hinauf zur Talstation der Staubernbahn geht.

Dort wartet bereits Jakob, der für den Bahnbetrieb zuständig ist und sich eigentlich auf den Transport der ersten Gäste und von Petra, die um halb acht ihren Dienst beginnen muss, eingestellt hatte. Doch hat er nun heute

Morgen auf Anweisung von Janine nur Petra hinaufgefahren, weitere Gäste muss er vertrösten oder ihnen nahelegen, den Weg unter die Füße zu nehmen. Max und Bruno nehmen in der kleinen Kabine Platz, die, obschon sie für vier Personen ausgelegt ist, durch die Koffer mit dem kriminaltechnischen Material gut gefüllt ist. »Der Fundort ist hinten, auf der Nordwestseite, im ›Stübli‹, am besten nehmen wir den Seiteneingang«, beginnt nun Bruno das Gespräch mit Max. Seine Gedanken sind bereits oben in den ›Staubern‹, auch wenn er noch auf dem Weg dorthin ist. Bereits spielt er in Gedanken durch, was es zu tun gibt – und lässt Max an diesen Gedanken teilhaben, indem er ausspricht, was er denkt. »Eine erste Absicherung sollte bereits stehen, du komplettierst diese als Erstes und entscheidest möglichst schnell, wen wir alles aufbieten müssen. Vielleicht brauchen wir heute neben der Forensik aus St. Gallen auch noch Spürhunde oder gar einen Helikopter mit Wärmekamera. Aber klär das mit unserem Staatsanwalt Räss, ich will mich in Ruhe um Janine, ihr Team und die Gäste kümmern können.«

Was Bruno Max nicht sagt, ist, dass er ihm gerne die Last dieser Entscheidungen überlässt. Zu tief stecken noch die Selbstzweifel in ihm, bei seinem letzten und noch immer ungelösten Fall falsche Entscheidungen getroffen zu haben.

Es ist bereits fünf Minuten vor acht Uhr, als die beiden Ermittler aus der Kabine steigen und schnellen Schrittes von der Bergstation seitlich am Berggasthaus vorbei zum Seiteneingang auf der Nordseite eilen. Im Vorbeigehen sehen sie, dass bereits einige Gäste in der Gaststube sitzen, einige ruhig bei ihrem Frühstück, eine Gruppe aber auch scheinbar aufgeregt mit einer Frau und einem Mann diskutierend. »Marty, Roger Marty, was hat denn der wieder hier zu tun«, murmelt Bruno, als er sieht, um wen es sich handelt. »Was hast du gesagt, wen hast du gesehen«, fragt Max nach, erhält jedoch keine Antwort.

Erst nach einem energischen Klopfen an der verschlossenen Seitentür öffnet Martin den beiden Polizisten den Zugang zum ›Stübli‹, In diesem steht auch Janine, auf der Bank hinter ihr liegt Monika mit einem Verband um den Kopf, der blutig verfärbt ist. »Monika, was ist passiert?« Bruno ist irritiert und ignoriert im ersten Moment die Wirtin, an welcher er vorbeigeht, ohne sie zu grüßen. »Ich bin hingefallen, hab mir den Kopf angestoßen, kleine Platzwunde, nichts Ernstes, geht schon wieder«, stammelt Monika, offensichtlich aber noch nicht in der Verfassung, die sie Bruno vorzuspielen versucht.

»Valeska ist nicht zu ihrem Dienst erschienen, war auch nicht in ihrem Zimmer, Monika wollte sie holen. Sie war nicht dort, scheinbar die ganze Nacht nicht, Monika hat für sich kombiniert, was eventuell geschehen sein könnte, das war wohl zu viel für sie«, bringt sich nun Martin ins Gespräch ein. »Hallo Bruno, hallo Max, danke, dass ihr so schnell gekommen seid.«

»Okay, hier unten scheint ja alles ruhig und abgesichert zu sein, wie schaut es oben aus«, will Bruno wissen.

»Roger Marty, du kennst ihn sicher, ist oben in der Gaststube und versucht, zusammen mit Petra, die Gäste zu beruhigen und zusammenzuhalten, Daniel ist in der Küche. Janine braucht meine Unterstützung hier und Monika kann man ja auch nicht einfach allein lassen …«

»Schon gut, Martin. Wer war denn gestern zuletzt hier unten? War ja offensichtlich noch Betrieb, wie man dies den Flaschen nach beurteilen kann …«

»Eine gemischte Gruppe, ein Dutzend Frauen und Männer, die bei uns übernachten, haben den Abend hier unten verbracht, sie wollten von Anfang an unter sich sein und die Möglichkeiten nutzen, dass hier unten geraucht werden darf und dass es keine offizielle Polizeistunde gibt. Ich habe kurz nach elf Uhr nochmals reingeschaut und nachgefragt, ob sie noch etwas brauchen, dann waren sie wieder für sich«, schaltet sich Monika ins Gespräch ein.

»Danke Monika, das hilft uns im Moment auch nicht weiter. Doch der Rest scheint ja relativ klar zu sein: Blutspur, offensichtlich nach einem Sturz auf die Kante der Eckbank, die verletzte Person ist dann auf den Boden runtergerutscht oder wurde dorthin gezogen, deshalb die Spur, die sich auf dem Boden fortsetzt. Dort ist der Körper wohl einige Zeit liegen geblieben, deshalb die Blutlache, der Körper ist jetzt aber weg, keine weiteren Spuren zu einer der Türen. Der Körper wurde entfernt, die Blutspur aber nicht. Es ist aber nicht zu erkennen, wie und in welche Richtung der Körper abtransportiert wurde. Seltsam!« Bruno überlegt eine Weile, wendet sich dann wieder Martin und Max zu: »Gut, Max wird hier unten das Notwendige veranlassen, haltet euch an das, was er sagt. Monika, du bleibst hier, Janine und Martin, ihr kommt mit mir nach oben.«

»Fässler, Bruno, Kriminalpolizei Appenzell, guten Morgen.«

Der Lärmpegel in der Gaststube der ›Staubern‹ geht nur unwesentlich zurück, die Gäste sind zu vertieft in ihr Frühstück, ins Buffet, an welchem sie sich bedienen oder in die Diskussionen mit Roger und Petra.

»Fässler, Bruno, Kriminalpolizei Appenzell, guten Morgen. Es ist letzte Nacht hier scheinbar etwas passiert, hier in den ›Staubern‹, wir wissen aber noch nicht genau, was.«

Bruno hat seine Stimme angehoben, ist lauter geworden. Was Wirkung zeigt. Die Gäste unterbrechen ihre Unterhaltungen an den Tischen, bleiben regungslos am Buffet stehen, fixieren gespannt und erwartungsvoll den Abteilungsleiter der Kripo, an dessen Seite auch Martin, der Chef der ›Staubern‹, steht.

SAMSTAGMORGEN, MITTE AUGUST, ST. GALLEN

Roger wälzt sich unruhig im Bett hin und her.

Das durch die heruntergelassenen Jalousien einfallende Tageslicht zeigt an, dass es Zeit wäre, aufzustehen. Doch Roger fühlt sich noch müde, zu müde, um bereits aufzustehen. Gestern hat er erneut und noch bis tief in die Nacht geschrieben, versucht, seinen zweiten Roman langsam in Schwung zu bringen. Es ist ein Trieb, dem er folgt und welcher für ihn persönlich eine Fortsetzung der Geschichte fordert.

Dieses Mal war es nicht wie im Vorjahr *ein* konkretes Erlebnis, *eine* erlebte Situation, welche den Auslöser für den zweiten Teil lieferte, sondern mehrere Erlebnisse, Eindrücke, manchmal auch einfach nur Gedanken, Ideen, Bilder, welche Roger sich akribisch in seinem schwarzen Notizbuch aufgeschrieben hat und die er nun versucht, in einem Text zusammenzufügen und zu verbinden. Noch weiß er nicht, was Kern der Handlung sein könnte, worum es in seinem Roman gehen wird. Den ›Plot‹, der den kausalen Zusammenhang zwischen den Geschehnissen herstellt und diese in eine Ursache-Wirkung-Beziehung bringt, hat er nicht einmal gedanklich formuliert, geschweige denn niedergeschrieben. Er lässt sich leiten von seiner Fantasie und dem, was er schon beim Schreiben des ersten Teiles erlebt hat: Dass sich die Geschichte wie von selbst entwickelt, er sie nur noch niederschreiben muss, sich nicht überlegen muss, wie es weitergeht, da ihm dies seine Erzählung selbst vorgibt.

Roger hat sich in den letzten Monaten intensiv mit diesem Thema auseinandergesetzt: Schreiben wir die

Geschichte, die wir erlebt haben, oder schreiben wir die, welche wir gerne erleben würden? Oder bestimmen wir durch das Schreiben die Geschichte selbst? Oder ist es die Geschichte, die bestimmt, was wir schreiben?

Eine eindeutige Antwort hat er nicht gefunden – es ist eher eine Bestätigung dessen, was er bereits des Öfteren erlebt hat: Dass es schwierig ist, die Realität von der Fiktion zu trennen, nicht nur in deren Beschreibung, sondern vielmehr auch die Beeinflussung derselben.

Doch heute will er sich wieder einmal eine ausgiebige Zweitageswanderung im Alpstein gönnen, sich entspannen, sich auch gedanklich Luft verschaffen, sich lösen von diesen Gedanken, welche ihn nicht nur tagsüber, sondern auch nachts in seinen Träumen gefangen halten. Und dennoch, und selbst in Anbetracht dessen, was ihn in seinem bevorzugten Wandergebiet erwarten wird, fällt es ihm immer wieder schwer, früh aufzustehen. So wälzt er sich noch einige Male hin und her, schläft wieder kurz ein, erwacht wieder, blinzelt in Richtung Fenster, dreht sich nochmals um, nickt wieder ein. Bis ihm, nicht zuletzt wegen – oder besser: dank – seiner vollen Blase keine Wahl mehr bleibt und er aufstehen muss.

Einmal die Horizontale überwunden, geht es dann meist schnell. Zwei Tassen Kaffee im Stehen, Mails checken, Morgentoilette mit kurzem Blick auf die digitale Version des ›St. Galler Tagblattes‹, Rucksack packen, eine große Flasche Apfelschorle mischen, einige Früchte, ein, zwei Brötchen streichen und ebenfalls einpacken und schon geht's los.

Er fährt direkt durch das Quartier St. Georgen, eines der größten Quartiere der Stadt St. Gallen, in Richtung Teufen. St. Georgen ist nicht zuletzt auch dank den ›Drei

Weieren‹ bekannt, den alten, künstlich angelegten Weihern und Wasserreservoirs, welche früher im Kampf gegen Feuersbrünste und für das Bleichen der Textilien unten in der Stadt gebraucht wurden und die heute ein beliebtes Naherholungsgebiet und ein Anziehungs- und Freizeittreffpunkt für viele St. Galler und St. Gallerinnen sind.

Über die Umfahrungsstraße geht es vorbei an Teufen Richtung Bühler und über den Sammelplatz nach Appenzell. Meist entscheidet sich Roger erst am Kreisel, wo sein Ausgangsort für die Wanderung sein soll. Bis hierher lässt er es offen, lässt sich von seiner Stimmung und dem Wetter, welches nach der gut halbstündigen Fahrt von zu Hause in den Alpstein völlig unterschiedlich sein kann, leiten. Doch heute ist es anders: Da er Pläne für zwei Tage geschmiedet hat, ist sein erstes Ziel definiert.

Schon kurz nach dem Kreisel und in Richtung Wasserauen folgt die Abzweigung nach Brülisau hinauf. Brülisau war im letzten Jahr nicht nur der ideale Ausgangsort ins ›Plattenbödeli‹, sondern auch für Wanderungen auf den Fähnerenspitz, den Resspass, den Ruhsitz, den Kamor oder den Hohen Kasten. Roger entscheidet sich für eine längere, dafür nicht sehr anforderungsreiche Aufstiegsvariante: Resspass, mit kurzem Abstecher auf den Fähnerenspitz, Kamor, Kastensattel, Hoher Kasten, zurück hinunter auf den Kastensattel, Staubernfirst und dann bis auf die Staubern, wo er heute im gleichnamigen Berggasthaus übernachten will. Eine ausgiebige Tageswanderung ohne extreme Steigungen, auf gut ausgebauten Wanderwegen. Morgen soll es dann in einer zweiten Etappe, die ihn etwas mehr fordern wird, weiter über die Saxer Lücke, die Roslenalp, den Mutschensattel und über den Zwingli- und Rotsteinpass hinauf auf den Säntis gehen. Von dort will er mit der Bahn hinunter in die Schwägalp und mit dem Postauto und der Bahn zurück nach St. Gallen fahren. Sein Auto kann er ohne Probleme und kostenlos in Brülisau stehen lassen und bei seiner nächsten Wanderung – die, wie er weiß, in den nächsten Tagen folgen wird – die umgekehrte Variante wählen: mit dem öffentlichen Verkehr nach Brülisau, nach der Wanderung mit dem Auto nach Hause.

Roger genießt es, allein im Alpstein unterwegs zu sein, Zeit zu haben, seinen Gedanken nachzugehen und sich von der wunderschönen und eindrücklichen Natur inspirieren zu lassen. Ab und zu kreuzt er andere Wanderer, ebenfalls Alleingänger wie er, aber auch Familien und Gruppen, oder überholt solche, da er meist zügigen Schrittes unterwegs ist. Er grüßt immer alle, staunt jedoch immer wieder, wie oft er ohne Gegengruß bleibt. Nun, bei den ausländischen Touristen kann er es noch verstehen, ist es doch für diese phonetisch schwierig, das schweizerische »Grüezi« mit dem gleichen Wort zu erwidern – doch ein »Hallo« würde es ja auch tun. Bei den Schweizerinnen und Schweizern hingegen hat er wenig Verständnis für diese – aus seiner Sicht – Unhöflichkeit, schüttelt dann oft den Kopf und murmelt ein hörbares »Na dann eben nicht …« vor sich hin.

Diese Begegnungen sowie die kurzen Zwischenhalte, die Roger macht, um seine Touren fotografisch zu dokumentieren und um besonders schöne Eindrücke festzuhalten, machen jede Wanderung zu einem einmaligen Erlebnis. Auch wenn er die meisten Routen schon mehrmals gewandert ist, die schönsten Orte längst zu kennen glaubt, ist er immer wieder überrascht, wie vielseitig die Natur des Alpsteins ist, die sich je nach Jahreszeit und Wetter unterschiedlich präsentiert. So sind nie zwei Fotos gleich, auch wenn Standort, Blickwinkel und Kameraeinstellungen dieselben sind.

Längst kennt er alle gängigen Routen, ist diese in verschiedenen Varianten bereits mehrfach gewandert – und trotzdem zieht es ihn immer wieder in den Alpstein. Auch wenn er die Möglichkeiten hätte, in den nahen Glarner oder Bündner Alpen zu wandern oder auf der anderen Seite der Grenze das Vorarlberg zu erkunden, bleibt er am liebsten hier. Denn neben der Natur gibt es eine andere wichtige Komponente, die ihn hierher zieht: die Menschen. In den meisten Berggasthäusern wird er als Stammgast erkannt und begrüßt, in einigen bereits namentlich willkommen geheißen. So im ›Plattenbödeli‹, in der ›Staubern‹, aber auch in der ›Bollenwees‹. Der Ablauf – oder besser die Entwicklung – ist überall gleich: Irgendwann wird man von den Mitarbeiterinnen im Service geduzt, dann auch von der Chefin und dem Chef. Und dann folgt der freundliche Hinweis, dass man sich ja erlaubt habe, ihn zu duzen und nun gerne wissen würde, wie er denn heiße. Roger freut sich jedes Mal, wenn er diese als Entschuldigung gedachte Erklärung für den Aufbau neuer Beziehungen nutzen kann. Denn mit dem ›Du‹ wird der Einstieg in ein Gespräch mit den Gastgebern und ihrem Team bei jedem Besuch einfacher – und Roger genießt es, auch von den Mitarbeiterinnen persönlich begrüßt zu werden, die eigentlich nicht für seinen Tisch zuständig sind.

Roger spürt, dass er sich immer stärker vom Berggasthaus-Dreieck ›Plattenbödeli‹, ›Staubern‹ und ›Bollenwees‹ angezogen fühlt, von der Hochebene mit Sämtiser- und Fälensee, wo er immer öfters seine Wanderziele sucht. Varianten gibt es dort viele, und wenn er mal längere Routen plant, kommen auch Ebenalp, Schäfler, Seealpsee, Säntis, Rotsteinpass, Altmann, Mesmer, Agatenplatte, Meglisalp oder Widderalpsattel dazu – Hauptsache, er kann einen Zwischenhalt in einer seiner drei Lieblingsberggasthäuser machen.

Im ›Plattenbödeli‹ fehlt ihm im Vergleich zum letzten Jahr der persönliche Kontakt zu den Servicemitarbeiterinnen, denn Fränzi – die er dort ab und zu, aber nicht immer bei seinen Besuchen antrifft, musste mehr oder weniger das ganze Team auswechseln. So richtig hat er den Draht zu den ›Neuen‹ noch nicht gefunden. In den ›Staubern‹ war er noch nicht so oft, da der Winter und der Schnee sich bis lange ins Frühjahr hineingezogen haben und der exponierte Grat mit dem Wanderweg auf seiner Nordseite lange nicht schneefrei war.

So ist er oft im Berggasthaus ›Bollenwees‹, wo er auch in diesem Jahr einen hervorragenden Service genießen kann. Besonders wohl fühlt er sich bei zwei jungen und hübschen Servicemitarbeiterinnen: Da ist einerseits Daniela, St. Gallerin, schlank, gut gebaut, blonde Haare, die sie zu einem kleinen Rossschwanz oder zu einem Knopf zusammengebunden trägt, oft mit Stirnband. Sie ist flink und präsent im Service, äußerst freundlich zu den Gästen, immer bereit für ein kurzes Gespräch, offensiv, aber nicht aufdringlich im Verkauf: »War alles gut bei Ihnen, darf es noch ein Kaffee sein, vielleicht noch ein Nussgipfel? Wir haben auch noch wenige Stücke ›Schlorzifladen‹, sehr empfehlenswert.« Und erklärt dann gleich, dass der ›Schlorzifladen‹ ein Birnenfladen oder Kuchen, respektive eine Wähe ist, die mit Dörrbirnen belegt wird – süß, schmackhaft und energiereich – das, was Wanderer bei ihren Zwischenhalten lieben und brauchen. Mit Daniela ist Roger per ›Du‹, irgendwann wechselte sie einfach auf diese Form und fragte wenig später nach seinem Namen.

Oder andererseits Angela, eine Toggenburgerin – wie Roger aus einem Gespräch am Nebentisch aufschnappte –, eine ebenfalls äußerst sympathische Mitarbeiterin, sehr schlank, fein, grazil, die dunklen Haare zu einem Zopf geflochten, der knapp über ihre Schultern fällt. Auch sie ist sehr aufmerksam, sehr kommunikativ, sucht den Kontakt zu den Gästen, lässt sich auf kurze Gespräche ein, ohne jedoch ihren Auftrag, die Gäste zu bedienen, zu vergessen. Roger genießt es, wie er jedes Mal, wenn er in der ›Bollenwees‹ einkehrt, von Angela begrüßt wird, auch wenn sie andere Tische zu bedienen hat. Doch er spürt, dass *er* bei ihr den ersten Schritt machen muss, um zum ›Du‹ zu kommen.

Roger ist fasziniert von diesen beiden jungen Frauen, die sich so ähnlich sind wie Schwestern. Doch da wurde er von Daniela schnell und mit einem Lachen korrigiert, als er diese Ähnlichkeit erwähnte: »Nein, nein, sind wir nicht, das haben wir überprüft!« Fasziniert ist Roger jedoch nicht nur von der Ähnlichkeit der beiden, sondern auch von ihrer fachlichen und beruflichen Kompetenz, die er in anderen Restaurants der Schweiz oft vermisst. Die Bereitschaft zu arbeiten, schnell zu arbeiten, wenn es die Bedingungen erfordern, und dennoch freundlich zu sein, dem Gast das Gefühl zu vermitteln, willkommen zu sein. Aber auch von den bereits sehr ausgereiften Persönlichkeiten der jungen Frauen, ihrem Selbstbewusstsein, ihrer Natürlichkeit im Umgang mit den Gästen und ihrer Freundlichkeit ist er angetan.

Gedankenversunken ist Roger bereits auf dem Staubernfirst angekommen – Zeit, sich auf sein neues Ziel zu fokussieren, denn er hat vor, die Ruine der alten ›Staubern‹ aufzusuchen. Der Weg ist nicht offiziell, er muss den Maschendraht übersteigen, welcher den Wanderweg gegen die Alp Sämtis und den Sämtisersee absichert, und dabei darauf achten, dass ihn niemand dabei beobachtet, denn er möchte nicht provozieren, dass ihm andere, vielleicht unerfahrene Berggänger folgen.

Einige Meter muss er durch den lichten Wald absteigen, bevor er den Weg erreicht, welcher vorbei an der Quelle, die vermutlich mitbestimmend für die Standortwahl des ersten Staubern-Berggasthauses war, zur Ruine führt. Von dort genießt er zuerst den uneingeschränkten Blick aufs ›Plattenbödeli‹, den Sämtisersee und die Alp Sämtis, die Alp im Kanton Appenzell Innerrhoden, die den Oberrietern aus dem Kanton St. Gallen gehört. Die Alp, die schon seit jeher zu Streit zwischen Innerrhoden und Oberriet im Rheintal geführt hatte und deren 59 Hektaren jedes Jahr mit über 150 Tieren ›bestoßen‹ werden, wie es im Fachjargon der Älpler heißt. Und die Alp, welche dem Innerrhoder Landammann, Joseph Anton Sutter, welcher für den Verlust der Alp verantwortlich gemacht wurde, 1784 im wahrsten Sinn des Begriffs den Kopf gekostet hatte.

Der Ausblick ist einzigartig – rechts der Hohe Kasten, geradeaus die Alp Sigel, links der Säntis und dazwischen auf der optischen Verbindungslinie zwischen den beiden markanten Gipfeln die Ruine des alten Staubern-Berggasthauses – ›STAUBEREN 1619 m Staubere‹, wie die gelbe Plakette an der Stirnseite der Ruine verrät. Das rostige Blechdach des hinteren Teils des alten Gebäudes, welches vermutlich ursprünglich einen abgestuften Doppelgiebel hatte, ist bergwärts abgesunken, die Firststützen sind seitlich eingeknickt. In die Ruine einzutreten ist unmöglich und zu gefährlich, Steine und Holz versperren den Weg und auch teilweise die Sicht ins Innere, wo verschiedenes Absperrmaterial für den Alpbetrieb liegt. Der vordere Teil des Gebäudes ist vollständig eingebrochen und nicht mehr als ein Haufen Schutt.

Roger setzt sich neben die Ruine, seinen Blick in Richtung ›Plattenbödeli‹ gerichtet und überlegt, warum wohl die Erbauer des Berggasthauses dieses damals genau hier gebaut haben. Ein Grund dafür dürfte die schöne Lage gewesen sein, ein anderer die Quelle in der Nähe und ein dritter wohl, dass diese kleine Hochebene auf Appenzeller Kantonsgebiet, und nicht auf der St. Galler Seite des Kamms, liegt. Er ist jedes Mal fasziniert, wenn er solche abgelegenen Orte besucht, wo sich vor Hunderten von Jahren Menschen erstmals angesiedelt haben.

Ein mystischer Ort, welcher Roger inspiriert, die Geschichte, seine Geschichte, weiterzuentwickeln. Möglichkeiten abzuwägen, dass dieser spezielle Ort eine ebenso spezielle Bedeutung haben könnte, dass hier nicht nur eine historische Geschichte geschrieben wurde, sondern auch eine neue geschrieben wird. Dass in dieser Ruine, zu der auch ein Schlüssel den Zugang nicht vereinfachen würde, der Schlüssel zur Auflösung eines neuen Falls sein könnte.

Und dass er, der diesen Ort gefunden und ihm Bedeutung verliehen hat, bestimmen kann, welche Rolle dieser Ort spielen wird.

DRITTE MAIWOCHE, BERGGASTHAUS STAUBERN

Valeska wählt für ihre Reise in die Schweiz die kostengünstigste Variante, die sie mit einem Kleinbus über rund 260 Kilometer nach Budapest führt. Košice hat mit ›Barca‹ wohl einen eigenen Flughafen, doch können von diesem international nur Wien und Prag sowie national die Hauptstadt Bratislava angeflogen werden. Über diese Städte sind die Flüge in den Westen jedoch teurer und bringen längere Wartezeiten an den Umsteigeflughäfen mit sich.

Seit ihrem Treffen mit Alena hat sie nicht mehr viel unternommen, hat noch einige Freundinnen und Freunde getroffen, ein letztes Mal ihre Eltern besucht und mit diesen einen schönen Abend verbracht. Und natürlich Mutters Küche nochmals so richtig genossen.

Mit ihrem letzten Geld, das sie erspart hat, kleidet sie sich mit Outdoor- und Trekkingbekleidung ein, kauft sich stabile und wasserfeste Wanderschuhe und einen Rucksack. Obschon sie sich gerne in der Natur aufhält, hatte sie bisher auf die Anschaffung einer spezifischen Ausrüstung verzichtet. Denn die Berge in der näheren Umgebung von Košice verdienen diesen Namen kaum, sind sie doch nicht höher als 1.500 Meter über Meer – Košice liegt im Kaschauer Kessel, der im Westen vom Slowakischen Erzgebirge und in den anderen Himmelsrichtungen nur von kleineren Gebirgszügen umgeben wird.

Zum Glück gibt es an der ›Hlavná ulica‹ ein Outdoorgeschäft, dessen Besitzer selbst ein begeisterter Wanderer und Kletterer ist. Engagiert berät er Valeska, weiß auch aus eigener Erfahrung und aus seinen Touren in den Schweizer und Österreichischen Alpen, was sie in der Schweiz und auf Höhen um und über 2.000 Meter über Meer brauchen wird. Valeska genießt es, wie sie umsorgt und beraten wird, lacht mit dem Geschäftsführer, schaut sich weitere Bekleidungsteile an, verhandelt die Preise und kauft nach erhaltenem Preiserlass großzügig ein, ohne Rücksicht auf ihre schmalen Ersparnisse zu nehmen. Und als sie am Schluss als Dank für ihren großen Einkauf noch ein Wandershirt geschenkt erhält, verlässt sie den Laden mit einem guten Gefühl, einem sehr guten. Denn einerseits hat sie sich selbst wieder einmal etwas gegönnt, sich selbst etwas Gutes getan, andererseits überwiegt das Gefühl, mehr gespart als ausgegeben zu haben.

Bevor sie abreist, kommt noch der von der ›Agentúra Lepšá Práca ALP‹ angekündigte Kontakt zustande. Valeska trifft am Flughafen eine Ukrainerin, die von einem Kollegen mit dem Auto von Stryi im Westen der Ukraine nach Košice gefahren wurde, um dann weiter nach Wien zu fliegen. Von dort will sie dann mit der Bahn nach Seefeld in Tirol weiterreisen, wo ihr die Agentur ALP eine Saisonstelle vermittelt hat.

Von ihr erhält Valeska ein Paket, das sie in der Schweiz per Post weiterschicken soll. Auf der Adressetikette, die sie separat dazu erhält, steht die Anschrift von ›Go West Jobs‹, einer Personalvermittlungsagentur in Zürich, der Partneragentur von ALP in der Schweiz. Dazu gibt ihr die Ukrainerin ein zweites Paket aus schwarzem Plastik von 200 bis 300 Gramm.

»Dieses Paket musst du getrennt vom anderen transportieren. Das große Paket ist nicht verschlossen, leg das schwarze Päckchen ins große hinein, wenn du über der Grenze bist, kleb die Etikette drauf und gib beides zusammen bei der Post auf.«

»Warum kannst du das Paket nicht aus Österreich in die Schweiz senden?«, fragt Valeska die Ukrainerin. »Nicht fragen, machen«, erwidert diese kurz und emotionslos. Womit auch Valeska klar wird, dass alles, was gesagt werden muss, bereits gesagt ist.

Zu Hause schaut sich Valeska das kleine, schwarze Paket eingehend an, wiegt es in ihren Händen, dreht es mehrmals um, schüttelt es. Das Paket ist mit einem Klebeverschluss versehen, der sich aber nach dem Öffnen, so merkt Valeska schnell, nicht wieder schließen lässt. Der Inhalt ist fest und scheint in noch kleinere Einheiten unterteilt zu sein. Valeska kann keinen Geruch identifizieren, der Rückschluss auf irgendetwas Konkretes zulassen könnte.

Da sie nicht mehr herausfinden kann und sie es nicht wagt, mit der Öffnung dieses Paketes – beziehungsweise mit der Entdeckung derselben – ihre Saisonstelle aufs Spiel zu setzen, lässt sie es damit bewenden und legt es oben in den bereits gepackten Koffer, das andere Paket packt sie in ihre Sporttasche.

Dann folgt der Tag der Abreise. Valeska steht am Samstagmorgen bereits kurz vor acht vor dem Haus und wartet auf das Taxi, das sie mit ihren vier Koffern und Taschen zum Busbahnhof bringen soll. Von diesem, der direkt neben dem Bahnhof liegt, fahren Busse in die umliegenden Kleinstädte und Dörfer, aber auch in die Nachbarländer Polen, Ukraine und Ungarn. So auch ihr Bus nach Budapest, der Košice um halb neun verlässt.

Nach knapp dreieinhalb Stunden erreicht sie den ›Budapest Liszt Ferenc International Airport‹ und hat somit genügend Zeit, um sich den neuen, im März 2011 eröffneten ›SkyCourt‹ zwischen den beiden Terminals 2a und 2b anzuschauen. Valeska ist beeindruckt von der Architektur der Halle mit ihren riesigen Fenstern und Glasflächen, durch welche das Innere des schalenförmigen Gebäudes mit natürlichem Licht durchflutet wird. Während sie den atemberaubenden Blick auf die abfliegenden und ankommenden Flugzeuge genießt, gönnt sie sich noch einen Kaffee in einem der zahlreichen Restaurants und Bistros.

Pünktlich um zehn Minuten vor drei Uhr hebt dann auch ihre Maschine Richtung Zürich ab, wo sie zwei Stunden später am Ausgang des Arrivals von Janine, ihrer neuen Chefin, mit einem herzlichen »Wöllkomm bi ös, willkommen bei uns, Valeska!« empfangen wird. Valeska freut sich über diese spürbare und echte Herzlichkeit und bedankt sich strahlend mit einem »Ďakujem, danke, Frau Dietsche!« »Liebe Valeska, ich bin für alle bei uns in den ›Staubern‹ einfach Janine. Und ›Dietsche‹ ist für dich eh nicht einfach auszusprechen«, lacht Janine.

Valeska ist es peinlich, ihre neue Chefin gleich bei der Ankunft um einen Gefallen bitten zu müssen, ringt sich aber dennoch durch: »Janine, entschuldige bitte, gibt es hier am Flughafen eine Poststelle, ich sollte noch ein Paket aufgeben, welches mir ALP mitgegeben hat.«

»Ein Paket von ALP, was haben die dir denn mitgegeben? Ja, wir kommen auf dem Weg zum Auto an einer Poststelle vorbei, kein Problem.«

»Dokumente, die wollten einfach sicher sein, dass das Paket auch wirklich ankommt.«

»Aha, okay. Und hast du das Paket problemlos an der Zollkontrolle vorbei gebracht?«

»Ich habe den grünen Durchgang genommen, der mit der Tafel ›Nothing to declare‹ angeschrieben war, ich hatte ja nichts zu verzollen. Das Paket, na eigentlich sind es zwei Pakete, die ich noch zusammenfügen muss, habe ich zudem in meine Koffer und Taschen gepackt, und der Beamte im Durchgang schien Mitleid mit mir zu haben, als er mich mit meinem vielen Gepäck sah, er hat mir nur zugelächelt«, schmunzelt Valeska.

»Oder er war von deiner Ausstrahlung so fasziniert, dass er die Koffer übersehen hat«, lacht Janine laut heraus.

Lachend und schwatzend schieben die beiden Frauen den Gepäckwagen Richtung Parkhaus und geben unterwegs schnell das Paket, welchem Valeska das schwarze Kunststoffpaket zugefügt hat, bei der Poststelle, die dank ihrer besonderen Lage auch an Wochenenden geöffnet ist, auf.

Die Fahrt in die Ostschweiz vergeht für Valeska wie im Fluge, die beiden unterhalten sich ohne Unterbrechung, als wären sie schon seit Jahren Freundinnen. Zwischendurch macht Janine Hinweise auf die Orte, an denen sie vorbeifahren und zeigt kurz vor Gossau in Richtung eines imposanten Bergmassives, welches am Horizont auftaucht: »Der Säntis, höchster Gipfel im Alpstein, deiner neuen Heimat! Und unser Berggasthaus ist hinter dieser Gebirgskette, die du siehst, wir fahren jetzt über St. Gallen um diese herum ins Rheintal, von wo wir dann mit der Seilbahn auf die Staubern fahren werden.«

100 Minuten nach der Abfahrt vom Flughafen haben sie die Talstation der Seilbahn in Frümsen erreicht, zehn Minuten später kommen sie, nach einer ruhigen Fahrt mit wunderschöner Aussicht, im Berggasthaus an. Valeska kommt aus dem Staunen nicht heraus – noch nie in ihrem Leben stand sie auf einem so exponierten Grat, der einen uneingeschränkten Blick ins 1.300 Meter tiefer gelegene Rheintal und einen Weitblick bis in die Österreicher, Bündner und Glarner Alpen ermöglicht. Noch liegt etwas Schnee

auf der Nordseite – letzte Erinnerungen an einen langen und schneereichen Winter.

Im Haus drinnen wird sie zuerst von Martin, Janines Ehemann, begrüßt. Auf dem kleinen Rundgang durch die Gaststube und die Küche trifft Valeska noch auf Daniel, den Koch, sowie Petra, die im Service arbeitet. Dann zeigt ihr Janine ihr Zimmer im zweiten Stock, welches Valeska während der nächsten Monate bewohnen wird. Das Zimmer ist nicht allzu groß und einfach, aber zweckmäßig eingerichtet. Valeska ist glücklich, freut sich, dass ihr diese kleine Privatsphäre geboten wird, in welche sie sich auch alleine zurückziehen kann. Da sie auch in Košice schon längere Zeit allein gewohnt hat, ist dies zu einem Bedürfnis geworden, gewisse Zeiten alleine sein zu können.

Den ersten Abend in den ›Staubern‹ verbringt sie mehrheitlich in der Gaststube, beobachtet ihre neuen Kolleginnen im Service und die Gäste, studiert die Getränke- und Speisekarte und versucht zu verstehen, was auf dieser steht. Denn die als Tischsteller aufgebaute Karte, welche den Staubernfirst symbolisiert, enthält mehr Informationen als nur solche zum Angebot des Restaurants. Die Speisekarte ist mit ›Hena und Dena‹ betitelt – »Hier im Rheintal und drüben im Appenzellerland«, lässt sich Valeska von Petra erklären – und beschreibt damit das Berggasthaus ›Staubern‹ sehr treffend. Auf dem Grat zwischen Appenzellerland und dem Rheintal gelegen, vereinigt das Berggasthaus die Charakteristika beider Seiten – oder wie es Janine zu sagen pflegt: »Wir haben von beiden Seiten etwas.« Denn das Haus gehört zur Appenzeller Seite, genauer liegt es auf dem Gebiet der innerrhodischen Gemeinde Reute, die Bergstation der Seilbahn liegt aber auf St. Galler Kantonsgebiet.

Die von der Werdenberger Künstlerin Bernarda Mattle gestaltete Karte mit umklappbaren Tafeln erzählt auch Geschichten von Menschen ›Hena und Dena‹, von Menschen, die auf beiden Seiten im Umfeld der Staubern leben und arbeiten. So bemerkt Valeska des Öfteren Gäste, die, wenn sie die Speisekarte studieren, minutenlang in die Lektüre der Karte und ihrer Geschichten abtauchen, bevor sie bereit sind, eine Bestellung aufzugeben.

Der Inhalt der Karte kommt ihr noch etwas fremd vor, noch kann sie sich nicht vorstellen, was unter ›Älplerrösti‹, ›Knoblauch-Pantli‹ oder ›Hena-und-Dena-Kafi‹ und ›Saft Möhl klar‹ zu verstehen ist. Doch das wird sich, da ist sich Valeska schon jetzt sicher, schnell ändern. Sie fühlt sich wohl, ist erstaunt über die Lockerheit ihrer Kolleginnen im Service und die Gelassenheit der Gäste – eine gute Atmosphäre.

Valeska geht früh zu Bett, neben den Strapazen der doch langen Reise spürt sie nun auch die für sie ungewohnte Höhenlage, welche sie müde macht. Schnell fällt sie in einen tiefen Schlaf und erwacht am Sonntagmorgen erst nach acht Uhr – kein Lärm von außen oder im Haus, der sie in ihrem Schlaf gestört hätte.

Nach einem ausgiebigen Frühstück begibt sich Valeska auf Erkundungstour, will, da sie erst am Montag mit der Arbeit beginnen muss, zuerst einmal die nähere Umgebung der ›Staubern‹ erkunden. Sie spaziert in Richtung Hoher Kasten bis zur Abzweigung, wo der Bergweg hinunter nach Frümsen führt, kehrt dort um und wandert weiter Richtung Saxer Lücke. Sie genießt die eindrückliche und schöne Aussicht ins Rheintal und auf die Appenzeller Seite, begutachtet die gelben Vorboten des späten Frühlings, die Frühlings-Schlüsselblumen und den gelben Alpen-Hornklee, staunt über die gut ausgebauten Wanderwege und freut sich über ihre neue Ausrüstung, die den Eindruck vermittelt, als sei hier eine erfahrene Wanderin unterwegs.

Nach eineinhalb Stunden und dem vorsichtigen und rutschigen Abstieg im Schnee, der noch in der nördlichen Schattenlage der Saxer Lücke liegt, erreicht sie die ›Bollenwees‹. Sie setzt sich auf der Terrasse an einen der langen Tische und studiert die Getränke- und Speisekarte, auf der sie viele gleiche Begriffe wie auf der in den ›Staubern‹ findet, jedoch Mühe hat, etwas Geeignetes zu finden. Gerne würde sie bereits am ersten Tag etwas Neues aus der Region kennenlernen, weiß aber nicht, was dies sein könnte. Die junge Frau, die sie bedient, scheint ihre Unsicherheit zu spüren: »Haben Sie schon etwas ausgewählt oder kann ich Ihnen helfen?«, fragt sie Valeska, die die Frage trotz des ungewohnten Schweizer Dialektes dem Sinn nach verstehen kann.

»Ich würde gerne etwas trinken, was hier für diese Region speziell ist, kenne mich aber nicht aus, ich bin erst gestern angekommen«, antwortet sie in ihrem besten Deutsch.

»Saft, das heißt trüber Apfelsaft mit oder ohne Alkohol, Flauder, ein Mineralwasser mit Holunderblüten- und Melissengeschmack oder eine Schorle, Apfelsaft und Mineralwasser gemischt, das sind die typischen Getränke unserer Region, die ich Ihnen offerieren kann«, kommt die Empfehlung postwendend zurück, »woher kommen Sie denn?«

»Aus der Slowakei, ich werde im Berggasthaus ›Staubern‹ arbeiten, wie Sie im Service«, erklärt Valeska.

»Aha, in den ›Staubern‹, bei Janine und Martin«, lacht Angela und stellt sich Valeska mit Vornamen vor, »wir können uns duzen, wir sind hier im Alpstein wie eine große Familie und kennen uns alle! Willkommen!«

Valeska bestellt ein Flauder und einen ›Schlorzifladen‹, der ihr von Angela, die sich wieder um ihre anderen Gäste kümmern muss, als Zwischenverpflegung wärmstens empfohlen wird. Mit Blick auf den Fälensee und die dahinterliegenden Fälentürme genießt sie die Ruhe der beeindruckenden Bergwelt und das Glücksgefühl, hier die nächsten Monate verbringen zu dürfen.

Bevor sie aufbricht, fragt sie Angela nach einer Variante, wie sie das große Schneefeld hinauf zur Saxer Lücke umgehen könne, um wieder zurück auf die Staubern zu gelangen. Angela empfiehlt und erklärt ihr den Weg über die Rainhütte mit dem steilen, aber gut ausgebauten Aufstieg hinauf ins Berggasthaus und verabschiedet sie mit einem »Bis zum nächsten Mal, Valeska, wir werden uns sicher bald wieder sehen und dann auch mehr Zeit haben, uns zu unterhalten. Ich wünsche dir einen guten Start und vor allem mehr Glück, als unsere Servicekollegin letztes Jahr hier hatte!«

»Kollegin, letztes Jahr, mehr Glück – was meinst du damit«, fragt Valeska sichtlich verwirrt und dreht sich nochmals zu Angela um.

»Oh, entschuldige, ich dachte, du hast schon davon gehört«, ruft ihr diese nach, »letztes Jahr wurde im ›Plattenbödeli‹ eine junge Deutsche, die dort gearbeitet hat, ermordet. Bis heute weiß man nichts Genaueres, der Fall wurde noch nicht aufgeklärt. Aber wenn du mehr darüber wissen willst, musst du Fränzi, die Wirtin des Berggasthauses ›Plattenbödeli‹, fragen.«

Valeska hat kurz das Gefühl, in ein Loch zu stürzen, spürt nur noch eine Leere, merkt, dass das Blut aus ihrem

Kopf zurückweicht, sie bleich und ihr schwindlig wird. Sie atmet tief durch, versucht sich zu fassen, setzt ein Lachen auf und ruft zurück: »Na dann hoffen wir, dass ich mehr Glück habe!«

Auf dem Weg zurück kreisen ihre Gedanken noch lange um das Gehörte. Valeska spürt, dass sie dieser Geschichte nachgehen muss. Diesen Entschluss fasst sie noch, bevor sie die ›Staubern‹ wieder erreicht hat.

Ziemlich erschöpft kommt Valeska eineinhalb Stunden später wieder an ihrem neuen Wohnort an und erzählt Janine und Petra von ihren ersten Eindrücken sowie dem Treffen mit Angela. Darüber, was diese ihr zum Abschied erzählt hat, schweigt sie, damit muss sie zuerst einmal mit sich selber zurechtkommen.

Janine und Petra schauen sich immer wieder an und schmunzeln über die Begeisterung, die ihre neue Kollegin ausstrahlt und wie sie über ihre ersten Erlebnisse und Begegnungen schwärmt. »Da haben wir einen Glücksgriff getan«, flüstert Janine Petra zu, »die passt zu uns, die passt hierher.«

SONNTAGMORGEN, KURZ NACH ACHT UHR, BERGGASTHAUS STAUBERN

Mit einem etwas verlegenen Blick auf seine Uhr vergewissert sich Bruno Fässler, dass er mit seinem Zeitgefühl, welches ihm rund Viertel nach acht sagt, richtig liegt. Dann richtet er sich nach einem kurzen Räuspern an die Gäste: »Fässler, Bruno, Kriminalpolizei Appenzell, guten Morgen.«

Der Lärmpegel in der Gaststube der ›Staubern‹ geht nur unwesentlich zurück, Bruno wird etwas lauter und versucht es noch einmal: »Fässler, Bruno, Kriminalpolizei Appenzell, guten Morgen.« Und nach einer kurzen Pause: »Es ist letzte Nacht hier scheinbar etwas passiert, hier in den ›Staubern‹, wir wissen aber noch nicht genau was.«

Die Gäste unterbrechen ihre Unterhaltungen an den Tischen, bleiben regungslos am Buffet stehen, fixieren gespannt und erwartungsvoll den Abteilungsleiter der Kripo, an dessen Seite auch Martin, der Chef des Berggasthauses, steht.

»Doch liegt die Vermutung nahe, dass es sich um ein Delikt gegen Leib und Leben handelt. Deshalb müssen wir Sie alle bitten, sich zu unserer Verfügung zu halten, damit wir Ihre Personalien aufnehmen und Sie kurz befragen können.«

Ein Raunen geht durch die Gaststube, einige Gäste wollen wissen, was ›gegen Leib und Leben‹ und ›Vermutung‹ bedeute, andere echauffieren sich lautstark über diesen Eingriff in ihre Tagesplanung. Martin versucht, seine Gäste zu beruhigen, entschuldigt sich für die Unannehmlichkeiten, appelliert an ihre Unterstützung.

»Im Moment kann ich Ihnen nicht mehr sagen. Und … es wird leider eine gewisse Zeit dauern, wir sind erst zu zweit hier. Bis unsere Kollegen zur Verstärkung kommen, wird es noch rund eine Stunde dauern – tut mir leid«, ergänzt Bruno Fässler.

Max Dörig hat unterdessen das ›Stübli‹ mit Markierband gesichert und die Bereiche abgegrenzt, die ab sofort niemand mehr betreten darf. Reine Routine, auch wenn ihm bewusst ist, dass allfällige Fußspuren schon längst verwischt oder mit neuen überdeckt worden sind. Dann bietet er weitere Kollegen aus Appenzell auf, auch von der Einsatz- und Verkehrspolizei sowie aus der Abteilung Support, die ihn und Bruno bei der Einvernahme der Gäste, der Erfassung der Personalien und bei der ›Einfrierung‹, der Sicherung des mutmaßlichen Tatortes, unterstützen können. Mit einem kurzen Anruf bei Staatsanwalt Stefan Räss veranlasst er zudem das Aufgebot des Forensisch-Naturwissenschaftlichen Dienstes FND aus St. Gallen, welcher über ›Ostpol‹, dem Ostschweizer Polizeikonkordat, auch die anderen Ostschweizer Kantone mit seiner Expertise unterstützt.

»Mit dem Institut für Rechtsmedizin warten wir noch, wir haben ja noch keine Leiche gefunden, noch basiert es nur auf unserer Vermutung, dass es auch wirklich eine gibt«, versucht Max seinem Staatsanwalt die etwas wirre Situation zu erklären. »Aber fordere doch bitte Bereitschaft für das Institut an, damit sie sofort einsatzbereit sind, sollten wir etwas finden.«

»Ein Polizeihundeführer könnte euch eventuell helfen, dieser Vermutung nachzugehen beziehungsweise eine neue Spur zu finden«, wirft Stefan Räss ein, »wir haben ja Hunde in ›hunde.ostpol.ch‹, die auf die Suche nach Personen spezialisiert sind.«

»Auf die Suche nach lebenden oder bereits toten Personen«, fügt Max Dörig an.

Da sich Staatsanwalt Räss und Ermittler Dörig einig sind, dass diese Unterstützung angebracht ist, bietet Max sofort seinen Kollegen mit dem Personenspürhund auf. Dann geht er hinauf in die Gaststube, um seinen Chef bei den ersten Einvernahmen zu unterstützen.

Dieser hat sich unterdessen am hintersten Tisch auf der Appenzeller Seite der Gaststube, mit Blick Richtung Alp Sigel, Sämtisersee und Plattenbödeli, eingerichtet und die Gäste auf die andere Seite des Raumes geschickt. Doch Zeit, die Aussicht in den Alpstein zu genießen, hat er keine. Denn bis seine Kollegen aus Appenzell eintreffen und Max wieder zu ihm stößt, muss er allein die Einvernahmen organisieren und darauf achten, dass niemand verschwindet, ohne dass die Personalien aufgenommen wurden. Deshalb hat er auch Janine und Martin, Monika und Petra eingespannt, welche einerseits versuchen, die Gäste zu beruhigen, andererseits diese auch beobachten und sicherstellen, dass niemand das Haus verlässt. Um einen besseren Überblick zu haben, wurden auch die Gäste, welche noch in ihren Zimmern waren, in die Gaststube heruntergebeten, wo Martin und Janine mithilfe ihrer Buchungsliste begonnen haben zu überprüfen, ob wirklich noch alle Gäste im Haus sind.

»Räss ist informiert, Kollegen und FND sind aufgeboten, Hundeführer wird kommen, Rechtsmedizin ist in Bereitschaft«, rapportiert Max Dörig kurz seinem Chef, bevor er sich zu ihm an den Tisch setzt. »Mit wem wollen wir beginnen?«

»Wen haben wir denn hier?«, fragt Fässler zurück.

»Eine Gruppe, bestehend aus jungen Paaren, Schweizer Familien, deutsche Familien, einzelne Paare und Gäste aus diesen beiden Ländern, aus den Niederlanden sowie aus Osteuropa – der übliche Mix.«

»Ich denke, wir sollten uns zuerst die Gruppe, welche unten im ›Stübli‹ war, vornehmen. Einzeln vernehmen und schauen, dass sie sich zwischenzeitlich nicht untereinander absprechen, damit wir ein möglichst umfassendes Bild erhalten. Was sie bis jetzt besprochen haben – falls sie dies gemacht haben – können wir nicht mehr beeinflussen.«

»Wie viele Personen waren das genau? Monika hat von rund einem Dutzend gesprochen, das ist etwas vage.«

»Es waren elf, sechs Männer und fünf Frauen, die Wirtsleute haben dies über ihre Buchungsliste genau bestimmt.«

»Nun, bis wir mit denen durch sind, sollten unsere Kollegen auch hier sein«, seufzt Max Dörig und macht sich daran, die Gruppenmitglieder zu informieren.

In den folgenden Gesprächen erfahren die beiden jedoch nicht viel, was sie wirklich weiterbringen könnte. Die sechs befreundeten Paare – eine der Frauen fehlt wegen ihrer bereits fortgeschrittenen Schwangerschaft – aus Bülach im Zürcher Unterland, hatten im Rahmen ihres gemeinsamen Wanderwochenendes in den ›Staubern‹ die zweite Übernachtung gebucht. Bereits am Freitag waren sie von Brülisau aus über das Brüeltobel ins ›Plattenbödeli‹ hinaufgestiegen und hatten dort einen ersten feucht-fröhlichen Abend verbracht. Nach der ausgiebigen Tagestour über die Alp Sigel, die obere Mans, die Bogartenlücke und die Marwees zum Widderalpsattel, dem Ab- und kurzen Aufstieg zur Bollenwees und dem Schlussanstieg über die Saxer Lücke auf die Staubern hatten sie dann nochmals ausgiebig einen gemeinsamen Abend genossen. Um bei diesem nicht von anderen Gästen gestört zu werden – und noch wichtiger: um diese nicht zu stören – hatten sie schon im

Voraus das ›Stübli‹ für sich reserviert. Unmittelbar nach dem Nachtessen, welches sie noch in der Gaststube eingenommen hatten, wechselten sie gegen halb acht Uhr ins Untergeschoss.

In den Aussagen gibt es keine Widersprüche, alle Befragten erzählen von einem geselligen, ausgelassenen Abend mit viel Alkohol, vom regelmäßigen Nachfragen der Servicemitarbeiterinnen des Berggasthauses, von Valeska, die sich kurz nach halb zwölf zu ihnen setzte und dem gemeinsamen Verlassen des Raumes gegen halb zwei Uhr. Denn am Sonntag sollten noch der Rückweg über den Staubernfirst zum Hohen Kasten und der Abstieg über den Kamor und Resspass nach Brülisau sowie die Rückfahrt nach Bülach auf dem Programm stehen. Und dafür war Tagwache um halb acht Uhr angesagt.

Valeska wird von allen Befragten als lebhaft, lustig, oft gar überdreht, dargestellt. Sie sei eine richtige Stimmungsmacherin, die auch gegen halb zwei Uhr, als sich die Gruppe zurückziehen wollte, noch voll in Schuss war und keine Spuren von Müdigkeit gezeigt habe, obschon sie ja schon den ganzen Tag gearbeitet hatte. Getrunken habe sie kaum was, doch sei sie in gleich gelöster Stimmung gewesen wie die anderen, die doch – mit Ausnahme eines Paares – schon einiges an Alkohol intus hatten. Und mehrfach wird erwähnt, dass sich Valeska offensichtlich für Nik interessiert habe, der Einzige der Männer, der seine Frau nicht dabei hatte. Nik habe wohl zugelassen, dass Valeska sich meist an seiner Seite aufhielt, habe aber nur etwas, wenn auch eher zurückhaltend, mitgeflirtet, mehr nicht.

Auch Nik selbst bestätigt, eher zögerlich und aus der Position des Beobachteten, in die er gedrängt wird, etwas verunsichert die Schilderungen seiner Freunde und weist eindrücklich darauf hin, dass er einfach auch wie alle anderen Spaß haben wollte, nicht mehr und nicht weniger. Denn er habe doch nicht vor, seine schwangere Frau bei erster Gelegenheit zu betrügen, wenn er mal allein unterwegs sei.

Die einzige Auffälligkeit, die noch genannt wird, ist, dass Rebecca einmal das Gefühl gehabt habe, dass jemand draußen vor dem ›Stübli‹ herumschleiche. Die Männer hätten sich dann sofort nach draußen gestürzt, jedoch nichts gesehen oder gehört. »Der Wind vermutlich, nicht überraschend bei der Ruhe hier oben, dass man jedes Geräusch wahrnimmt«, hatte einer der Befragten als Erklärung angeführt.

Bereits nach der Hälfte der Befragungen ist Bruno Fässler und Max Dörig klar, dass das, was jetzt noch kommen würde, nur noch eine Wiederholung des bereits Gehörten sein würde. Und dass die Aussagen trotz hoher Übereinstimmung nicht abgesprochen sind.

Noch bevor sie die Befragungen weiterführen können, treffen ihre Kollegen aus Appenzell zusammen mit dem Hundeführer und Staatsanwalt Stefan Räss im Berggasthaus ein. Sofort und schon beinahe routinemäßig legt Bruno Fässler nach einem kurzen »Ich komme gleich zu dir« in Richtung des Staatsanwaltes das weitere Vorgehen fest. Er beordert zwei Kollegen zur weiteren Absicherung des ›Stüblis‹ nach unten, beauftragt vier weitere sicherzustellen, dass niemand das Berggasthaus verlässt und dass dieses auch von niemandem betreten wird. Zudem soll die Kommunikation unter den Anwesenden auf ein Minimum beschränkt und darauf geachtet werden, was sie reden und ob jemand bereits irgendwelche Schlussfolgerungen zieht.

Paul Manser, den Abteilungsleiter der Verkehrs- und Einsatzpolizei, bittet er, das Berggasthaus so abzusperren, dass es niemand ohne ausdrückliche Bewilligung betreten oder verlassen kann. Und der Vertreter der Abteilung Support erhält den Auftrag, den Mediendienst, die Protokollführung und einen der Situation angepassten Einsatz der Kommunikationstechnik sicherzustellen.

Trotz einem bekannten Prozedere und routinemäßigen Anordnungen erfordert das weitere Vorgehen in der alpinen Umgebung von allen Beteiligten äußerste Konzentration.

Auch für jemanden, dessen Einsatz in diesem Team neu ist und dessen Einbezug für Bruno Fässler Neuland bedeutet: Markus Tobler, Hundeführer der Gruppe Appenzell des Polizeihundeführer-Vereins St. Gallen-Appenzell, der im Ostschweizer Polizeikonkordat mit ›hunde.ostpol.ch‹ ein Kompetenzzentrum für Spezialhunde und gesamtschweizerische Einsatzüberprüfungen von Spezialhunden leitet. Und wo Markus Tobler ist, ist natürlich auch sein kurzhaariger Magyar Vizsla ›Marek von der Moren‹, der ungarische Vorsteherhund und Mantrailer oder Personenspürhund. Die Vizslas sind hervorragende Schweißhunde, welche sich durch Ausdauer und Schnelligkeit sowie Spur- und Fährtensicherheit auszeichnen und zudem ausgesprochen lernwillig sind.

Bruno Fässler informiert Markus Tobler kurz über den Stand der Dinge und kommt sogleich auf den Punkt und zur Frage, die ihn am stärksten beschäftigt: »Markus, kann dein Hund einen Menschen oder, was wir hier befürchten müssen, eine Leiche finden?«

»Grundsätzlich ist dies möglich, eine Garantie kann ich aber nicht geben«, beginnt der Polizeihundeführer seine

Erklärungen. »Wenn ein Mensch tot ist, überdeckt der stärkere Leichengeruch den Individualgeruch, was es für den Hund schwieriger macht, diesen zu finden. Dazu kommen weitere Faktoren, welche die Suche erschweren können, wie Wind, die Topografie des Geländes oder Temperaturunterschiede.«

»Und es ist ja auch schon einige Stunden her, dass die Leiche – oder sagen wir mal, der Körper – verschwunden ist«, wirft Max Dörig ein.

»Das spielt keine Rolle«, entgegnet ihm Markus Tobler, »der Zeitfaktor ist nicht so entscheidend, Marek findet Spuren auch noch nach zwei bis drei Tagen. Wichtig ist nur, dass es Spuren in Form von Gerüchen gibt, die er aufnehmen kann – das kann auch Blut sein. Denn der Mantrailer orientiert sich an menschlichen Gerüchen, die er trotz vieler anderer Gerüche von diesen unterscheiden kann, und nicht an Bodenverletzungen wie bei der Fährtensuche. Der Mensch verliert auch ständig Hautpartikel, die verwirbelt und verstreut werden, wenn er sich bewegt. Neben Hautschuppen sind oft auch Rückstände von Kosmetika in diesen Partikeln, welche durch die Einwirkung von Bakterien auf die menschlichen Zellen einen Geruch entwickeln, welchen der Hund aufnehmen kann. Oder bei verletzten Personen sind es die Blutspuren, welche ihm die Spur vorgeben.«

»Wir haben, wie bereits erwähnt, eine Blutspur unten im ›Stübli‹, aber keine weiteren Spuren in Richtung eines Ausganges gefunden. Und draußen haben wir noch nicht detailliert nachgeschaut, in diesem Gelände ist es für uns sehr schwierig, Spuren zu finden«, erklärt Bruno Fässler die Situation.

»Wenn Marek die Blutspur im ›Stübli‹ als Ausgangspunkt hat, wird er auch weitere Spuren in der näheren

Umgebung finden, falls es solche gibt. Dem Hund liefert seine Nase die gleichen Informationen wie uns unsere Augen, mit dem Unterschied, dass seine Nasenschleimhaut rund 34 Mal grösser ist und 45 bis 50 Mal mehr Riechzellen hat als die menschliche Nase!«

»Wurde dein Hund speziell auf Leichensuche ausgebildet?«, fragt Max Dörig nach.

»Ja, ich habe ihn mit der SOKKS-Methode auf den Leichengeruch konditioniert, damit er diesen Geruch nicht meidet und den Trail bis zum Leichnam zu Ende ausarbeitet. Denn naturgemäß verfolgen Schweißhunde Gerüche von Lebewesen, nicht aber Leichengerüche. SOKKS ist eine Mikromengen-Geruchskonditionierung, welche hilft, den Hund zu trainieren, dass er verstorbene und lebende Menschen – oder auch Teile davon – und menschliches Blut erkennen kann. Die Methode basiert bezüglich Leichensuche auf den Erkenntnissen, dass charakteristisch menschliche Gerüche ganz am Ende des Lebens freigesetzt werden.«

»Nun, einen Versuch ist es wert«, fasst Bruno Fässler zusammen, »falls du, oder besser gesagt, ihr keinen Erfolg habt, können wir immer noch den Armeehelikopter mit Wärmebildkamera anfordern.«

»Wenn Marek die Leiche nicht findet, kannst du dir das Geld für den Helikopter sparen – die Erfolgsquote des Hundes ist nachweislich höher, auch wenn sie durchschnittlich nur zwischen fünf und zehn Prozent liegt!«

»Dann setzen wir unsere ganze Hoffnung auf Marek«, stellt Max Dörig nüchtern fest.

»Ohne mich hervorheben zu wollen«, korrigiert ihn Markus Tobler, »wichtiger als die Nase des Hundes ist der, der die Leine führt, denn ich muss das Verhalten des

Hundes deuten und die Spur, die er findet, lesen. Und einfach, damit es gesagt ist: Die Spurensuche wird immer ohne persönliche Gefährdung durchgeführt – gerade in diesem alpinen Gebiet ein wichtiger Grundsatz.«

»Okay Markus, dann leg mal los, uns brauchst du dazu ja nicht. Nimm einen Kollegen unserer Abteilung mit, der uns auf dem Laufenden halten kann«, erteilt Bruno Fässler als Einsatzleiter den offiziellen Auftrag.

»Und, Max, beschaff mir bitte noch ein Foto dieser Valeska, danke.«

Während Markus Tobler mit Marek von der Moren das Berggasthaus ›Staubern‹ verlässt, wendet sich Bruno Fässler seinem ihm vorgesetzten Staatsanwalt Stefan Räss zu: »Stefan, entschuldige bitte die Verzögerung, aber jetzt hab ich endlich Zeit für dich. Lass uns kurz hinunter ins ›Stübli‹ gehen, damit ich dir die aktuelle Situation zeigen und erklären kann.«

»Wird auch langsam Zeit!« Stefan Räss ist sichtlich genervt.

»Ich möchte endlich wissen, worum es geht, nicht nur, was ihr gefunden habt und was euch fehlt. Wir haben erneut einen Mord im Alpstein – das passt nicht in diese Idylle, das passt nicht ins Image der Innerrhoder Kantonspolizei, das passt absolut nicht in meine Erfolgsliste!«

»Ich werde mein Möglichstes tun, das weißt du. So wie du auch weißt, dass ich mich auch in der Vergangenheit immer mit vollem Einsatz reingekniet habe, auch wenn – zugegebenermaßen nicht nur deswegen – dadurch meine Ehe in Brüche ging. Aber ich weiß zum jetzigen Zeitpunkt noch nicht, worum es hier geht. Keine Ahnung!«

»Es ist mir ein großes Anliegen, dass diese Tat aufgeklärt wird, wie auch immer. Welche Rolle spielt denn dieser Hobbydetektiv und Krimiautor Marty, was hat er mit der Sache zu tun? Ist es wirklich nur Zufall, dass er wieder hier ist in der Nacht, in welcher erneut ein – so vermuten wir doch – Mord geschieht? Ich möchte, dass du ihn von Anfang an beobachtest, deine Ermittlungen auch auf ihn fokussierst, Tatverdacht hin oder her. Haben wir uns verstanden?«

»Ja, mach ich«, stimmt Bruno Fässler resigniert zu.

EIN HALBES JAHR ZUVOR, ST. GALLEN

Roger ist zufrieden – wieder zufrieden.

Das war im letzten Jahr nicht immer so. Es war diese Beziehung zu Monika, die eigentlich keine war und keine werden konnte, ihn jedoch emotional stark beschäftigte. Er hatte sich schon immer gut mit ihr verstanden, fühlte sich in einer Art ›Seelenverwandtschaft‹ zu ihr hingezogen. Die Gespräche mit ihr hatten es ihm angetan, er liebte es, mit ihr zusammen sprachlich zu spielen, zu versuchen, sie zu irritieren, ihr verschlüsselte Botschaften zu senden und zu beobachten, wie sie darauf reagierte.

Und er liebte es, wie sie auf sein Spiel einging, ihn selbst herausforderte, ebenso geheimnisvoll kommunizierte und bei Roger den Anschein erweckte, dass sie mehr sagen wollte, als sie aussprach.

Doch es war mehr als nur diese intellektuelle und geistige Anziehung, Roger fühlte sich auch von Monika als Frau angezogen, begann, sie auch körperlich zu begehren. Doch sie schien noch nicht bereit zu sein, sich auf einen Mann einzulassen, war vermutlich noch zu stark belastet durch ihre früheren Beziehungen. Deshalb hatte er ihr auch seine wirklichen Gefühle nie offenbart.

Als das ›Plattenbödeli‹ Anfang November den Saisonbetrieb einstellte, verlor er Monika etwas aus den Augen, hatte nur noch unregelmäßig Kontakt zu ihr. Und auf diesem Weg erfuhr er dann auch, dass sie für längere Zeit nach Australien reisen wollte.

Natürlich verstand er ihre Entscheidung, natürlich ermutigte er sie in ihrem Vorhaben – denn den emotionalen Schmerz, den er empfand, wollte und konnte er gegenüber ihr nicht zugeben. Ein Schmerz, der auch über die vergangenen zwei Monate, während denen er keinen Kontakt mehr zu Monika gehabt hatte, nicht nachgelassen hatte. Und deshalb schwor er sich, möglichst bald nach ihrer Rückkehr den Kontakt zu ihr wieder aufzunehmen und sie zu treffen – wo sie auch immer arbeiten würde.

Beziehungen und die Sinnhaftigkeit derselben sind nicht nur deswegen Themen, mit denen sich Roger wieder verstärkt beschäftigt. Denn er hat sich vorgenommen, sich wieder mehr mit der Philosophie, die während des Schreibens etwas zu kurz gekommen ist, zu beschäftigen.

Interessant und herausfordernd findet er die Aussagen des deutschen Philosophen Wilhelm Schmid, der sich auf die von diesem so bezeichnete ›Lebenskunstphilosophie‹ spezialisiert hat und den Roger im Rahmen einer Veranstaltung live erleben konnte. Schmid geht davon aus, dass Menschen die stärksten Sinnerfahrungen in der Liebe, der stärksten Beziehung zwischen Menschen, machen. Und dass, wenn Sinn besteht, auch Energie fließt.

Roger fühlt sich in diesen Aussagen bestätigt, auch in seiner Grundhaltung, dass Beziehungen mit der Beziehung zu sich selbst beginnen. Denn in den letzten Jahren musste er lernen zuerst mit sich selbst zurechtzukommen, um auch Beziehungen zu anderen Menschen aufbauen zu können. Und umso mehr Zufriedenheit er im Umgang mit sich verspürte, desto leichter fiel es ihm auch, Beziehungen zu anderen, neuen Menschen aufzubauen. Aber auch Beziehungen zur Um- und Mitwelt, Beziehungen zur Welt, in der er sich bewegt und in der er lebt.

Dass er dem Sinn und damit auch Beziehungen eine

immer größer werdende Bedeutung zumisst, erklärt Roger für sich als ›Alterserscheinung‹, als natürlichen Prozess im Älterwerden. Dazu gehört aber auch Sinnlichkeit, die – mindestens für den Moment – so viel Sinn bieten kann, dass sich die Frage nach dem Sinn des Lebens erübrigt. Doch diese Sinnlichkeit kommt bei Roger noch etwas zu kurz, gerne hätte er diese auch mit einem anderen Menschen – auch mit Monika – geteilt.

Roger hat einen kleinen, aber aus seiner Sicht guten Freundeskreis, auf den er immer zählen kann. »Meine Freunde sind die Menschen, die mich mögen, obwohl sie mich kennen«, definiert Roger diese in Anlehnung an eine Aussage von Wilhelm Schmid. Diese Freundschaften bringen eine gewisse Kontinuität in Rogers doch so wechselhaftes Leben, ermöglichen ihm, Positives noch stärker zu erleben, indem er dieses mit seinen Freunden teilt, und motivieren ihn, neue Wege zu gehen.

Und nach vielen Jahren, während derer die Arbeit im Vordergrund stand, hat er nun eine weitere Sinndimension entdeckt: »Es gibt noch etwas anderes!« Gerade in jüngster Vergangenheit hat sich Roger immer wieder die Frage gestellt: »Wofür bin ich hier?« Und er hat unterdessen eine erste Antwort darauf gefunden.

»Meine Aufgabe könnte sein, dass ich meinen Mitmenschen die Geschichten erzähle, die mich beschäftigen, dass ich sie mit meinen Gedanken und Gedankenspielen konfrontiere und sie über Irritation und Verwirrung zu eigenen Gedankenspielen animiere. Und dass ich damit dazu beitrage, dass neue Geschichten entstehen können«, fasst Roger für sich zusammen.

Er lehnt sich zurück, verschränkt die Arme im Nacken, blickt gegen die Decke und genießt einen Moment des großen Glücksgefühls. Er hat einen neuen Sinn seines Lebens gefunden: Geschichtenerzählen.

Im Winter verbringt Roger nur wenig Zeit im Alpstein. Die Berggasthäuser sind geschlossen und da fehlt auch einem Menschen wie Roger, der grundsätzlich gerne und gut allein sein kann, die Möglichkeit einzukehren, sich auszuruhen und einige Minuten in Gesellschaft zu verbringen. So beschränken sich seine Schneeschuhwanderungen auf Routen, die er ohne Unterbrechung absolvieren kann und die ihn innerhalb weniger Stunden wieder an den Ausgangsort zurückbringen.

Doch heute ist wieder einmal der richtige Zeitpunkt für eine längere Tour. Der Moment, um ein persönliches Hochgefühl in der freien Natur, im Alpstein, zu genießen.

AM ABEND ZUVOR, BERGGASTHAUS STAUBERN

»Alle fertig mit dem Essen?«, fragt Lea in die Runde.

Ihre Freundinnen und Freunde scheinen sie nicht zu hören oder nicht hören zu wollen. Es ist lärmig in der Gaststube des Berggasthauses ›Staubern‹, der Raum ist gut besetzt, die Mitarbeiterinnen im Service haben alle Hände voll zu tun, die Tische in angemessener Zeit mit dem bestellten Essen zu versorgen. Zwischen sieben und acht Uhr ist Hauptessenszeit, und zu den Gästen, welche hier übernachten, kommen noch jene dazu, die nach dem Essen wieder mit der Bahn nach Frümsen hinunterfahren.

»Seid ihr fertig?«, ruft Lea etwas lauter über den Tisch. »Können wir jetzt endlich runter ins ›Stübli‹ wechseln?« Sie gibt ihrem Freund Michael, der neben ihr sitzt, einen Stoß: »Los Michi, komm, wir machen den Anfang, sonst kommen wir hier nie weg!«

Die beiden erheben sich vom Tisch, an welchem noch weitere vier Paare und Dominik sitzen. Dominik musste seine Frau Melanie – Meli, wie er sie nennt – zu Hause lassen. Meli ist im achten Monat schwanger, mit dem ersten Kind des jungen Paares. Die zweitägige Alpsteintour wäre für sie zu anstrengend gewesen – und doch wollte Meli, dass Nik die Gruppe begleitet. Denn schon seit Jahren gehört dieser jährliche Wanderausflug zur Tradition der sechs befreundeten Paare aus dem Zürcher Unterland.

Die Männer spielen alle Fußball im Seniorenteam des FC Bülach, in welchem sie sich gemeinsam über die Nachwuchsmannschaften in die erste Mannschaft gespielt haben, bevor sie dann, um die dreißig, zu den Senioren wechselten. Zwei Trainings pro Woche, ein Spiel am Wochenende, das reicht ihnen heute, denn inzwischen sind alle beruflich stark engagiert und einige auch dabei, eine Familie aufzubauen.

Schon früh hatten sie begonnen, ihre Lebenspartnerinnen mitzunehmen, wenn sie zusammen waren, hatten einander immer wieder zu kleinen Partys und gemeinsamen Essen eingeladen, sei es zum Brunch am Nationalfeiertag, dem 1. August, sei es am Silvesterabend oder im Sommer zu einem Grillfest. Und da alle sportlich aktiv sind und gerne ihre Freizeit in der freien Natur verbringen, entstand bald einmal die Idee, jedes Jahr an einem anderen Ort ein Wanderwochenende durchzuführen.

Lea ist nicht nur für den Wechsel ins Untergeschoss die Wortführerin – sie und Michi haben sich in diesem Jahr bereit erklärt, den Ausflug zu organisieren. Da sie manchmal auf dem Heimweg nach dem Skifahren im Bündnerland den längeren, aber oft schnelleren Weg durch das Rheintal und über St. Gallen wählen, um einem möglichen Stau am Walensee oder kurz vor Zürich auszuweichen, ist ihnen das Alpsteingebirge bekannt. Kurz vor der Autobahnraststätte ›Rheintal‹ taucht jeweils am Horizont die Kette mit den Kreuzbergen, der Saxer Lücke, dem Furgglen- und dem Staubernfirst bis zum Hohen Kasten auf – ein Anblick, der Lea jedes Mal von Neuem fasziniert. Und irgendwann entdeckte sie dann auch das kleine, exponierte Berggasthaus auf der Staubernkanzel.

Damit war das Ziel für sie klar, der Weg von Brülisau zur ersten Übernachtung im ›Plattenbödeli‹ und die Tagestour über die Alp Sigel, die obere Mans, die Bogartenlücke und die Marwees zum Widderalpsattel, zur Bollenwees über die Saxer Lücke in die Staubern ergab sich dann wie von selbst. »Den großen Brocken am ersten Tag, damit wir es am zweiten etwas ruhiger nehmen können«, hatte sie Michi ihre Planung erklärt. Denn Lea wusste bereits damals, dass sich die Männer mit Alkohol nicht zurückhalten würden.

Leas Vorstoß scheint Wirkung zu zeigen, nach und nach stehen auch die anderen auf und folgen ihr und Michi ins ›Stübli‹ hinunter. Valeska, welche die Gruppe während des Nachtessens bedient hat, ist über den bevorstehenden Wechsel informiert und offeriert der Gruppe, dass sie die restlichen Getränke hinunterbringen werde. Doch bereits sind alle Gläser und angebrochenen Flaschen weg vom Tisch und zusammen mit der Gruppe auf dem Weg nach unten. »Das können wir selber runternehmen«, lacht Nik und zwinkert Valeska zu, »aber du kannst uns nochmals zwei Flaschen vom ›Frümsner Blauburgunder‹ hinunterbringen.«

Schon bei ihrer Ankunft auf den Staubern hatte die Gruppe sich bei einer Runde Bier erfrischt und dabei Valeska kennengelernt, die ihnen sofort das ›Du‹ angeboten hatte. Und vor allem den Männern gefiel diese Offenheit und noch mehr die Perspektive, von einer so hübschen, jungen Frau bedient zu werden. Deshalb hatte Nik dann gleich einen Tisch fürs Nachtessen reservieren lassen – mit Nachdruck »einen Tisch, der von dir, Valeska, bedient wird.«

Nik kommt als Letzter ins ›Stübli‹, die anderen haben bereits die beiden Tische zusammengeschoben und auf der langen Eckbank und den Stühlen Platz genommen. »Ich habe mir erlaubt, nochmals etwas Wein zu bestellen. Ich vermute, da wird mir niemand böse sein«, ruft Nik in die Runde.

»Wir müssen einfach Rob im Auge behalten«, lacht Philipp, »der hatte ja gestern im ›Plattenbödeli‹ schon etwas zu viel.«

»Aber im Gegensatz zu dir ist er heute Morgen gut aus den Federn gekommen«, ergreift Sabrina Partei für ihren Freund Robin.

»Das war noch nie seine Stärke, ob mit oder ohne Alkohol«, bestätigt Philipps Frau Nina mit einem Schmunzeln.

»Die Einzigen, die gestern noch wirklich nüchtern ins Bett gingen, waren Chris und Rebi, aber das hat ja seinen Grund«, bemerkt Flavio trocken und spürt postwendend den Ellbogen seiner Freundin Sandra in den Rippen. »Das geht niemanden etwas an«, flüstert Sandy ihm zu, »dass die beiden in der Familienplanung sind.«

Christoph und Rebecca schauen sich kurz an, halten sich aber mit Kommentaren zurück und versuchen das Gespräch auf ein anderes Thema zu lenken: »Lea, wie sieht denn nochmals das Programm für morgen aus?«

»Halb acht Uhr Tagwache, Frühstück, dann geht's über den Staubernfirst bis zum Kastensattel, hinauf auf den Hohen Kasten zum ersten Zwischenhalt. Anschließend nehmen wir den Weg über den Kamor und den Resspass nach Brülisau hinunter. Ich rechne zweieinhalb Stunden bis auf den Kasten, dann etwa nochmals so lange hinunter zu unseren Autos, wesentlich weniger anstrengend als unsere heutige Tour«, fasst Lea zusammen, »aber wenn ihr die traumhafte Aussicht auf diesem Höhenweg genießen wollt, empfehle ich trotzdem etwas Zurückhaltung.«

»Aber diese beiden Flaschen trinkt ihr doch noch leer?«, fragt Valeska, die eben den Raum betreten hat, lachend in die Runde.

»Ja klar, wenn du uns dabei hilfst«, versucht Nik sie auf ein Glas einzuladen.

»Geht jetzt leider nicht, ich muss oben noch arbeiten, komme aber vielleicht später auf das Angebot zurück. Zudem ist dieses Wochenende meine beste Freundin hier auf Besuch, ich kann sie nicht einfach allein lassen.«

»Dann nimm sie doch mit, kein Problem für uns«, lässt Nik nicht locker.

»Okay, ich schau dann mal. Jemand von uns wird regelmäßig vorbeischauen, ob ihr noch was braucht«, schließt Valeska ab, stellt die beiden Flaschen auf den Tisch und verschwindet wieder hinauf in die Gaststube.

»So meine Herren, wie wär's jetzt mit einer Zigarre«, fragt Philipp in die Runde. Während die Frauen ebenso lautstark wie erfolglos protestieren, dass dann alle Kleider nach Rauch stinken würden, macht ein Etui mit ›Cohiba Robusto‹ die Runde, aus dem sich mit Ausnahme von Chris alle Männer bedienen. Schon bald ist der Raum in Zigarrenrauch und -duft gehüllt, was Rebecca veranlasst, in regelmäßigen Abständen die Tür Richtung Staubernfirst zu öffnen, um zu genügend Frischluft zu kommen. Was kein einfaches Unterfangen ist, haben sich doch auch drei der Frauen ihren rauchenden Partnern angeschlossen und mischen den Zigarren- nun auch noch mit Zigarettenrauch.

Schon bald sind auch die beiden neuen Flaschen Wein leer. Deshalb werden, als Monika das erste Mal im ›Stübli‹ auftaucht und sich bei der Gruppe erkundigt, ob alles in Ordnung ist, Getränke nachbestellt.

»Wenn wir schon im Appenzellerland sind, müssen wir doch auch ›Appenzeller‹ trinken«, schlägt Robin vor.

»Mit Appenzellerland hast du ganz knapp recht«, belehrt ihn Monika, »beim Nachtessen seid ihr noch auf

St. Galler Boden gesessen!« Sie schildert kurz den Grenzverlauf durch das Berggasthaus und nimmt die Bestellung für den Appenzeller Alpenbitter auf. Nur Chris und Rebi halten sich zurück und wechseln auf ›Flauder‹, die Appenzeller Kräuterlimonade.

Kurz nach elf Uhr schaut Monika zum letzten Mal vorbei und vergewissert sich, dass alle haben, was sie brauchen. Gegen halb zwölf Uhr stößt dann Valeska zur Gruppe, sie hat Feierabend und will noch ein wenig Zeit mit den sympathischen jungen Leuten verbringen. Vor allem mit Nik, der es ihr angetan hat und der ja auch schon mit einigen Bemerkungen und Gesten gezeigt hat, dass er sie ebenfalls sympathisch findet. »Mindestens sympathisch«, denkt sich Valeska.

»Und wo ist deine Freundin?«, fragt Nik sofort nach.

»Alena ist müde von der Reise und die Höhenlage macht ihr zu schaffen. Sie ist bereits in ihr Zimmer gegangen – auch, weil sie kaum Deutsch versteht und spricht«, erklärt Valeska, setzt sich neben Nik und beteiligt sich sofort an den kreuz und quer verlaufenden Gesprächen, ohne Rücksicht auf ihre noch immer nicht vollkommenen Deutschkenntnisse. Valeska versteht Deutsch bereits sehr gut und immer besser, auch den Schweizer Dialekt, sie redet einfach drauflos, auch wenn sie noch regelmäßig Fehler macht und mit diesen ihren Teil zum Gelächter und zur guten Stimmung beiträgt.

»Du bist ja echt gut drauf«, lacht Nik, »ich hab noch nie eine Servicemitarbeiterin erlebt, die nach einem strengen Arbeitstag noch so wach und frisch ist wie du. Und die so viel reden kann!«

»Ich mach ja nur meinem Namen Ehre«, lacht Valeska zurück und berührt wie zufällig seine Hand, »denn

Hovorka, mein Familienname, bedeutet, dass ich eine sehr gesprächige Person bin.«

Nik zieht die Hand zurück, will nicht, dass seine Freunde diese Berührung sehen. Doch Valeska lässt nicht locker, sucht unter dem Tisch wieder seine Hand, ohne sich jedoch ihm zuzuwenden oder sich von den Gesprächen mit den anderen abzuwenden. Auch ihr ist klar, dass die anderen Paare nicht merken dürfen, was sich zwischen ihr und Nik abspielt oder besser: was sie sich wünscht, was sich abspielen könnte.

Sie weiß von Nik, dass er demnächst Vater wird und dass seine Frau deswegen nicht mitgekommen ist. Doch obschon sie eigentlich eher schüchtern und – entgegen der Bedeutung ihres Vornamens – unsicher ist, strotzt sie seit einiger Zeit vor Selbstvertrauen, fühlt sich stark und selbstbewusst, ist voll Energie. Deshalb ist sie auch nicht überrascht, dass Nik ihrer Berührung unter dem Tisch nicht ausweicht, sondern diese mit einem kurzen Gegendruck erwidert.

»Habt ihr das auch gehört oder gesehen«, ruft plötzlich Rebecca in die Runde, »da ist jemand draußen vor dem Fenster!«

Es geht blitzschnell und schon stehen Chris, Flavio und Michi bei der Tür, die nach draußen führt, stoßen diese auf und stürmen hinaus. Doch schon wenige Minuten später kommen sie zurück, noch etwas außer Atem nach ihrem Blitzeinsatz. »Nichts und niemand zu sehen oder zu hören«, zieht Michi Bilanz, »das muss der Wind gewesen sein. Kein Wunder, dass man jedes kleine Geräusch extrem wahrnimmt bei der Ruhe hier oben!«

Schnell legt sich die Aufregung wieder und die Gespräche nehmen ihren Fortgang – ebenso Valeskas Bemühungen, weiterhin körperlichen Kontakt zu Nik aufzubauen, ohne dass dies von den anderen bemerkt wird.

Rebi und Chris sind die Ersten, die sich gegen halb zwei Uhr morgens zurückziehen. Und damit setzen sie ein Signal, welche auch alle anderen dazu bewegt, ins Bett zu gehen.

Valeska hat es nicht eilig, aus dem Raum zu kommen, verabschiedet sich von den fünf Paaren und bedankt sich für den schönen Abend. Auch Nik macht sich daran, wenn auch als Letzter, gemeinsam mit seinen Freunden das ›Stübli‹ zu verlassen. Valeska schaut ihn bei der Verabschiedung mit großen fragenden Augen an, ohne ein Wort zu sagen.

»Gute Nacht«, verabschiedet sich Nik und küsst Valeska, wie in der Schweiz üblich, drei Mal auf die Wange. »Manchmal muss man zuerst weggehen, um wieder zurückkommen zu können«, flüstert er ihr dabei mehrdeutig ins Ohr.

Valeska lächelt, spürt aber erstmals an diesem Abend eine leichte Irritation.

SONNTAGVORMITTAG, STAUBERNFIRST

Markus Tobler setzt Marek von der Moren im ›Stübli‹ auf die Spur an, lässt ihn an der Blutspur riechen und beobachtet, in welche Richtung sich sein Vizsla bewegt. Zuerst streift der Mantrailer kreuz und quer durch den Raum, geht mehrmals in Richtung Tür, welche hinauf zur Gaststube führt, wendet wieder, senkt seine Schnauze nochmals zur Blutspur und steuert zielstrebig Richtung Tür, welche nach draußen führt.

Markus Tobler öffnet diese und lässt Marek hinaus. Draußen wartet schon ein Beamter aus Bruno Fässlers Team, den er anweist, ihm und Marek in gebührender Distanz, aber mit Sichtkontakt, zu folgen. Marek hat eine Spur aufgenommen, die auf der Seite des Berggasthauses hinauf auf den Staubernfirst führt. Kurz scheint er Richtung Terrasse abzuweichen, kehrt dann aber sofort wieder um und folgt dem Wanderweg auf dem First Richtung Hoher Kasten.

Der Hundeführer lässt seinen Hund an der langen Leine, folgt ihm mit einigen Metern Abstand, beobachtet scharf jede Bewegung des Tieres. Tobler kennt seinen Hund wie kein Zweiter, bemerkt die geringste Veränderung oder Reaktion. Noch bevor er den zehnwöchigen Welpen aus einer angesehen Zucht übernehmen konnte, hatte er Marek besucht, Stunden damit verbracht, ihn beim Spiel mit seinen Geschwistern und im Umgang mit seiner Mutter zu beobachten. Marek ist nicht sein erster Hund, deshalb wusste seine Familie bereits, was sie erwartete. Denn Polizeihunde sind immer auch Familienhunde, leben in der Familie des Hundeführers und begleiten diesen tagtäglich zur Arbeit.

Markus Tobler ist der einzige vollamtliche Hundeführer bei ›hunde.ostpol.ch‹ und nicht nur für die Ausbildung seines Hundes zuständig, sondern leitet auch Kurse für seine Kollegen. Alle anderen Hundeführer sind im normalen Polizeidienst tätig, erhalten aber mit ihrer Zusatzausbildung die Möglichkeit, einen halben Tag pro Woche mit ihren Hunden zu trainieren.

Mit Marek besuchte er zuerst einen Junghundekurs, in welchem der Halter mit dem Tier zu einem Team zusammenwachsen soll. Vermittelt und geübt werden die grundlegenden Befehle und Verhaltensweisen wie »Sitz«, »Platz«, »Steh«, das Gehen an der lockeren und ohne Leine, das Bleiben und Abrufen, mit und ohne Ablenkung, und auch die Sozialisation mit Artgenossen im freien Spiel nach Abschluss der Übungseinheiten.

Als nächste Stufe folgt die Wesensprüfung, die aufzeigen soll, ob der Hund wirklich für die polizeiliche Arbeit geeignet ist. Geprüft wird, ob der Hund in verschiedenen Situationen Gut und Böse unterscheiden kann. Nach rund einem Jahr legt dann der Hund in einem Praxistest die eigentliche Eignungsprüfung zum Polizeihund ab, in welcher die Unterordnung, die Nasenarbeit und die Schutzdienstfähigkeit getestet werden.

Für Marek von der Moren folgte danach noch eine Spezialausbildung zum Mantrailerhund, zu der er einerseits als Vizsla prädestiniert ist, andererseits aber auch, weil der Bedarf nach Personenspürhunden dauernd wächst. So wurde Marek in den letzten Jahren rund 50 Mal für Einsätze aufgeboten, auch schon im Alpsteingebirge. Als einziger Hund der Staffel wurde Marek auch auf Leichengeruch konditioniert, damit er diesen Geruch nicht meidet und den Trail bis zum Leichnam zu Ende ausarbeitet.

»Vielleicht benötigen wir heute ja diese spezielle Fähigkeit«, schießt es Tobler durch den Kopf, »auch wenn es mir lieber wäre, wir würden das Opfer noch lebend finden.« Er weiß, dass trotz der aufwendigen Ausbildung und des enormen Zeitbedarfs für das permanente Training die Erfolgsaussichten gering sind. In rund neunzig Prozent der Einsätze kehren er und Marek erfolglos zurück – doch wenn auch nur ein Menschenleben pro Jahr gerettet werden kann, rechtfertigt sich dieser Aufwand.

Unterdessen ist das Team bei der Tafel des Geologischen Wanderweges angekommen, auf welchem die ›Hoher-Kasten-Antiklinale‹ dargestellt und erklärt wird – das ist der nach oben gerichtete Teil einer Gebirgsfaltung, wie auch der gesamte Gebirgszug zwischen Hoher Kasten und der Saxer Lücke eine ist.

Da Marek dort kurz innehält, kann Markus Tobler den Boden begutachten. Neben den zahlreichen Fußspuren, die kaum auseinandergehalten werden können, entdeckt er eine kleine, kreisähnliche dunkle Verfärbung, die durch das Fallen eines Tropfens auf den Boden entstanden sein musste.

Durch einen Tropfen Blut.

Da ist sich der Experte sicher – einerseits hat er schon zahlreiche solcher Spuren verfolgt, andererseits bestätigt ihm diese visuelle Spur, dass sein Hund wirklich die Blutspur, die möglicherweise zum Opfer führt, aufgenommen hat. Und diese Tatsache ist beruhigend, könnte doch damit Marek die Spur nochmals aufnehmen, falls er sie verliert. Die Befürchtung dafür besteht, kommen dem Suchhund doch immer mehr Wanderer entgegen und erhöhen die

Gefahr, dass Marek abgelenkt wird, auch wenn der Hundeführer versucht, mit Handzeichen die Wanderer zur Seite zu weisen oder sie anweist, ruhig stehen zu bleiben.

Nach der Tafel geht es hinunter zum Wegweiser, welcher den Abstieg nach Frümsen anzeigt. Dort scheint Marek die Spur zu verlieren, dreht sich einige Male im Kreis, bevor er vor dem Maschendraht, welcher den Zugang zum Abhang auf der Seite des Sämtisersees verwehrt, stehen bleibt.

Markus Tobler inspiziert kurz den Zaun und sieht sofort, dass dieser schon von mehreren Menschen überstiegen wurde, ist er doch an einigen Stellen nach unten gedrückt. Und einige Meter weiter entdeckt er eine Stelle, wo der Maschendraht nur noch wenige Zentimeter hoch ist. Dort lässt er Marek auf die andere Seite springen und gibt ihm wieder mehr Leine, damit er erneut eine mögliche Spur suchen kann.

Und Marek scheint erfolgreich zu sein, zielstrebig zieht es ihn in nördlicher Richtung den steilen Hang hinunter. Das Gras ist runtergetrampelt, hier scheint vor Kurzem jemand durchgelaufen zu sein. Klare Schuhspuren sind jedoch nicht zu erkennen, dafür war es in den letzten Tagen zu trocken. Und nach etwa hundert Metern entdeckt Tobler auch ein mögliches Ziel, welches sein Hund anzusteuern scheint: die Ruine einer alten Alphütte, von der nur noch die Grundmauern und ein Blechdach übrig sind.

»Die Überreste der alten ›Staubern‹, dem ersten Berggasthaus, welches unter diesem Namen gebaut wurde«, schießt es Markus Tobler durch den Kopf. »Ein idealer Ort, gibt es doch nur wenige Menschen, die diesen kennen oder gar aufsuchen. Zudem ist die Ruine kaum mehr begehbar – ideal, um darin etwas zu verstecken.«

Auch eine Leiche.

Markus Tobler muss seinen Hund bremsen, der den Abhang im gleichen Tempo runterläuft, welches er auf dem befestigten Weg eingeschlagen hat. Doch hier gibt es keinen richtigen Weg, der Hang ist steil. Tobler muss bei jedem Schritt darauf achten, dass er einen sicheren Tritt findet und nicht ausrutscht. »Die eigene Sicherheit geht vor«, redet er sich ein, »auch wenn eine, wenn auch nur minimale Chance besteht, ein Leben retten zu können.« Dem Beamten hinter sich zeigt er an, dass er langsam machen soll, es soll nicht noch ein weiteres Leben in Gefahr gebracht werden.

Als das Hundeteam die Ruine erreicht, lässt Markus Tobler Marek sehr viel Leine. Dieser steuert zielstrebig auf die Hinterseite des alten Gebäudes zu, von dem nur noch der obere Teil mit Dach steht und klettert von dort in die Ruine hinein. Eigentlich ist es schon längst kein ›Inneres‹ mehr, sondern nur noch ein Trümmerhaufen aus Teilen der Grundmauern und Holzbalken, am Deckenbalken hängen eine Gaslampe und Absperrungen für eine Schaf- oder Ziegenweide, orange-gelbe Elektrozäune und Plastikpfähle, ein Salzgefäß für die Tiere, auf dem Boden stehen mehrere Kanister.

Marek ist hinter dem Berg aus Schutt verschwunden – doch plötzlich bellt er laut. Eine der möglichen Reaktionen, wenn ein Mantrailer das gefunden hat, was er suchen musste. Entweder erstarrt er, wenn er den Menschen entdeckt hat, oder er ›verbellt‹ ihn, zeigt an, dass er nun am Ziel ist.

»Brav Marek, brav«, lobt Markus Tobler seinen Vizsla und steigt ihm nach. Das Erste, was der Hundeführer sieht, sind zwei Beine, die hinter den Kanistern hervorschauen.

Frauenbeine.

Noch bevor er sich ein genaueres Bild über die Situation macht, streicht Tobler Marek über den Kopf, lobt ihn nochmals und gibt ihm zur Belohnung ein ›Leckerli‹, das Marek sofort freudig wedelnd annimmt.

Dann wagt Markus Tobler einen Blick hinter die Kanister. Der Frauenkörper scheint hingeworfen worden zu sein, so verkrümmt wie er daliegt. Der Körper ist vollständig bekleidet, über den Kopf ist ein Plastiksack gestülpt, der unten am Hals mit einem Klebeband geschlossen wurde. An den Rändern des Sackes sind eingetrocknete, blutige Spuren erkennbar, die darauf hinweisen, dass es Kopfverletzungen geben könnte, die wegen des Plastiks nicht erkennbar sind. Und die erklären, warum Marek einer blutigen Spur folgen konnte, die trotz des Klebebandes aus dem Plastiksack heraustropfte.

Ein Test, ob die Frau noch lebt, erübrigt sich damit. Leider.

Tobler steigt wieder aus der Ruine raus, wo unterdessen auch der Innerrhoder Polizeibeamte eingetroffen ist.

»Rufen Sie Ihren Chef an und sagen Sie ihm, dass wir fündig geworden sind, Frauenkörper …, tot … Tod durch äußere Gewalteinwirkung vermutlich. Lassen Sie auch das nötige Aufgebot anfordern, den Forensisch-Naturwissenschaftlichen Dienst für die Spurensicherung, Rechtsmedizin, Abtransport der Leiche, vermutlich per Helikopter. Danke.«

»Mach ich, muss aber wieder auf den First hinaufsteigen, hier unten hab ich keinen Empfang«, erwidert der Beamte. »Und übrigens: Herzlichen Glückwunsch, beeindruckend, was Sie und Ihr Hund hier gezeigt haben!«

Bruno Fässler erhält den Anruf kurz nach halb elf Uhr. Vor rund einer halben Stunde, kurz nachdem Markus Tobler die Spurensuche aufgenommen hat, ist auch der Forensisch-Naturwissenschaftliche Dienst FND aus

St. Gallen im Berggasthaus ›Staubern‹ angekommen. Die Mitarbeiter des FND um ihren Chef Christoph Schmid haben bereits die Arbeit aufgenommen und arbeiten an der Spurensicherung im ›Stübli‹.

Doch nun muss Bruno Fässler einige dieser Experten abziehen, um am Fundort der Leiche mögliche Spuren sicherzustellen. Zusätzlich muss die Rechtsmedizin aufgeboten werden, um die Tote zu identifizieren und die mögliche und von Kollege Tobler bereits vermutete Todesursache wissenschaftlich bestätigen zu lassen. Da die Leiche abtransportiert werden muss, fordert Bruno Fässler einen Helikopter an und bittet die Zentrale, dass auch die Rechtsmedizin gleich mitfliegen kann, um Zeit zu sparen.

Eine gute halbe Stunde später haben sie den Wegweiser auf dem First erreicht und werden von Brunos Mitarbeiter zur Ruine der alten ›Staubern‹ hinuntergeführt. Der FND macht sich sofort daran, allfällige Spuren zu sichern – was sich in Anbetracht des Schutthaufens und durch den bereits erfolgten Eingriff in den Fundort durch Marek und seinen Hundeführer als sehr schwierig erweist.

Nach einer weiteren halben Stunde trifft auch der Helikopter mit der Vertreterin des Instituts für Rechtsmedizin am Fundort ein und Corinna Weber macht sich sofort daran, die Leiche zu untersuchen.

»Am Körper keine auf den ersten Blick erkennbaren Zeichen von äußerer Gewalteinwirkung, keine blutunterlaufenen Stellen, die von Halte- oder Würgegriffen stammen könnten … Untersuchung bezüglich … möglichem Sexualdelikt muss, bedingt durch die Lage des Fundortes, am Institut durchgeführt werden«, diktiert die Rechtsmedizinerin in ihr Aufnahmegerät.

»Corinna, kannst du bitte weitermachen und den Plastiksack aufschneiden, ich will endlich wissen, wen wir hier vor uns haben«, drängt Bruno Fässler.

»Blutspuren unten am über den Kopf gestülpten Plastiksack, der mit Klebeband um den Hals fixiert ist«, diktiert Corinna Weber unbeirrt weiter und hält ihre Eindrücke auch fotografisch fest.

Dann endlich macht sie sich daran, das Klebeband zu lösen und den Plastiksack vom Kopf der Toten zu ziehen. »Der Plastiksack kommt in die Forensik, vielleicht finden wir ja noch verwertbare Fingerabdrücke. Was aber bei einem Plastiksack, der erfahrungsgemäß durch verschiedene Hände geht, schwierig sein dürfte …«

Gespannt verfolgt Bruno Fässler jeden Handgriff von Corinna. Dann endlich hat er das Gesicht der Toten vor seinen Augen.

Er nimmt das Foto, das ihm Max Dörig beschafft hat und das Valeska mit ihrer besten Freundin Alena zeigt, aus der Innentasche seiner braunen Lederjacke. »Das ist das einzige Bild, das ich so schnell beschaffen konnte, habe dieses in Valeskas Zimmer gefunden«, hatte ihm Max Dörig erklärt, »Valeska ist die rechts, neben ihr, das ist Alessia …, Aleska …, nein, Alena, ihre beste Freundin.«

Bruno Fässler hält das Foto neben das Gesicht der Leiche.

»Aber das ist nicht, das ist …«, stammelt er, dreht sich ab und klettert hastig auf allen vieren über den Schutt nach draußen, wo er erst mal flach auf dem Rücken liegen bleibt und tief Luft holt.

»Das ist doch, das ist …«, hört er sich nochmals stammeln, bevor es ihm für kurze Zeit schwarz vor den Augen wird.

TEIL 2

VALESKA

Im Juni, nachdem auch der letzte Schnee geschmolzen ist, beginnt auch im Alpstein die Wandersaison so richtig. Bis auf die wenigen Ausnahmen wie der ›Blau Schnee‹, einem kleinen und länglichen Gebirgsgletscher in einer schattigen, kesselförmigen Eintiefung nordöstlich des Säntisgipfels.

Valeska hat sich in den ersten fünf Wochen gut eingelebt und eingearbeitet, fühlt sich wohl in ihrer neuen Heimat und an ihrem neuen Arbeitsort. Die Arbeit ist streng, die Tage sind lang, Zerstreuung und Ablenkung gibt es außer der Natur keine. Wenn sie wirklich mal einen Tapetenwechsel braucht, heißt das mindestens eine Stunde Fußmarsch – außer, sie nimmt die Bahn nach Frümsen hinunter. Doch weil dort auch nicht wirklich viel los ist, zieht Valeska einen Besuch bei ihren Kolleginnen in der ›Bollenwees‹, im ›Plattenbödeli‹ oder im Drehrestaurant auf dem Hohen Kasten dem Talbesuch vor. So wie ihre Kolleginnen auch regelmäßig bei ihr auf den Staubern auftauchen.

Wenn sie einen Tag oder zwei Tage frei hat, unternimmt sie auch gerne längere Touren. Dann können Valeskas Ziele die beiden höchsten Gipfel im Alpstein, der Säntis oder der Altmann sein, oder sie steuert die Berggasthäuser im unteren Mesmer, auf dem Rotsteinpass, auf der Meglisalp, auf dem Schäfler oder auf der Ebenalp an. Sie genießt die ausgiebigen Wanderungen in dieser wunderschönen Alpenlandschaft, entdeckt gerne immer wieder neue Varianten und Wege, prägt sich die Orte und Namen ein und fragt oft nach deren Bedeutung.

So hat sie auch erfahren, woher der Name ›Staubern‹ kommt, was sie natürlich gerne ihren Gästen weitererzählt. Dabei rezitiert Valeska gerne eine alte Deutung aus dem Jahre 1716, welche sie in der ursprünglichen Formulierung und Sprache auswendig gelernt hat: »Stauberen, welcher so genannt wird, weilen der Fön- oder Sonderwind erstens auf diesen Berg durch Bewegung des Schnees und Staubens sich sehen lässt.« Und sie weiß auch, dass der Name allmählich von ›Stauberen‹ zum heute gebräuchlichen ›Staubern‹ reduziert wurde.

In der folgenden Woche lernt Valeska dort einen Menschen kennen, der in ihrem Leben eine wichtige Rolle einnehmen sollte. Beim Bedienen auf der Terrasse kommt sie mit Patrik Fricker in Kontakt, einem 25-jährigen St. Galler, athletisch, schlank, voller Energie, selbstbewusst, lebhaft. Er sucht sofort den Kontakt mit Valeska, fragt sie, woher sie komme, wie lange sie schon hier sei, wie lange sie bleibe. Valeska genießt es, dass ein Mann sich für sie interessiert.

Patrik erzählt von sich, dass er Student ist, ›Strategy and International Management‹ in einem Masterlehrgang an der Universität St. Gallen studiert, mit zwei Kollegen in einer Wohngemeinschaft in St. Gallen lebt und sich gerne in der Natur und im Alpstein bewegt. Und, mit einem Augenzwinkern, zurzeit keine feste Freundin habe.

In den folgenden Tagen taucht Patrik des Öfteren bei Valeska auf – die Semesterferien haben auch an der Uni St. Gallen begonnen. Oft sitzt er stundenlang im Restaurant oder auf der Terrasse, beobachtet Valeska bei ihrer Arbeit, wirft ihr immer wieder augenzwinkernd Blicke zu, genießt ihre Erwiderung, redet mit ihr, wann immer es für sie möglich ist.

Dann beginnt er, auch in den ›Staubern‹ zu übernachten, bleibt auch nicht zurückhaltend in den Äußerungen gegenüber Valeska, was er sich von einer Nacht unter dem gleichen Dach verspricht. Valeska ist fasziniert ob dieser Offenheit, fühlt sich geschmeichelt, angezogen, ist freudig erregt, doch gleichzeitig auch nüchtern genug zu wissen, dass dies nicht möglich ist. Das würde Janine nie zulassen, dass sich ihre Mitarbeiterin auf einen Gast einlässt.

Und Janine ist diesbezüglich auch offen und direkt, als sie merkt, dass sich Valeska mehr um ihren neuen Freund als um die anderen Gäste kümmert: »Valeska, ich gönne dir eine Freundschaft von Herzen, aber nicht während der Arbeitszeit. Das hast du klar zu trennen, verstehen wir uns? Ich möchte diesen Patrik von dir wie einen anderen Gast betreut sehen, nicht mehr oder weniger, sonst muss ich dich in die Küche versetzen.«

Valeska begreift schnell.

»Patrik, lass uns hier im Restaurant Gast und Gastgeberin sein, es gibt sonst noch genug Zeit, um uns zu treffen. Und auch genug Raum außerhalb des Berggasthauses, um zusammen zu sein. Ich will und kann meinen Job nicht aufs Spiel setzen.«

So treffen sich die beiden in der Freizeit und nach Schluss von Valeskas Schicht, spazieren weg von den Staubern, suchen sich ihren Ort in der freien Natur, um sich einander näherzukommen. Und finden immer wieder schöne und anregende Orte. Sei es ein Platz auf dem Weg in Richtung ›Plattenbödeli‹, in Richtung Saxer Lücke oder gegen den Hohen Kasten hin.

Und mit der Zeit finden sie ihren Lieblingsplatz, auch wenn es eine gewisse Zeit braucht, um diesen zu erreichen:

die alten ›Staubern‹. Dort verbringen sie Stunden um Stunden, nachts wie auch am Tag, mit der großen, wenn auch nicht absoluten Gewissheit, dass sie dort niemand finden wird. Dort, vor der Ruine des ersten Stauberngasthauses in der Wiese zu sitzen, mit Blick auf den Sämtisersee, flankiert auf der rechten Seite vom Hohen Kasten und auf der linken Seite vom Säntis – Valeska könnte sich keinen schöneren Ort vorstellen.

Und dort passiert es auch zum ersten Mal, und auch immer wieder.

Valeska genießt es, von Patrik so begehrt zu werden, und dies nicht nur körperlich, wie er ihr versichert. Doch auch körperlich scheint er von ihr nie genug zu bekommen, das hat Valeska noch nie so erlebt. Sie staunt, dass Patrik immer voll Energie und hellwach ist, Müdigkeit scheint er nicht zu kennen. Sein Körper ist austrainiert, kein Gramm Fett zu viel. »Kein Wunder«, denkt Valeska, »er trinkt und isst ja auch kaum etwas. Erstaunlich, dass er trotzdem immer so viel Energie hat.«

Valeska liebt es, seine Körperwärme und seine Haut auf der ihren zu spüren. Und dabei lässt sie sich auch nicht stören, dass Patrik sich immer wieder kurz von ihr lösen muss, um sich zu kratzen. Dieser Juckreiz, vermutlich eine allergische Reaktion auf irgendein Lebensmittel, sei das einzige körperliche Problem, das er mit sich herumtrage, beteuert er.

Valeska ist glücklich. Der erste Teil von Alenas Vorsehung hat sich bewahrheitet, die ihr ja in Aussicht gestellt hatte, dass sie vielleicht jemanden kennenlernen würde und durch diesen Menschen eventuell in der Schweiz bleiben könne. Doch über den zweiten Teil will sich Valeska noch keine Gedanken machen, die Saison dauert noch einige

Monate, die Beziehung ist noch jung und für Patrik hat sein Studium klare Priorität vor allen anderen Plänen.

Doch schon jetzt spürt Valeska, dass diese Beziehung zu Patrik ihr Leben einschneidend verändern wird.

ALENA

Nachdem Valeska Košice verlassen hat, fühlt sich Alena einsam. Ihre beste Freundin ist weg und dürfte so schnell nicht wieder nach Hause kommen. Und bis zum geplanten Besuch Mitte August in der Schweiz dauert es noch eine Weile.

Für die geplante Reise gilt es jetzt zuerst Geld zu verdienen. Da Košice in diesem Jahr Kulturhauptstadt Europas ist, hofft Alena auf einen Semesterferienjob als Hilfskraft bei einer der zahlreichen Aktivitäten. Doch viele Stellenangebote mit regelmäßiger und wiederkehrender Arbeitszeit gibt es nicht. Mit sporadischen Einsätzen im Rahmen der internationalen Musikfestwochen im Juni und während des Monats der Autorenlesungen im Juli verdient sie einige Euros, die jedoch nicht weit reichen werden.

Die Gastronomiebetriebe in der Stadt verspüren durch den Titel der Kulturhauptstadt Europas nicht wirklich einen Aufschwung und brauchen kaum zusätzliches Personal. Deshalb findet Alena auch in diesem Bereich trotz großer Bemühungen keine Beschäftigung. So entschließt sie sich, wie Valeska, im kommenden Jahr ihr Glück im Ausland zu suchen. So führt im Juli auch ihr Weg zur ›Agentúra Lepšá Práca ALP, der Agentur für bessere Arbeit, die auch in Košice eine Niederlassung hat.

»Marjana Gruberová«, stellt sich die Mitarbeiterin der Agentur vor.

»Alena Selnická, freut mich.«

Von dem, was Alena dort erfährt, weiß sie bereits das meiste von Valeska. Wie ihre Freundin würde auch sie gerne in der Schweiz arbeiten, obschon sie das Land noch nicht kennt. Doch die Kurznachrichten, die sie von Valeska erhalten hat, tönen begeisternd und die Bilder, die sie ihr geschickt hat, zeigen eine paradiesische Landschaft.

Als Alena von der Mitarbeiterin der Agentur gefragt wird, durch wen sie auf ihre Agentur gestoßen ist und sie den Namen Valeska Hovorka nennt, scheint sich die Tür nochmals einen Spalt weiter zu öffnen. »Auch hier spielen Beziehungen scheinbar eine wichtige Rolle, wie überall«, geht es Alena durch den Kopf.

Alena erhält noch keinen festen Vermittlungsvertrag, sondern nur eine schriftliche Zusage, dass man ihr im nächsten Jahr einen solchen unterbreiten werde. Denn für einen definitiven Vertrag sei es noch zu früh.

Alena ist zufrieden und glücklich – endlich eine Perspektive. Auch wenn sie dafür ihr Studium, zumindest für eine gewisse Zeit, unterbrechen muss.

Bevor sie die Agentur wieder verlässt, wird sie von Marjana Gruberová gefragt, ob sie denn schon etwas von Valeska gehört habe.

»Ja, sie schreibt mir ab und zu Kurzmeldungen oder schickt mir Fotos. Telefonieren liegt nicht drin, das ist zu teuer.«

»Wissen Sie, ob Frau Hovorka demnächst mal nach Hause kommt?«

»Ich glaube nicht, jetzt haben sie dort in den Bergen Hochsaison. Aber ich werde sie Mitte August in der Schweiz besuchen«, strahlt Alena.

»Wäre es Ihnen möglich, uns einen Gefallen zu tun? Es ist etwas, wofür wir normalerweise kurzfristige Heimaturlaube unserer Mitarbeiter und Mitarbeiterinnen nutzen, eine Art Botendienst. Es geht um ein Paket mit Dokumenten, das Sie für uns in die Schweiz mitnehmen und dort an unseren Partner weiterschicken. So haben wir die größere Sicherheit, dass die Unterlagen auch wirklich ankommen. Als Gegenleistung zahlen wir Ihnen gerne einen kleinen Beitrag an Ihre Reisekosten.«

Alena muss nicht lange überlegen: »Ja sicher, mache ich gerne!«

»Danke, sehr nett von Ihnen. Dann kommen Sie doch vor Ihrer Abreise Mitte August nochmals kurz hier vorbei, um das Paket abzuholen. Und natürlich auch unseren Reisekostenbeitrag«, lächelt die Mitarbeiterin.

Auf dem Weg zur Tür kreuzen sich die Wege von Alena und Marjana Gruberová mit dem eines Mannes, der eben zur Tür hereintritt. »Guten Tag Herr Nowak, wir haben Sie bereits erwartet«, begrüßt die Mitarbeiterin ihren Chef und stellt diesem gleich Alena vor. »Herr Marek Nowak, Inhaber der ›Agentúra Lepšá Práca ALP‹, aus Warschau, wo er auch den Hauptsitz führt. Er besucht jedoch regelmäßig alle Niederlassungen seines Unternehmens – so heute auch uns.«

»Und das ist Frau Alena Selnická, wir werden sie nächstes Jahr in die Schweiz vermitteln. Sie ist übrigens eine Kollegin von Frau Valeska Hovorka, die bereits in der Ostschweiz arbeitet. Und Frau Selnická wird für uns Unterlagen in die Schweiz mitnehmen, wenn sie ihre Freundin besuchen wird, da diese während der Saison nicht nach Hause kommen kann«, zwinkert Marjana Gruberová ihrem Chef zu.

»Freut mich, Frau Selnická, wir werden uns sicher noch sehen«, begrüßt Marek Nowak Alena kurz und steuert zielstrebig das Büro des Filialleiters an.

Die Wochen bis Mitte August ziehen sich in die Länge, Alena ist ab und zu beschäftigt, bei Aktivitäten der Kulturhauptstadt zu helfen, ansonsten bleibt jedoch die Motivation, fürs Studium zu arbeiten, auf einem Tiefpunkt. In Anbetracht der neuen Perspektive ist es für sie schwierig, das Studium weiterhin fokussiert anzugehen und all ihre Energie in dieses zu stecken. Und doch – einfach hinschmeißen will sie es nicht, dafür hat sie schon zu viel investiert.

»Doch vielleicht kommt ja die Motivation wieder zurück, wenn ich nach dem Besuch bei Valeska wieder nach Košice zurückkehre«, redet sich Alena ein.

Dann endlich ist es so weit, die Reise in die Schweiz steht an! Schnell noch bei der Agentúra Lepšá Práca ALP vorbeischauen und das Paket abholen. Am nächsten Morgen geht es bereits um fünf Uhr in der Früh mit ›ExpressBus‹ in einer 27-stündigen Reise und mit Zwischenhalten in Prešov, Levoča, Poprad, Liptovský Mikuláš, Ružomberok, Vrútky, Žilina, Považská Bystrica und Trenčín nach Prag, von dort dann nach sechsstündigem Aufenthalt und einem Buswechsel nach St. Gallen, wo sie einen Tag später morgens um acht Uhr ankommt. Ganze 142 Schweizer Franken, knapp 125 Euro, bezahlt sie für die Hin- und Rückfahrt, die damit wesentlich günstiger sind als eine Flugreise.

Aber auch viel anstrengender.

In St. Gallen gibt Alena das Paket bei der Poststelle auf, nachdem sie das kleine schwarze Paket ins große gelegt und dieses etikettiert hat. Und natürlich dieses wieder so verschlossen hat, dass niemand merken würde, dass sie es zuvor geöffnet hat.

Denn noch zu Hause konnte sie es nicht lassen, das kleine Paket zu begutachten, zu schütteln, daran zu riechen. Irgendwie kommt ihr diese Praxis der Zustellung von Dokumenten und die dazugehörende Erklärung – mehr Sicherheit – etwas eigenartig vor. Vorsichtig öffnet sie an der Breitseite den Klebeverschluss und lässt den Inhalt auf den Tisch gleiten. Hervor kommen vier vakuumverschlossene und durchsichtige Plastikbeutel mit weißem, kristallinem Pulver. Alles in allem dürften die verschiedenen Päckchen zusammen 200 bis 300 Gramm wiegen, schätzt Alena.

»Drogen?! Hat mich mein Gefühl doch nicht im Stich gelassen, ich habe gespürt, dass hier etwas nicht stimmt«, redet Alena halblaut mit sich selber. »Doch was soll ich nun machen? Das Risiko eingehen, die Drogen über die Grenzen zu nehmen und dabei erwischt zu werden? Oder das Risiko, diese hier zu lassen und dann bei der ALP in der Schuld zu stehen?«

Nach einem gedanklichen Hin und Her entschließt sie sich, das Paket mitzunehmen. Denn das Risiko, die von ALP in Aussicht gestellte Stelle nicht zu bekommen, wenn sie ihren Auftrag nicht wie versprochen ausführt, scheint ihr grösser zu sein als jenes, an der Grenze erwischt zu werden.

Die Reise ist in St. Gallen jedoch noch nicht vorbei. Da weder Valeska noch ihre Kolleginnen Zeit haben, Alena in St. Gallen abzuholen, muss sie selbstständig bis ans endgültige Ziel reisen. Weitere eineinhalb Stunden dauert die Weiterreise bis zum Rathaus in Frümsen, von wo sie nach einem zehnminütigen Fußmarsch die Seilbahn hinauf auf die Staubern erreicht.

Über 30 Stunden, nachdem Alena ihre Wohnung in Košice verlassen hat, kann sie endlich ihre Freundin Valeska in die Arme schließen. Die Tränen, die beim Wiedersehen fließen, sind bei Alena nicht nur Tränen der Freude, sondern auch der Erschöpfung.

Valeska hat nur wenig Zeit, sich um ihre Freundin zu kümmern, der Mittagsservice steht an. Sie empfiehlt ihr, einige Schritte auf dem Staubernfirst spazieren zu gehen, die Aussicht zu genießen und um nach der Nacht im Bus mit wenig und schlechtem Schlaf an der frischen Luft richtig wach zu werden. Dann werde sie am Nachmittag, während der Zimmerstunde, Zeit haben für sie, Zeit, um zu erzählen, was zwischenzeitlich alles geschehen ist.

Alena nimmt sich den Rat ihrer unterdessen gebirgserfahrenen Freundin zu Herzen und spaziert auf dem Staubernfirst Richtung Hoher Kasten. Die frische Luft tut gut, die Ruhe der Bergwelt erlaubt ihr nochmals abzutauchen in die Bilder der letzten über 30 Stunden: an das geöffnete Paket, an die Plastikbeutel mit dem weißen Pulver, an die endlos scheinende Fahrt im Bus, an einzelne Lichter in der Dunkelheit, das Eintauchen in das gelbliche Licht der Städte mit den kurzen Zwischenhalten, die für wenige Minuten das Verlassen des Busses ermöglichen, den Sonnenaufgang irgendwo zwischen München und Bodensee, die Ankunft in St. Gallen, die freundliche Frau in der Poststelle, die Fahrt mit der Bahn durch das Rheintal und die beeindruckende Fahrt in der kleinen Gondel zum Berggasthaus ›Staubern‹ hinauf.

Alena genießt die wunderschöne Aussicht, die sich ihr bietet – auf der Rheintaler Seite weit in die Österreichischen, Glarner und Bündner Alpen hinein, auf der Appenzeller Seite das Panorama vom Hohen Kasten über die Alp Sigel bis zur Oberen Mans.

Alena setzt sich nach ihrem Spaziergang auf die Terrasse des Berggasthauses und lässt sich von ihrer Freundin bedienen. Das ›Flauder‹, diese Kräuterlimonade, die sie auf Empfehlung von Valeska trinkt, schmeckt ihr sehr gut. Sie beobachtet Valeska bei ihrer Arbeit, wie sie die Bestellungen aufnimmt, beinahe im Laufschritt ins Restaurant hineinstürmt, wenig später mit einem vollen Tablett wieder rauskommt, die Getränke und Speisen verteilt, gleichzeitig anderen Gästen zu erkennen gibt, dass sie sofort bei ihnen sein werde, vor dem Hineingehen leere Flaschen und Gläser abräumt, jederzeit den Überblick zu haben scheint.

Dann endlich hat auch Valeska Zimmerstunde und Zeit für Alena.

»Lass uns einige Schritte gehen, ich will dir meinen Lieblingsort hier oben zeigen. Dort können wir auch in Ruhe miteinander quatschen«, schlägt ihr Valeska vor. Sie spaziert mit Alena nochmals über den Staubernfirst bis zur Tafel des Geologischen Themenweges, dann steigen sie gemeinsam hinunter zum Wegweiser, welcher den Wanderweg nach Frümsen signalisiert und weiter auf der Nordseite hinunter zur Ruine der alten ›Staubern‹.

»Wow, diese Aussicht, wunderschön«, ist Alena begeistert, »bist du oft hier?«

»In letzter Zeit öfters«, schmunzelt Valeska, »seit …, ja seit ich mit Patrik zusammen bin …«

»Du hast …, du hast wirklich einen Freund gefunden! So wie ich es dir angekündigt habe«, lacht Alena und schließt ihre Freundin spontan in die Arme. »Erzähl mir von ihm!«

»Nun, drei Jahre älter als ich, absolviert einen Master und lebt in St.Gallen, ist viel im Alpstein unterwegs, gutaussehend, austrainiert, lebhaft, offen und fröhlich.«

Alena freut sich für ihre Freundin: »Tönt gut, Valeska! Dann genießt du es in vollen Zügen, vermute ich mal.«

»Und wie! Auch wenn er nicht immer hier sein kann und ich kaum Zeit habe, zu ihm nach St. Gallen runterzufahren – wir genießen einfach die Zeit, die wir zusammen haben. Aber dann richtig, intensiv … und stärker, als du dir vorstellen kannst. Wir tauchen gemeinsam ab in eine andere Welt, so etwas habe ich noch nie erlebt, das kannst du dir nicht vorstellen, was dann abgeht.«

»Kein Wunder in dieser wunderbaren Bergwelt«, fügt Alena bei.

»Nicht nur der Bergwelt wegen … Doch erzähl jetzt von dir, von zu Hause, was gibt es Neues?«

Alena erzählt ihr von ihrem Ferienjob, von dem kaum zu erkennenden touristischen Erfolg der Kulturhauptstadtaktivitäten, von ihrem Erstgespräch bei der Agentúra Lepšá Práca ALP und der ihr in Aussicht gestellten Saisonstelle für das nächste Jahr.

»Dann können wir ja vielleicht zusammen hier arbeiten oder zumindest nahe beieinander und können uns wieder öfters sehen als in diesem Jahr«, freut sich Valeska.

»Aber, Valeska …, da ist …, da ist noch etwas, was mich beunruhigt, was ich dir unbedingt erzählen muss.«

»Was ist denn los, schieß los!«

»Na ja, eigentlich ist es dir ja schon bekannt … Die ALP hat dir ja auch Dokumente mit in die Schweiz gegeben, die du hier weitersenden musstest. Ich habe auch ein Paket mitgenommen, als Ersatz für dich, da du ja keine Zeit hast, während der Saison nach Hause zu kommen.«

»Ja … und … was willst du damit sagen?«

»Ich …, ich habe das schwarze Paket geöffnet.«

»Alena!«

»Und habe in diesem vakuumierte Plastiktüten mit einem weißen Pulver gefunden. Ich vermute, es sind

Drogen, die wir so für die ALP in den Westen schmuggeln …«

»Alena, du weißt nicht, welcher Gefahr du dich mit dem Öffnen des Paketes ausgesetzt hast!«

Alena ist überrascht, weiß nicht, was sie im Moment sagen soll, überlegt.

»Aber ich hab das Paket wieder verschlossen und abgeliefert! Du weißt davon?«

Valeska schweigt.

»Valeska, weißt du davon?«, drängt Alena.

Valeska zögert. »Ja, entschuldige Alena, ja, ich weiß davon.«

Alena starrt ihre Freundin zuerst wortlos an, doch dann hält sie es nicht mehr aus: »Du schmuggelst Drogen?«

»Das war ein einziges Mal, damals hatte ich noch keine Ahnung davon. Ich habe erst nachträglich erfahren, was ich in die Schweiz mitgenommen habe. Und seit ich dies weiß, bin ich auch nicht mehr daran interessiert, nach Hause zurückzukehren. Denn dann müsste ich wieder ein Paket über die Grenze schleusen. Die Gefahr, dabei erwischt zu werden, ist mir zu groß.«

»Aber warum sagst du, dass ich mich in Gefahr befinde?«

»Weil, weil …, weil ich die Leute kennengelernt habe, die für diesen Handel verantwortlich sind. Und weil ich unterdessen auch daran beteiligt bin.«

»Du handelst mit Drogen?! Und sicher nimmst du auch! Glaubst du, ich habe die Veränderung an dir nicht bemerkt? Ich bin immerhin deine beste Freundin und kenne dich so gut wie wohl kaum sonst wer!«

»Nicht der Rede wert, Alena! Ich hab’s mal versucht, nehme sie aber nicht regelmäßig, um die unschönen Nebenwirkungen zu verhindern. So wie Patrik auch.«

»Nebenwirkungen? Was meinst du damit? Und Patrik nimmt auch Drogen? Was nehmt ihr denn?«

»Patrik nimmt schon länger ›Crystal Meth‹, diese Designerdroge. Mit der bist du immer voll gut drauf, wirst nicht müde, hast keine Schmerzen, dafür umso mehr Lust …«, lacht Valeska. »Und die Nebenwirkungen, die man ›C‹ nachsagt, sind Hautveränderungen, Zahnausfall, schnelle Alterung … Siehst du irgendwelche Anzeichen an mir? Nein, eben nicht, weil ich das Zeug nur ab und zu nehme!«

»Pass einfach auf dich auf, Valeska. Ich glaube, du bist in größerer Gefahr als ich. Auch wenn diese eine andere ist.«

BRUNO

Als Bruno wieder zu sich kommt, blickt er ins Gesicht von Corinna Weber, die ihm mit der flachen Hand leicht auf die Wangen tätschelt. »Bruno, Bruno, komm schon, komm zu dir!«

»Schon gut, du kannst wieder aufhören, mich zu schlagen.« Bruno schiebt ihre Hand weg und setzt sich auf, atmet tief durch.

»Das ist ja nicht das erste Mal, dass du eine Tote siehst … Was war denn der Grund für dein Abtauchen, zu wenig Luft in der Ruine, die Anstrengung nach dem Marsch hierher?«

»Vielleicht beides, kann sein. Aber vor allem die Identität der Toten!«

»Aber du hast doch mit grosser Wahrscheinlichkeit vermuten können, dass es die junge Frau ist, diese Slowakin.«

»Ja, das konnte ich. Aber sie ist es nicht!«

Bruno steht auf und verlässt den Fundort, noch bevor Corinna nachfragen kann. Im Weggehen dreht er noch einmal den Kopf zurück und ruft: »Und bringt die Leiche in die Rechtsmedizin, nachdem die Spezialisten vom FND die Spuren gesichert haben.«

Den Rückweg auf die Staubern geht er ruhig an und nutzt die Zeit, um sich weitere Gedanken über die letzten Stunden zu machen.

Da wird im Berggasthaus offensichtlich – oder zumindest höchstwahrscheinlich – jemand umgebracht. Die Leiche wird anschließend, ohne die Spuren, die auf die Tat hinweisen könnten, zu beseitigen, weggeschafft.

Erste Hypothese: Da hatte es der Täter sehr eilig. So eilig, dass er nicht einmal versuchte, Spuren auf dem Weg, auf welchem er die Leiche abtransportierte, zu vermeiden. Wobei Bruno Fässler in seine Gedanken und in sein Bild des Täters immer auch die weibliche Form einschließt.

Gesehen hat niemand etwas, und auch die Abwesenheit von Valeska wurde erst am Morgen bemerkt, als Monika sie in ihrem Zimmer aufsuchen wollte. Andere Personen wurden nicht vermisst.

Und doch wurde eine Person, die eigentlich in den ›Staubern‹ sein sollte, tot in der *alten* ›Stauberen‹ gefunden.

Zweite Hypothese: Diese Person war den meisten Mitarbeiterinnen und Mitarbeitern sowie den Gästen nicht bekannt oder hat sich während ihres Aufenthaltes sehr unauffällig verhalten.

Oder die Person, die wusste, dass noch jemand vermisst wird, wollte dies nicht sagen, um Zeit zu gewinnen.

Offensichtliche und naheliegende Gründe, Valeska oder die Person, die jetzt gefunden wurde, umzubringen, gibt es nach den ersten Vernehmungen keine. Aber Zufall – und jetzt beginnt Brunos Instinkt zu spielen – kann es auch nicht gewesen sein.

Dritte Hypothese: Es muss noch irgendeine Ursache für den Mord und das Verschwinden von Valeska geben, welche auch gleichzeitig diese beiden Menschen miteinander verbindet.

Aber bis zum jetzigen Zeitpunkt steht noch nicht fest, dass Valeska, wie anfänglich vermutet, Opfer eines Gewaltverbrechens geworden ist.

Verdächtige, die mit dem Mord oder dem Verschwinden von Valeska etwas zu tun haben könnten, gibt es gleich viele, wie es Gründe gibt, dass all diese Personen nichts damit zu tun haben könnten.

Vierte Hypothese von Bruno Fässler: »Das wird wieder einmal ein verdammt schwieriger Fall.«

Wobei dies schon eher eine Tatsache zu sein scheint.

Bruno ist auf den Stauberen angekommen und sucht sofort Max auf. Er findet ihn in der Gaststube, wo er immer noch Vernehmungen durchführt.

»Max, was gibt es bei dir Neues?«

»Nicht viel, die Gäste haben nicht mitbekommen, dass letzte Nacht hier etwas passiert ist. Alle sind auch sehr unauffällig – die Gruppe kennst du ja bereits, dann haben wir noch Familien und Paare, die ein Wanderwochenende im Alpstein verbringen und wenige Einzelpersonen, die wir noch im Detail überprüfen müssen.«

»Sind alle Gäste noch im Haus?«

»Von denen, die wir als absolut unverdächtig eingestuft haben, haben wir die Personalien aufgenommen und sie gehen lassen, von den anderen haben einige einfach noch keine Lust, ihre Wanderung fortzusetzen. Ob eher der Schock der Grund dafür ist oder die Neugier, lassen wir mal so stehen.«

»Und – entschuldige, das hätte ich beinahe vergessen: Alena, Valeskas Freundin, die bei ihr auf Besuch ist, sei gestern früh zu Bett gegangen, noch bevor Valeska ins ›Stübli‹ runterging. Weil sie zuvor über dreißig Stunden unterwegs gewesen sei, um von Košice hierherzukommen, das hat Janine mir erzählt. Doch Alena, so der Name der Freundin, war heute Morgen nicht im Zimmer. Vielleicht ist sie sehr früh raus und Spazieren oder Wandern gegangen, nachdem sie sich ausgeruht hatte …«

»Oder sie hat Valeskas Position eingenommen …«

»Was meinst du damit?«

»Dass die Tote, die wir in der alten ›Staubern‹ gefunden haben, nicht Valeska ist, sondern diese Alena!«

»Alena … Alena …? Das macht doch keinen Sinn!«

»So wie jeder Mord eigentlich keinen Sinn macht.«

»Doch warum sollte Valeskas Freundin, die sie für ein verlängertes Wochenende in der Schweiz besucht, umgebracht werden? Was ist das Motiv? Geht es um ein Beziehungsdelikt, um Eifersucht, oder gibt es etwas völlig anderes, wonach wir suchen müssen?«

»Genau das ist die Frage, die wir beantworten müssen!«

»Doch *wie*, Bruno, wir haben keinerlei Anhaltspunkte! Wo setzen wir an?«

»Lass die beiden Frauen überprüfen. Valeska und Alena. Wo gibt es Verbindungen, wo sind die Schnittstellen, wo sind die Grenzen zwischen den beiden, gibt es gemeinsame Freunde, Feinde, einen gemeinsamen Mann, sind sie über irgendwelche Organisationen und Vereinigungen miteinander verbunden, haben sie gleiche Interessen oder gibt es etwas, das sie entzweien könnte …?«

»Alles klar, Bruno, ich weiß, was du meinst«, unterbricht ihn Max.

Während sich Max daran macht, die Aufträge seines direkten Vorgesetzten umzusetzen beziehungsweise diese in Auftrag zu geben, bleibt Bruno Fässler wie erschlagen in der Gaststube sitzen. Die Befürchtung, dass ihm wieder das Gleiche passieren könnte wie es schon einmal geschehen ist, lähmt ihn. Die Angst davor, wieder zu versagen, einen Mordfall nicht lösen und abschließen zu können.

Denn die Auswirkungen auf sein Leben waren damals enorm. Dass ihn seine Frau verlassen hatte, war noch das kleinste Übel. Doch Bruno fiel in ein Loch, in ein Loch des

Selbstzweifels, in die Frage nach dem Sinn seiner Arbeit und seines Lebens – und er verspürte einen großen Wunsch nach Anerkennung. Sinn und Anerkennung, so hatte er einmal bei Viktor E. Frankl gelesen, sind die Voraussetzungen für eine hohe Leistungsbereitschaft im Beruf.

Und genau diese Leistungsbereitschaft war bei ihm dahin.

Wenigstens für eine Weile. Bis ihn wieder der Ehrgeiz packte und er sich für eine Trotzreaktion bereit fühlte. Dann endlich konnte er sich wieder auf seinen Beruf fokussieren, nur noch für diesen leben. Leben für seine Leidenschaft.

Doch die Perspektive, dass er mit einem zweiten ungelösten Fall wieder in alte Muster zurückfallen könnte, macht ihm Angst. Und bewirkt bereits eine Trotzreaktion, bevor die Vorahnung eingetroffen ist.

So macht sich Bruno sofort daran, vor Ort erste Ermittlungen auf Basis der neuesten Erkenntnisse aufzunehmen.

»Janine, hast du kurz Zeit«, ruft er der Wirtin zu.

»Bin sofort bei dir, Bruno«, schafft sich diese noch einige Minuten Zeit, um die laufenden Aktivitäten abzuschließen.

»Janine, hast du in letzter Zeit Veränderungen in Valeskas Verhalten bemerkt? War sie niedergeschlagen, depressiv, abwesend, müde, frustriert? Hatte sie Heimweh, gesundheitliche Probleme?«

»Nein, ganz im Gegenteil! Seit sie mit Patrik zusammen ist, ist Valeska extrem positiv, lebhaft, voll Energie, fröhlich und glücklich. Ich habe keinen Anlass, mich über ihr Verhalten während der letzten Tage und Wochen zu beklagen. Ich musste sie nur zurechtweisen, dass sie sich während der Arbeit nicht zu stark um ihren Freund kümmert und dadurch die anderen Gäste vernachlässigt. Seither treffen sie sich meist außerhalb, und dies sehr oft – die kleben richtig aneinander!«

»Und wie hast du ihre Freundin Alena während ihres bisherigen Besuches erlebt?«

»Sie kam am Freitag kurz vor Mittag an, war nach ihrer langen Reise total kaputt, ging zuerst allein spazieren, dann ist sie zusammen mit Valeska während ihrer Zimmerstunde verschwunden. Am Abend war viel los, Valeska hatte kaum Zeit für Alena, die dann früh verschwand. Etwa zu dem Zeitpunkt, als Valeska ins ›Stübli‹ runterging.«

»Hast du etwas bemerkt, gab es Spannungen zwischen den beiden, oder war alles okay?«

»Beim Wiedersehen gab es Tränen, Tränen der Freude. Am Abend hatten sie dann nicht mehr viel Kontakt. Aber das hing wohl eher damit zusammen, dass Valeska stark im Service engagiert war. Ich hätte ihr gerne mehr freie Zeit gegeben, aber es war einfach zu viel los«, versucht sich Janine zu entschuldigen.

»Schon gut. Danke, Janine, für deine Einschätzung. Was ich dir noch sagen muss – aber bitte behalte es noch für dich – wir haben eine Leiche gefunden.«

»Eine …, eine Leiche … Valeska?« Janine kann sich kaum mehr beherrschen.

»Nein, Janine, nicht Valeska. Es ist Alena.«

»Alena? Und wo ist Valeska?«

»Das ist auch für mich die Frage, die mich vor allem beschäftigt«, versichert ihr Bruno.

ROGER

Roger macht sich langsam auf Richtung Staubern. Dort wird er, schon beinahe traditionell, einen ›Saft ohne‹, einen Apfelwein ohne Alkohol, trinken. Er genießt die uneingeschränkte Aussicht über das Rheintal und den Blick bis weit in die österreichischen, die Glarner und die Bündner Alpen, welche ihm das leicht föhnige Wetter bietet.

Längst hat er sich daran gewöhnt, in den Berggasthäusern des Alpsteins wie ein alter Bekannter empfangen zu werden. Doch heute ist es anders als sonst, die Begrüßung noch herzlicher. Im Restaurant erwartet ihn eine alte Bekannte, Monika!

»Du hier, welche Überraschung«, begrüßt Roger sie.

Nach einem ausgiebigen Austausch über das, was sie im letzten Jahr gemeinsam und anschließend, nachdem sie sich aus den Augen verloren haben, erlebt haben, zieht sich Roger in sein Zimmer zurück. Jedoch nicht, ohne Monika eine seiner philosophischen Betrachtungen, die er bei Tolstoi gelesen hat, zu hinterlassen, um sie – in Anlehnung an ihre letzte Unterhaltung – zum Weiterdenken anzuregen: »Alles nimmt ein gutes Ende für die, die warten können.«

Da Monika eine späte Zimmerstunde und damit vor dem Service des Nachtessens zwei Stunden frei hat, trifft sie sich nochmals mit Roger auf der Terrasse.

»Roger, wir haben uns mal darüber unterhalten, ob der Mordfall, den wir gemeinsam miterlebt haben, wohl je aufgeklärt wird, auch wenn die Polizei den Fall offiziell für abgeschlossen erklärt hat. In diesem Zusammenhang denke ich immer wieder an die Aussage von Con Slobodchikoff, den amerikanischen Biologen und Tierverhaltensforscher, der sagte, dass wir nichts finden, weil wir zu suchen aufgehört haben. Wenn dies zutrifft, werden wir nie herausfinden, was damals wirklich geschah …«

»Haben wir beide denn aufgehört zu suchen?«, fragt Roger mit ruhiger Stimme und blickt Monika eindringlich an, »doch Tote reden nicht, wie Jodie Foster in der Rolle der Erica Bain in ›The Brave one‹ richtig bemerkt hat.«

Monika interveniert: »Wir dürfen uns auch nicht auf – in unserem Fall – die Tote konzentrieren, denn ›gegen Tote kann man nicht siegen‹. Stammt nicht von mir, sondern von Joe Ackermann, dem ehemaligen Verwaltungsratspräsidenten der Zurich Insurance Group. Wir müssen weitersuchen, alles nochmals hinterfragen, auch uns und unser eigenes Handeln.«

»Ja, sicher, das müssen wir. Doch ich glaube auch nicht daran, dass die Polizei, vor allem Bruno Fässler, schon aufgegeben hat. Denn schon Gotthold Ephraim Lessing wusste, dass die Polizei alles wissen will, und besonders Geheimnisse.« Roger lacht.

»Und dass es niemals zu spät ist, ehrlich zu sein«, lacht auch Monika. »Aber die grundlegende Frage, die mich nun seit einem Jahr verfolgt, ist, warum ein Mensch so etwas tun kann.«

»Eine böse Tat heißt nicht, dass der Mensch auch böse ist«, zitiert Roger den Philosophen Richard David Precht. »Böse ist ja das, was ein Mensch tut, wenn er gleichzeitig einen Menschen verachtet und auch kein Mitleid für sein Opfer empfindet.«

»Das würde bedeuten, dass er – oder sie – den eigenen Gewinn, vielleicht auch nur einen Lustgewinn, über das Leben des oder der anderen setzt, richtig?«

»Ja, eine wahrlich niedrige Motivation. So, wie Bruce Willis seine Rücksichtslosigkeit und Bösartigkeit in der Rolle von John Smith in ›Last Man Standing‹ damit erklärt, dass er ohne Gewissen zur Welt gekommen sei.«

»Diese Aussage zeigt, dass das Böse etwas typisch Menschliches ist. Wenn jemand zum Mörder wird, nimmt er den Tod eines anderen Menschen in Kauf – auch wenn es nur dem Lustgewinn dient«, fügt Roger an. »Und leider ist es so, dass wir alle einen Teil des Bösen in uns tragen. Zum Glück ist jedoch der Mechanismus, dieses nicht auszuleben, noch stark genug. In den meisten Fällen und Situationen wenigstens …«

»Doch haben wir denn überhaupt die Möglichkeit, darüber zu entscheiden, ob wir eine Tat begehen wollen oder nicht?«

»Nochmals Lessing: ›Das Schwerste im Leben ist der Übergang vom Guten zum Bösen‹. Oder anders gesagt, wenn du an deinen freien Willen glaubst, glaubst du auch, dass du es bist, welche die Entscheidung trifft. Auch die Entscheidung zwischen Gut und Böse.«

»Und Entschluss sei Vorsatz, sei Tat, hat Lessing auch gesagt.«

»Precht hat die Faszination des Bösen einmal damit erklärt, dass Verbrecher das tun, was wir auch gern tun würden, uns jedoch nicht trauen. Und dass wir gerne zuschauen, aber froh sind, dass andere es tun.«

»Eine harte Beurteilung, die ich aber irgendwie nachvollziehen kann«, gesteht Monika ein.

»Eine mutige Aussage, Monika. Und eine Aussage, die

neues Vertrauen zwischen uns schafft. Denn Vertrauen definiert Reinhard K. Sprenger als ›sich verletzlich zu machen‹, sich im Bewusstsein zu öffnen, dass dieses Vertrauen missbraucht werden kann.«

Monika schweigt einen Moment, senkt den Blick. Dann hebt sie den Kopf und blickt Roger in die Augen: »Stimmt Roger, denn die Wahrheit, die jeder nach seiner eigenen Lage beurteilt, kann leicht missbraucht werden – auch das hatte Lessing schon gewusst!«

»Da musst du vor mir keine Angst haben«, lacht Roger.

»Das weiß ich, Roger«, lacht Monika zurück.

Die Stunden sind wie im Flug vergangen, in ihrer philosophischen Diskussion sind sie in eine andere Welt abgetaucht, in eine Welt, in der sie die sein können, die sie wirklich sind. Und in der sie auch niemandem erklären müssen, warum sie so sind.

Während Monika zurück zu ihrer Arbeit muss, hat Roger Zeit und Muße, noch eine Weile im Freien die Ruhe und Gelassenheit der Bergwelt zu genießen. Jedoch nicht, ohne sich Gedanken über das zu machen, was Monika ihm gesagt hat. Oder ihm mitteilen wollte, ohne es auszusprechen.

Aber was von dem, was er ihr verschlüsselt übermitteln wollte, hat Monika auch empfangen und verstanden? Roger liebt diese Spiele, das Spiel mit und die Experimente in der zwischenmenschlichen Kommunikation.

Besonders mit Frauen.

Mit Frauen, die immer wieder behaupten, auch das aus einem Gespräch herauszuspüren, was Männer nicht sagen. Was diese nicht sagen können oder nicht sagen wollen. Und wenn er dann mit Frauen bewusst über verschlüsselte und versteckte Nachrichten kommuniziert, ist er immer wieder erstaunt, wie selten sie in diesen auch die wirkliche Botschaft erkennen.

Die Erklärung – für Roger eher eine Rechtfertigung – ist dann, aus Frauensicht, einfach: »Du hast dich nicht klar ausgedrückt. Formuliere es so, dass es für mich klar und verständlich ist, dass die Botschaft bei mir richtig ankommt.«

Doch für Roger ist klar: der Sender kann nur sehr eingeschränkt bestimmen, wie seine Nachricht beim Empfänger ankommt!

In endlosen Diskussionen hat er mit verschiedenen Frauen versucht zu erklären, dass er es noch so gut und ehrlich meinen könne, was er kommuniziere – die Entscheidung, was aus der Nachricht gemacht wird, liege immer beim Empfänger. Beziehungsweise bei der Empfängerin.

»Reine Theorie, Modelle, das ist nicht die Realität«, musste er mehrmals hören. Was ihn sehr schnell dazu bewog, seine Überzeugungsarbeit aufzugeben. Denn seine konstruktivistische Sichtweise des Lebens basiert auf dem Grundsatz »*Die* Realität gibt es nicht, jeder schafft sich seine eigene.«

Und das gilt für Roger auch in der Kommunikation: Wenn sich unsere Realitäten, unser Bild der Welt, unsere Landkarten nicht entsprechen, gibt es keine Übereinstimmung, kein Verstehen. Denn ein Verstehen kann es nur geben, wenn Teile unserer Landkarten deckungsgleich sind.

Dieses Verstehen spürt er zwischen Monika und ihm, wobei ihm noch nicht ganz klar ist, welche Teile ihrer Landkarten sich entsprechen.

Roger freut sich, endlich wieder einen Menschen gefunden zu haben, wieder gefunden zu haben, mit dem er sich versteht. Obwohl er auch nie Mühe hatte, zu akzeptieren, dass er vielen Menschen begegnet ist, bei denen dies nicht der Fall war. »Wenn du eine Katze zu Hause hast, nach Hause kommst und die Tür öffnest, kannst du nicht erwarten, dass sie bellt«, schreibt Don Miguel Ruiz sinngemäß in ›The Mastery of Love: A Practical Guide to the Art of Relationship‹. Was für Roger nichts anderes bedeutet, als dass er andere Menschen, vor allem Frauen, so annimmt, wie sie sind, ohne Ambitionen, sie und ihre Wahrnehmung der Realität ändern zu wollen.

Roger verspürt langsam Hunger und wechselt zum Nachtessen in die Gaststube. Er nimmt absichtlich einen Tisch, der nicht von Monika, sondern von Valeska bedient wird – so hat er vielleicht die Gelegenheit, auch mit ihr einige Worte zu wechseln. Denn seit Ende Juni, als er mit ihr geredet hat, hat er sie nicht mehr gesehen.

»Hallo Roger, schön, dass du wieder einmal hier bist«, wird er von ihr herzlich begrüßt, »wie geht es dir?«

»Danke gut, kann nicht klagen. Und dir?«

»Auch gut … sehr gut … sehr, sehr gut!«, lacht Valeska spitzbübisch.

»Verliebt?«

Valeska lächelt, schweigt und antwortet mit einer Gegenfrage: »Was darf ich dir bringen, Roger? Saft ohne oder heute ein Bier, wenn du schon hier übernachtest?«

»Guter Vorschlag … Ja, ich nehme ein Bier, danke. Und eine Käserösti mit Spiegelei und Speck, davor einen kleinen gemischten Salat.«

»Das ging ja schnell! Man merkt, dass du hier wie zu Hause bist.«

Roger genießt noch sein erstes Bier, als Valeska wieder auftaucht und ihn fragt, ob sich wohl ihre Freundin Alena zu ihm setzen dürfe, die dieses Wochenende bei ihr auf Besuch sei.

»Ja sicher, gerne, gegen so hübsche Gesellschaft kann ›Mann‹, ja nichts haben!«

Da Alena nur wenig Deutsch versteht und spricht, wechselt Roger ins Englische, das er doch einigermaßen gut sprechen und verstehen kann. Und in dieser Sprache fühlt sich auch Alena wohler und sicherer, da einzelne Fächer ihres Studiums ebenfalls in Englisch unterrichtet werden.

»Und, Alena, wie gefällt es dir hier?«

»Es ist wunderschön hier, ich freue mich schon darauf, im nächsten Jahr ebenfalls hier in der Gegend arbeiten zu dürfen.«

»Du hast bereits eine Stelle für die kommende Saison?«

»Noch nicht, aber die Zusage, dass ich hierher vermittelt werde.«

»Zusage von wem?« Roger ist neugierig.

»Von der ›Agentúra Lepšá Práca ALP‹, der Agentur für bessere Arbeit, über die auch Valeska hierhergekommen ist.«

Alena erzählt Roger, wie diese Vermittlung osteuropäischer Arbeitskräfte nach Westeuropa und in die Schweiz funktioniert und abgewickelt wird.

»Sag mal Alena, ist deine Freundin immer so gut drauf? Sie kommt mir zeitweise richtig überdreht vor«, wechselt Roger das Thema.

Alena schweigt einen Moment. »Ja, gut drauf ist sie eigentlich immer. Aber so wie hier … Nun, ich war auch etwas überrascht, wie aufgedreht sie ist. Aber das hängt wohl mit …«

»Mit ihrem Freund zusammen?«, hakt Roger ein.

»Ja, auch mit ihrem Freund … Und dem, was sie …«

»Lass es, Alena, du musst nichts sagen, was du nicht willst oder kannst«, unterbricht sie Roger, der Alenas Unsicherheit spürt und auch seine Vermutung bestätigt sieht.

Der Abend verläuft gemütlich, Roger und Alena unterhalten sich gut, beidseitig besteht großes Interesse, mehr vom Gegenüber zu erfahren. Zwischendurch kommt Valeska an den Tisch, nicht nur, wenn wieder ein Service oder eine Nachbestellung ansteht.

»Alles klar bei euch«, fragt sie mit einem Zwinkern Richtung Alena.

»Ja, alles klar«, lächelt Alena zurück und sendet einen dieser eindringlichen Blicke in Richtung ihrer Freundin, der ihr auch ohne Worte sagt, was sie zu verstehen hat.

»Bei dir ja auch?«, fragt sie Alena zweideutig und mit einer Kopfbewegung in Richtung des Tisches, an welchem Valeska eine Gruppe junger Leute bedient, zurück.

Valeska reagiert jedoch nur mit einem Hochziehen ihrer Augenbrauen, gibt keine Antwort.

Der Abend vergeht wie im Flug, Alena und Roger verstehen sich prächtig, der Gesprächsstoff geht ihnen nie aus. Und plötzlich ist es bereits halb elf, die meisten Gäste sind bereits in ihre Zimmer verschwunden.

Valeska erscheint wieder an ihrem Tisch: »Na ihr beiden, noch Lust auf Verlängerung im ›Stübli‹? Die Gruppe, die ich vorhin nebenan bedient habe, wartet darauf, dass wir zu ihnen stoßen.«

Alena schaut Roger kurz an, der ihren Augenkontakt mit einem Blick, den Alena insgeheim erwartet hat, bestätigt, und wendet sich dann Valeska zu: »Nein danke,

Valeska, ich bin zu müde. Und ich versteh die Leute und ihr Deutsch ja nur sehr schlecht, das ist zu anstrengend für mich.«

»Okay, dann sehen wir uns morgen, ich wünsche euch ein gute Nacht.«

Roger und Alena bleiben noch eine knappe Stunde sitzen und diskutieren weiter, bis auch Alena ihm signalisiert, dass sie müde ist und ins Bett will.

Roger stimmt ein: »Ja, Zeit, um ins Bett zu gehen … Aber lass uns vorher noch einige Schritte durch die Nacht gehen, nach diesem Essen schadet ein kurzer Verdauungsspaziergang sicher nicht.«

»Gerne Roger, sehr gerne«, erwidert Alena.

VASILIJ

Vasilij Orlow fährt mit der Straßenbahn Richtung Wenzelsplatz.

Er liebt nicht nur dieses Verkehrsmittel, welches innerhalb der doch sehr verkehrsreichen tschechischen Hauptstadt Prag ein schnelles Vorwärtskommen ermöglicht, sondern auch das Ziel seiner Reise, den Wenzelsplatz.

Der ›Václavské náměstí‹ ist mit seinen 60 Metern Breite und einer Länge von rund 750 Metern einer der größten und schönsten städtischen Plätze Europas. Benannt nach dem heiligen Wenzel von Böhmen, bildete er im Mittelalter und der Neuzeit als Rossmarkt den Mittelpunkt der Prager Neustadt. Heute ist er einfach Treffpunkt mitten in der Stadt und eine attraktive Shoppingmeile.

Vasilij ist aus der Ukraine in die Tschechische Republik eingewandert, wie so viele seiner Landsleute. Tschechien gehört seit den Neunzigerjahren zu den Ländern in der Welt, die den größten Zulauf von Migranten haben. Und besonders viele kommen aus den Ländern der früheren Sowjetunion. Vasilij weiß, dass er, wenn er in der Straßenbahn fährt, damit rechnen muss, dass von hundert Passagieren in der Bahn vier Landsleute sind, je zwei aus der Slowakei und Russland kommen sowie wahrscheinlich einer Chinese oder Vietnamese ist.

Diese Interkulturalität und die Tatsache, dass er als Ukrainer wie selbstverständlich zum Bild der Stadt gehört, kommt Vasilij entgegen. Denn in seinem Geschäft ist Publizität nicht gefragt.

Denn Vasilij ist Drogenhändler.

Das war eigentlich nicht der Plan, als er Mitte der Neunzigerjahre nach Abschluss seines Studiums zum Bauingenieur die Ukraine verließ. Wirtschaftlich ging es seinem Land so miserabel, dass er sich auch mit einem Universitätsabschluss keine großen Hoffnungen auf eine wirtschaftlich sichere Zukunft machen konnte. Er hatte gehört, dass in Tschechien viel verdient werden konnte. Und das war das einzige, was ihn interessierte – die Frage nach der Art der Arbeit und wo er wohnen könnte, waren zweitrangig.

Erst als er dann in Prag eine Anstellung bei einer Baufirma fand und Tag für Tag als Hilfsarbeiter harte körperliche Arbeit zu leisten hatte, wurde ihm bewusst, dass er wie Tausende seiner Landsleute als Billigarbeiter nur für unqualifizierte Tätigkeiten eingesetzt wurde, welche die Tschechen selbst nicht übernehmen wollten. Damit schwand auch jegliche Perspektive, sich beruflich weiterentwickeln zu können.

Schon bald kam Vasilij in Kontakt mit Drogen, die in Tschechien seit der Revolution von 1989 sehr leicht zu beschaffen waren. Oft auch unter den Augen der Polizei konnte an der Kreuzung zwischen Wenzelsplatz und der ›Na příkopě‹, welche in ihrer ursprünglichen Namensbedeutung als Graben die Neustadt von der Altstadt trennte, Kokain, Heroin oder Marihuana gekauft werden. Zuerst konsumierte Vasilij die Drogen, um für eine kurze Zeit frei von körperlichen Schmerzen zu sein, doch mit der Zeit war es vermehrt die Perspektivlosigkeit, die ihn in Rauschzustände trieb.

Der Stoff war nicht nur gut, sondern auch erschwinglich – trotz hoher Nachfrage. Denn sehr viele Schülerinnen und Schüler nutzten die Möglichkeit, Drogen zu tiefen Preisen und ohne Angst vor dem Gesetz zu konsumieren.

So begann auch Vasilij, mehr Stoff zu kaufen, als er für den Eigenbedarf brauchte und diesen im direkten Umfeld von Schulen zu verkaufen.

Schnell verdiente er mit dem Handel mehr als mit seiner Arbeit auf dem Bau, die er kurz darauf aufgab. So konnte er sich voll und ganz seinem neuen Geschäft widmen und erweiterte sein Netzwerk um einige junge Wiederverkäufer und Lieferanten, welche selbst Stoff aus der Ukraine nach Tschechien schmuggelten. Denn in seinem Heimatland waren die Drogen, die auf der sogenannten ›Balkanroute‹ aus dem Orient über Russland und durch Osteuropa nach Westeuropa gelangen, wesentlich billiger erhältlich. Zudem stieg die Zahl von gut ausgerüsteten, illegalen Laboratorien in seiner Heimat, welche auch hochwertige Amphetamine oder Ecstasy herstellten.

Als Vasilij sich körperlich von den jahrelangen Strapazen auf dem Bau wieder erholt hatte, reduzierte er seinen Eigenbedarf auf ein Minimum. Heute nimmt er noch gelegentlich Amphetamine oder Ecstasy – vor allem, um die zahlreichen Partys, bei denen er immer ein gern gesehener Gast ist, besser durchstehen zu können.

So richtig aufwärts geht es mit Vasilijs Geschäft seit Anfang des Jahres, seit am 1. Januar 2010 ein neues und liberales Rauschmittelgesetz in Kraft gesetzt wurde. Damit ist der Besitz von fünfzehn Gramm Marihuana, einem Gramm Kokain, eineinhalb Gramm Heroin, vier Ecstasy-Pillen, fünf Einheiten LSD oder zwei Gramm Amphetamine straffrei – wenn auch der Handel mit Drogen offiziell verboten bleibt.

Die Nachfrage steigt seither, vor allem nach Amphetaminen wie ›Crystal Meth‹. Auch einfach ›Crystal‹, genannt, hat sich dieses in kürzester Zeit zur neuen Partydroge entwickelt. Das synthetische Amphetamin und sehr starke Aufputschmittel ist günstig, damit auch schon für junge Menschen erschwinglich und wird oft schon von 13- bis 14-Jährigen konsumiert. ›Crystal Meth‹ ist die Mutproben- und Ausprobierdroge von Teenagern, die Droge für Fußballhooligans, um ihre Gewaltbereitschaft und Trinkfestigkeit zu steigern, eine Sexdroge und ein Wachhalter auf Partys und in Clubs.

Und ›Crystal‹ lässt sich leicht herstellen. So sind in Tschechien schnell mehrere kleine Drogenküchen entstanden, welche den Markt mit ›Crystal Meth‹ beliefern. Und da der Handel noch nicht wie bei Heroin und Kokain kartellmäßig organisiert ist, können auch kleine Händler wie Vasilij mitmischen.

Durch die amerikanische Fernsehserie ›Breaking Bad‹ wurde die Droge bekannt, noch bevor die erste Staffel im benachbarten Deutschland auf einem Pay-TV-Kanal lief. Denn längst hatte sich herumgesprochen, dass diese Droge bereits die amerikanische Szene im Sturm erobert hatte.

Neu ist ›Crystal Meth‹ eigentlich nicht. Bereits während des Zweiten Weltkrieges hatten Soldaten mit ›Pervitin‹, wie es damals hieß und unter welchem Namen es auch heute noch in Tschechien gehandelt wird, ihre Angst unterdrückt und ihre Leistung gesteigert. Und seither wird ›Pervitin‹ auch von Lastwagenfahrern eingesetzt, um ihre Müdigkeit zu überwinden, von Studenten, um ihre Prüfungsangst zu verdrängen oder von Übergewichtigen als Appetitzügler.

Denn ›Pervitin‹ wirkt unmittelbar auf das zentrale Nervensystem und löst eine grenzenlose und länger anhaltende Euphorie aus. Die Konsumenten erleben ein Gefühl von Stärke und Unüberwindbarkeit, Hunger, Durst, Schmerz und Müdigkeit verschwinden – ›Crystal Meth‹ ist damit die gefragte Partydroge, mit der es sich auch schon mal zwei Tage und Nächte durchtanzen lässt.

Die Nebenwirkungen sind jedoch beträchtlich. Einerseits macht ›Pervitin‹ schneller abhängig als beispielsweise Kokain, andererseits verleitet der kaum wiederholbare erste Kick, immer höhere Dosen zu konsumieren. Dazu kommen Gedächtnisstörungen und Wahnvorstellungen, Verfolgungswahn, Nervosität, Herzrasen, Zittern, Kopfschmerzen und Brechreiz. Körperlich greift die Droge die Haut an, großflächige Entzündungen, die von Süchtigen oft aufgekratzt werden, sind die Folge, die Abhängigen altern sehr schnell, verlieren Zähne, ihr Gesicht wandelt sich zu einer entstellten Fratze, Körperfett wird abgebaut, die Menschen magern ab. Aber auch wenn sich nach rund zwei Jahren Dauerkonsum der Körper auf die Droge eingestellt hat, die Konsumenten wieder ihr normales Körpergewicht halten können und sich ihre Haut bis auf die Selbstschädigungen wieder erholt hat, bleiben irreparable und nicht sichtbare Schäden im Gehirn.

Doch Vasilij macht sich darüber keine Gedanken. »Wenn ich die Drogen nicht verkaufe, macht es ein anderer«, redet er sich ein. Noch hat er nichts gehört, dass eine seiner Konsumentinnen oder einer seiner Konsumenten an Drogen, die er ihnen verkauft hat, gestorben ist. Deshalb kann er sich auch nicht vorstellen, mit einem toten Menschen in Verbindung gebracht zu werden.

Schon gar nicht mit einem, der erst drei Jahre später den Tod finden wird.

Heute will Vasilij einen weiteren bedeutenden Schritt machen, um seinen Handel auszubauen – den Schritt über die Grenze nach Deutschland. Denn dort hat sich innert kürzester Zeit eine große Nachfrage nach ›Crystal Meth‹

entwickelt, die momentan noch über einen wachsenden Drogentourismus deutscher Konsumenten und Kleinhändler abgedeckt wird. Vasilij will jedoch dem entgegenwirken und die Nachfrage vor Ort abdecken. Um die benachbarten Bundesländer Sachsen und Bayern, aber auch das südliche Brandenburg und Thüringen direkt beliefern zu können, will er einen Drogenkurierdienst aufbauen.

Doch nicht so, wie es wohl die meisten seiner Berufskollegen machen würden. Nicht direkt von einem der in Europa größten Drogenumschlagplätze, wie Prag es ist, über die Grenze, die bereits heute sehr gut kontrolliert wird und die in Zukunft noch viel stärker kontrolliert werden dürfte. Und auch nicht über die großen Flughäfen von Düsseldorf, Frankfurt, Bonn/Köln oder München.

Vasilij plant eine besondere Route, auf die seiner Meinung nach die Polizei kaum kommen dürfte: Die Drogen werden zuerst wieder nach Osten verschoben, teilweise zurück bis in seine Heimat, die Ukraine. In dieser Richtung, die dem üblichen Transportweg von Drogen entgegengesetzt verläuft, gibt es kaum Grenzkontrollen – und erst recht keine, die auf Drogen fokussiert sind. Aus der Ukraine sollen dann Kuriere die Drogen über Ungarn, die Slowakei und Polen über die Grenze nach Deutschland, Österreich und die Schweiz bringen. Mit diesen neuen Korridoren will Vasilij die Polizei, welche sich auf den Drogenschmuggel im tschechisch-deutschen Grenzgebiet konzentriert, austricksen.

Und auch mit den Kurieren, die er für diesen Transport einsetzen will.

Um deren Verfügbarkeit und die Möglichkeiten einer Zusammenarbeit mit deren eigentlichem Auftraggeber zu prüfen, ist Vasilij Orlow auf dem Weg zum Wenzelsplatz.

Dort will er Marek Nowak treffen.

PATRIK

»Danke, meine Damen und Herren, das war's. Ich wünsche Ihnen in den kommenden Wochen viel Erfolg bei Ihren Zwischenprüfungen und anschließend erholsame Semesterferien. Wir sehen uns im September wieder – hoffentlich alle von Ihnen.«

Das Auditorium der Universität St. Gallen bebt unter dem Lachen der Studentinnen und Studenten, die gleichzeitig mit geschlossener Faust auf die Bänke klopfen und sich so bei ihrem Professor für die Vorlesung bedanken und auch ihn in die Ferien verabschieden.

Patrik atmet tief durch. »Endlich, das zweite Semester meines Masters ist geschafft, nun noch die Prüfungen und dann endlich wieder Zeit um draußen zu sein, für Biketouren, Ausfahrten mit dem Rennrad, für Wanderungen im Alpstein«, geht es ihm durch den Kopf. Das Semester war hart, anforderungsreich, ein voller Stundenplan, dazu zahlreiche Gruppenarbeiten, die zusätzlich und außerhalb der Unterrichtszeit erarbeitet werden mussten. Allein schon die Koordination der Termine mit den verschiedenen Kommilitonen war schwierig, dann auch die Arbeiten in verschiedenen Teams und Fachbereichen. Patrik fühlt sich leer, ist erschöpft, irgendwie ausgebrannt.

Auch wenn er seine große Krise schon hinter sich hat.

Denn irgendwann wuchs ihm alles über den Kopf, er verlor den Überblick, was wichtig ist, vergaß Termine, erfüllte Aufträge fehlerhaft, konnte sich in den Vorlesungen nicht mehr konzentrieren. Was er sich relativ schnell eingestehen konnte, war, dass diese Symptome nicht auf seine Arbeitsbelastung durch das Studium zurückzuführen waren, sondern auch – und vor allem – auf die Belastung durch seine gesellschaftlichen Aktivitäten. ›Social Networking‹ nannte er es, als ›Ausgang, Party, Alkoholexzesse und Weibergeschichten‹ hätten es wohl Außenstehende bezeichnet – doch diese gab es in Patriks Kreisen nicht.

Seine zwei Kollegen, mit denen er eine Wohnung in der Langgasse, in dem Quartier auf der Verbindungsachse zwischen der Stadt St. Gallen und Romanshorn und unterhalb von Rotmonten und der Uni teilte, waren natürlich auch immer dabei. Aber in ihrem Alter und auf ihrer Stufe des Studiums, erinnert sich Patrik, hat er dies auch noch locker weggesteckt. Denn seine Freunde absolvieren noch das Bachelorstudium in Betriebswirtschaftslehre, die große Herausforderung Master steht ihnen noch bevor.

Nacht für Nacht sind sie durch die Bars und Clubs in St. Gallen gezogen, waren auch Stammgäste im ›Bermudadreieck‹ in der nördlichen Altstadt von St. Gallen. Seit einigen Jahren präsentieren sich 23 Bars und Restaurants wieder unter diesem Namen, der bereits in den 50er-Jahren wegen des charakteristischen Dreiecks zwischen Engel- und Metzgergasse ein Zentrum des städtischen Nachtlebens war.

Und nicht selten kamen sie nicht allein, nicht mehr zu dritt, nach Hause.

Die kurzen Nächte, die daraus resultierten, reichten nicht aus, um am Morgen ausgeruht und frisch in den Vorlesungen aufzutauchen, und doch ließ es Patriks Ehrgeiz – meist – nicht zu, diese zu schwänzen. So kumulierte sich der Schlafmangel, bis er irgendwann kaum mehr zu ertragen war.

Doch dann kam die Rettung in Form eines weißen Pulvers, welches manchmal auch in Tablettenform erhältlich war: ›Crystal‹, oder mit dem ganzen Namen ›Crystal Meth‹, der neue Geheimtipp unter den Partydrogen. In der Schweiz und vor allem im eher zurückhaltenden St. Gallen noch nicht sehr verbreitet, war der Stoff bei einem kleinen Kreis von Studenten bereits angekommen. Nicht zuletzt durch die osteuropäischen Gaststudenten, welche durch ihre Freunde zu Hause auf den Boom, welchen die Droge dort ausgelöst hatte, hingewiesen wurden. Und die, um ihre finanzielle Situation während des Studiums aufbessern zu können, begonnen hatten, mit ›Crystal Meth‹ zu handeln.

So war es nicht nur die reine Neugier, die Patrik dazu verleitete, ›Crystal‹ auszuprobieren, sondern auch die Hoffnung, dass er dank der Droge besser mit der Belastung zurechtkam.

Natürlich hatte er von den Nebenwirkungen gehört, die ein langfristiger Konsum mit sich bringen konnte und auch die Bilder von Süchtigen gesehen, die sich ihre Haut bis aufs Fleisch weggekratzt haben, denen die Zähne ausfielen und die nach wenigen Monaten ›C‹-Konsum um Jahrzehnte älter aussahen. Aber die Aussagen und Erfahrungsberichte auf den einschlägigen Drogenforen waren widersprüchlich, ob diese Auswirkungen ausschließlich auf den Konsum von ›Crystal‹ zurückzuführen sind.

Und obwohl er sich der Gefahr bewusst war, dass er süchtig werden könnte, ließ er sich nicht davon abhalten. Denn seine osteuropäischen Kollegen widersprachen ihm: »Man wird nicht abhängig davon und wenn du nur einmal ›Crystal‹ nimmst, passiert nichts.«

Als Patrik zum ersten Mal das Amphetamin konsumierte, glaubte er zu träumen. Er nahm ›eine Nase‹, zog eine vier bis fünf Zentimeter lange Linie des weißen Pulvers durch die Nase ein – »eine Linie rotzen«, wie es seine Kollegen nannten. Das Pulver brannte in der Nase, nach rund fünfzehn bis zwanzig Minuten begann der Stoff dann zu wirken. Sofort waren alle schlechten Gefühle weg, Traurigkeit, Hunger, Müdigkeit, Langeweile waren wie weggeblasen. Patrik war völlig euphorisch, hatte das Gefühl, stark und unüberwindbar zu sein, wollte am liebsten losrennen, sich gehen lassen, wollte reden.

Nach rund zwanzig Minuten hatte die Wirkung ihren Höhepunkt erreicht: Patriks Pupillen erweiterten, sein Blickwinkel verkleinerte sich, alles erschien ihm extrem klar und scharf, das Herz begann zu rasen, er musste stärker atmen, ihm wurde heiß und er begann stark zu schwitzen.

Er war so was von wach, gut drauf, ohne Hemmungen, hatte keine Hemmungen, die jungen Frauen in den Bars anzusprechen, war selbstbewusst, verspürte keine Müdigkeit und auch keinen Durst und Hunger. Patrik versuchte trotzdem, Wasser zu trinken, da er nicht nur stark schwitzte, sondern auch oft auf die Toilette musste, um Wasser zu lösen. Doch er musste sich zum Trinken zwingen, bei jedem Glas Wasser wurde ihm schlecht, einige Male erbrach er umgehend das wieder, was er zu sich genommen hatte.

Die ganze Nacht war Party angesagt. Als sie am Morgen nach Hause gingen, waren sie alle drei noch völlig wach, schlafen war unmöglich. Was sie aber angesichts der hübschen Begleitung an ihrer Seite auch nicht vorhatten. Denn ›Crystal‹ steigert auch das Lustgefühl. Deshalb gilt es vor allem auch bei Homosexuellen als ultimatives Aphrodisiakum.

Erst am Tag danach stellten sich auch Beschwerden ein, lang anhaltende und von der Leber ausstrahlende Bauchschmerzen, ein Gefühl, von innen heraus auszutrocknen, Juckreiz auf der Haut und eine langsam eintretende Gleichgültigkeit und Depression.

Und der Wunsch, baldmöglichst mit einer weiteren ›Linie‹ wieder in die Welt des Glücks- und Hochgefühls abtauchen zu können.

Patrik genoss, wie seine beiden Freunde, dieses Gefühl in vollen Zügen, baute seine nächtlichen Aktivitäten aus, statt diese zu reduzieren. Und fühlte sich trotzdem besser als zuvor.

Dieses Gefühl wollte er nicht aufgeben.

Das bedingte jedoch, dass er den Stoff weiterhin konsumierte. Was bei der guten Verfügbarkeit und den im Vergleich zu anderen Drogen moderaten Preisen kein Problem war. Und die Bedenken, dass er süchtig werden könnte, hatte er längst ausgeräumt, indem er sich immer wieder einredete, dass er jederzeit aufhören könnte, wenn er wollte. Aber er wollte eben im Moment noch nicht.

So, wie sich jeder Mensch, der in eine Sucht abrutscht, sich einredet, nicht süchtig zu sein.

Dass er während der zwei Monate des Konsums auch noch sein letztes Körperfett verlor, war ihm egal. So kam seine sonst schon athletische Figur noch besser zur Geltung. Die anderen Nebenwirkungen wie Nervosität, Herzrasen, Kopfschmerzen und Brechreiz versuchte er zu ignorieren. Und von den prognostizierten Hautentzündungen blieb er am Anfang noch verschont, einzig ein sporadisch auftretender Juckreiz beeinträchtigte manchmal seine neue Lebensqualität.

Drei Wochen später hat er studienmäßig alles *über*standen – ob er auch alle Prüfungen *be*standen hat, wird sich dann im September, vor Semesterbeginn, zeigen.

Damit ist jetzt die Zeit reif, mit dem Drogenkonsum etwas zurückzufahren. Nicht ganz, aber zumindest unter der Woche reduziert Patrik den Konsum, setzt auch mal einige Tage aus. Und er merkt, dass dies gar nicht so schwierig ist. Eine Erkenntnis, die ihm seine Vermutung bestätigt, dass er weiterhin, vor allem am Wochenende, bedenkenlos ›Crystal‹ nehmen kann, ohne gleich süchtig zu werden.

Nun kann er endlich loslegen! Als Erstes fährt er in den Alpstein, ab in die Höhe, rauf auf die Gipfel, frische Luft, Natur pur. Standardroute: Brülisau, Ruhesitz, Kastensattel, Staubern, Saxer Lücke, Bollenwees, Plattenbödeli, Brülisau. Einfach, aber durch die Länge der Tour doch anforderungsreich, das ist sich Patrik bewusst. Doch er strotzt vor Selbstvertrauen, ist sich sicher, dass er trotz längerer Wanderpause die gesetzten Ziele erreichen wird.

In den ›Staubern‹ kehrt er zum ersten Mal ein. Trinkt eine Schorle, denn für Alkohol ist es auch für ihn, der diesen eigentlich gewohnt ist, noch zu früh. Vor allem in Anbetracht der Strecke, die noch vor ihm liegt.

Die Servicemitarbeiterin mit dem fremdländischen Akzent ist sehr freundlich – und attraktiv. So sucht er sofort den Kontakt zu ihr. Sein Jagdinstinkt der letzten Monate ist noch nicht erloschen, er ist noch immer auf der Suche nach neuen Bekanntschaften und Affären. Und diese junge Slowakin – wie er von ihr erfährt – reizt ihn. Denn sie scheint für Patrik nicht die Frau zu sein, die sich sofort und mit jedem auf eine kurze Nummer einlässt.

Was sich auch bewahrheiten soll. Auch wenn es seine Zeit dauert, Valeska und Patrik finden sich und die Art und Weise, wie sie ihre Beziehung ausleben können.

Patrik genießt die Zeit mit Valeska. Es ist nicht das gleiche Gefühl, das er mit all den anderen Frauen hatte, die er beim Ausgehen kennengelernt hatte, etwas ist anders, etwas ist besonders. Noch kann er sich nicht erklären was, doch er weiß, dass diese Beziehung einen neuen Abschnitt in seinem Leben prägen wird.

Seit die Prüfungen vorbei sind, nimmt er weniger ›Crystal‹, aufhören kann und will er aber nicht. Er genießt die aufputschende Wirkung, diesen Zustand des Wachseins. Und die Energie, die ihm die Droge für das Ausleben seiner Sexualität gibt.

Was auch Valeska zu genießen scheint.

Nach ein paar Wochen und zahlreichen Treffen stellt sie dann die Frage, die er eigentlich schon längst erwartet hatte: »Patrik, woher nimmst du diese Energie? Du isst und trinkst so wenig, und doch scheinst du nie müde zu werden, ich kann das nicht begreifen! Und beim Sex mit dir habe ich auch immer das Gefühl, dass du jederzeit kannst und nie genug bekommst …«

Patrik lacht: »Das stimmt, Valeska, aber das liegt vor allem an dir!«

»Vor allem?«

»Ja, zugegeben, ich nehme ab und zu noch was, nicht viel, völlig harmlos. Ein Aufputschmittel, ein Stimmungsheber – hält dich wach, gibt Energie …«

»Ecstasy?«, unterbricht ihn Valeska

»Ecstasy war früher, heute nimmt man ›Crystal‹. Das Zeug hat zum Glück nicht mehr die Nebenwirkungen von Ecstasy!«

»Welche Nebenwirkungen?«

»Erektions- und Orgasmusstörungen«, lacht Patrik.

»Dann könnte ich ›Crystal‹ ja auch nehmen«, stimmt Valeska in sein Lachen ein.

Patrik macht ihr klar, dass es nicht seine Absicht ist, sie zum Ausprobieren oder zum Konsum von ›Crystal Meth‹ zu überreden und dass sie es auch nicht ihm zuliebe versuchen muss. Er klärt sie auf über die Wirkungen von ›C‹, aber auch über die Nebenwirkungen. Und auch darüber, dass man süchtig werden könne, wenn man sich nicht unter Kontrolle habe. Natürlich nicht, ohne zu beteuern, dass er seinen Konsum noch völlig unter Kontrolle habe.

Doch Valeskas Entschluss ist gefasst, sie will einen Selbstversuch wagen.

MONIKA

»Was darf es sein, haben Sie schon etwas gewählt?« Monika ist wieder zurück im Service und in der Gaststube. »Okay, dann komme ich in einigen Minuten nochmals vorbei. Kann ich Ihnen schon etwas zu trinken bringen?«

Die Gäste lächeln ihr zu, bestellen die Getränke und vertiefen sich wieder in die Speisekarte. Monika genießt dieses Gefühl, dass sich ihre Gäste gerne von ihr bedienen lassen. Das sichtliche Wohlgefühl ihrer Gäste, ihr Lachen, das ist ihr Lohn für ihre Arbeit. »Engel erwarten für ihre Dienste keinen Dank, sie wollen nur wahrgenommen werden.« Monika erinnert sich an das Zitat des deutschen Philosophen und Pädagogen Andreas Tenzer und muss schmunzeln.

Einen anderen Beruf kann sie sich nicht mehr vorstellen, seit sie im Service arbeitet. Und einen anderen Ort als den Alpstein, an dem sie ihren Beruf ausüben könnte, auch nicht.

Doch heute hat sie Mühe, sich zu konzentrieren. Der Nachmittag mit Roger war – einmal mehr –sehr anregend und aufwühlend.

Nicht nur geistig.

Monika liebt diese philosophischen Gespräche, die einer Gratwanderung zwischen Versteckspiel und Offenbarung gleichen. Noch nie gab es in ihrem Leben einen Mann wie Roger, mit dem sie sich so unterhalten kann. Er fasziniert sie durch seine Art, etwas zu sagen und es doch nicht genau zu erklären. Vielmehr sind es Gedankenanstöße, die er mit seinen Aussagen vermittelt. Erklärungen, die mehr Fragen aufwerfen als Antworten geben. Das, was die Philosophie eben charakterisiert.

Doch Monika liebt es gleichermaßen, Roger Rätsel aufzugeben. Denn mit allen anderen Männern, die in ihrem Leben bisher eine Rolle gespielt haben, konnte sie dieses Spiel nicht spielen. Sprach sie nicht eindeutig und in Rätseln, wurde sie immer aufgefordert, doch endlich das zu sagen, was sie meinte.

Was sie aber nicht immer wollte.

Doch Roger steigt auf dieses Spiel ein, lässt ihr ihren Spielraum. Und akzeptiert sie, wie sie ist. Denn Monika weiß – oder glaubt es zu wissen – dass sie nicht mit den jungen, schlanken und hübschen Kolleginnen im Service mithalten kann. Diese Frauen, welche die Gäste nur schon durch ihr Aussehen anziehen.

Und oft nur damit.

Denn fachlich können sie ihr meist nicht das Wasser reichen, doch das scheint heute nicht mehr so wichtig zu sein. Die Gäste wollen schnell und freundlich bedient werden, gleichzeitig noch etwas fürs Auge haben, wollen etwas Gutes essen, das war's. Doch Monika kann mehr bieten: Wissen über die Herkunft der Zutaten, wie die Speisen zubereitet werden, was das Spezielle ist, welcher Wein dazu passt, woher dieser kommt, aus welchen Trauben er hergestellt wird. Sie kennt aber auch den Alpstein wie kaum eine andere, kann den Gästen den idealen Weg erklären, kennt jeden Gipfel, der am Horizont zu sehen ist, kennt alle Geschichten und Personen, die mit dem Alpstein zu tun hatten und haben.

Doch das ist aus ihrer Sicht immer weniger gefragt in dieser schnelllebigen Zeit, selbst im Alpstein, wo die Zeit eigentlich etwas langsamer vergeht. Deshalb ist Monika froh, wenn Gäste ihr Wissen abfragen und nutzen, auch wenn dies immer seltener wird.

Nach dem Abendservice kümmert sich Monika um die Gruppe, welche das ›Stübli‹ reserviert hat, obwohl die jungen Paare vorher von Valeska bedient worden sind. Sie hat Monika selbst darum gebeten, damit sie noch etwas länger in der Nähe ihrer Freundin Alena sein kann, wenn diese schon einmal auf Besuch ist. Monika hat sofort eingewilligt, sie kann solche Bitten kaum ausschlagen, dafür ist sie zu kollegial.

Und im ›Stübli‹ kann sie endlich wieder einmal ihr Wissen präsentieren und den Zürchern erklären, dass die Kantonsgrenze durch das Berggasthaus ›Staubern‹ verläuft. Und dass sie damit nicht immer, wie allgemein vermutet, auf Appenzeller Boden sitzen.

Kurz nach elf Uhr taucht sie zum letzten Mal dort unten auf und vergewissert sich, dass ihre Gäste alles haben, was sie brauchen. Dann übergibt sie an Valeska: »Die Gruppe braucht im Moment nichts, ich hab eben nachgefragt. Ab jetzt kannst du dich um sie kümmern, okay?«

»Ja klar, danke, Monika! Ich habe ja auch geplant, nachher runterzugehen, sie haben mich eingeladen, noch etwas mit ihnen zu feiern. Doch zuerst muss ich hier oben noch abschließen, ist ja eh bald Schluss.«

»Dann geh ich schon mal, war ein langer Tag«, verabschiedet sich Monika von ihrer Kollegin und geht in ihr Zimmer.

Dort lässt sie sich zuerst mal auf ihr Bett fallen, starrt die Decke an. Sie ist müde, zu müde um zu denken – und doch schwirren Gedanken in ihrem Kopf herum. Bilder tauchen auf, vom Nachmittag mit Roger, aus dem Abendservice, während dem sie die Gäste und ihre Kolleginnen beobachtet hat, davon, wie sich die Gäste – natürlich vor allem die männlichen – vom Auftritt Valeskas faszinieren ließen. Von ihrem Aussehen, ihrem Gang, ihrem Lachen, ihrer Ausstrahlung.

Aber auch Bilder und Erinnerungen, wie wenig Aufmerksamkeit sie selbst dabei genoss.

Sie weiß nicht, auf wen sie mehr wütend sein soll – auf sich oder auf ihre hübsche Kollegin. Ob sie darauf wütend sein soll, dass sie es nicht schafft, mehr Aufmerksamkeit bei den Gästen zu gewinnen oder darauf, dass sie dies nicht beeinflussen kann, weil sie nicht so gut aussieht wie Valeska.

»Scheint, dass ich mehr Probleme mit Frauen habe als mit Männern«, stellt Monika fest. Denn ihre Erfahrungen und Erlebnisse mit Roger zeigen ihr doch, dass sie sich mit Männern durchaus verstehen kann.

Wenigstens mit Männern wie Roger.

Monika ist zu müde, um zu schlafen. Sie nimmt gemütlich eine Dusche, gönnt sich etwas Körperpflege und geht zurück in die Gaststube. Doch dort ist es schon ziemlich ruhig, es sind kaum mehr Gäste anwesend. Und keine, zu denen sie eine Beziehung hat, die es ihr erlauben würde, sich um diese Zeit noch zu ihnen zu setzen.

Auch Roger ist nicht mehr hier. Den ganzen Abend war er mit Valeskas Freundin zusammen, hat sich – so Monikas Beobachtung – glänzend mit ihr unterhalten. Und verunmöglichte ihr damit, nochmals mit ihm in Kontakt zu treten.

Und darüber, wo sich Roger und Alena jetzt aufhalten könnten, will sie sich lieber keine Gedanken machen. Denn ihre Fantasien würden ihr nur noch den letzten Funken Hoffnung rauben.

So entschließt sie sich spontan, noch einige Schritte zu gehen, die Ruhe und die frische Luft zu genießen. Abzuschalten.

Sie spaziert eine Weile über den Staubernfirst, hofft insgeheim, vielleicht Roger anzutreffen. Im besten Fall ohne Alena. Doch daraus wird nichts. Deshalb kehrt sie schon bald um, geht zurück in die ›Staubern‹, deren Gaststube unterdessen bereits im Dunkeln liegt.

Doch im ›Stübli‹ ist noch Licht. Sie steigt vor dem Haus und der Terrasse hinunter zur Außentür, die in den Raum führt. Die Stimmung drinnen ist offensichtlich gut, wie der Lärm, der nach außen dringt, verrät. Monika zögert hineinzugehen, bleibt eine Weile draußen stehen, wirft einen Blick durchs Fenster.

Valeska scheint die Gesellschaft der Gruppe zu genießen, sie strahlt, lacht und sucht – wie Monika beobachten kann – immer wieder den Blickkontakt zu einem der jungen Männer. Zu demjenigen, von dem Monika weiß, dass er keine Freundin oder Frau dabei hat. Monika versucht, ihre Gedanken zu unterdrücken, um nicht in Vorurteile zu verfallen. Keine einfache Sache.

Sie bleibt nochmals einen Moment stehen, überlegt, was sie machen soll. »Anklopfen und reingehen oder zurück ins Zimmer?« Sie wirft nochmals einen Blick ins ›Stübli‹.

Da trifft ihr Blick auf den von Rebecca, die das Fenster fixiert.

Monika duckt sich, rennt instinktiv talwärts, Richtung ›Schopf‹, dem ehemaligen Matratzenlager, das jetzt als Gerümpelkammer genutzt wird. Sie versteckt sich zwischen diesem Gebäude und dem zweiten, in welchem sich der Motorenraum befindet.

Sie beobachtet den Ausgang des ›Stüblis‹, vor dem drei Gestalten im Dunkeln suchend herumirren. Und Monikas Vermutung erweist sich als richtig: Wenn dort etwas oder jemand gesucht wird, orientiert sich die Suche eher gegen den First hin als nach unten.

So überrascht es sie auch nicht, dass die drei ihre Suche abbrechen, ohne sie gefunden zu haben.

Einmal kurz durchatmen, dann zurück ins Zimmer. Jedoch nicht vorne am ›Stübli‹ vorbei, sondern hinten herum. Ein kurzer steiler Aufstieg im Gras hinauf auf den Weg, der von den Staubern Richtung Saxer Lücke führt, dann zurück zum Haupteingang – so sollte sie nicht gesehen werden, überlegt Monika.

Sie klettert auf den Weg hinauf, im Dunkeln keine einfache Sache. Oben angekommen, muss sich Monika zuerst mal hinsetzen, wieder zu Atem kommen. Noch bevor sie sich auf den Weg zurück zum Berggasthaus machen kann, vernimmt sie plötzlich leise Stimmen, welche darauf hinweisen, dass sich noch jemand in der Nähe herumtreibt.

Monika versucht, die Stimmen zu orten. Auch wenn es absolut ruhig ist und keine anderen Geräusche zu hören sind, bleibt es schwierig herauszufinden, woher die Geräusche kommen. Doch Monika glaubt, dass diese eher von oben als von unterhalb des Berggasthauses kommen.

Sie schleicht sich den Weg hinauf, versucht, sich so ruhig zu bewegen, dass sie niemand hören kann. Nach wenigen Metern erkennt sie plötzlich Silhouetten im Dunkel der Nacht. Und hört, was diese miteinander reden. Auf Englisch.

»Nein, Roger, bitte nicht, ich will nicht.«

»Komm schon Alena, ich spüre doch, dass du es auch willst.«

Die beiden Menschen stehen, wie Monika erkennen kann, eng beieinander, halten sich gegenseitig. Wobei sie nicht erkennen kann, ob sie sich wirklich halten oder ob eine Person die andere zu sich zieht oder wegzustoßen versucht.

»Ich mag dich, Roger, war heute Abend gern mit dir zusammen, war schön. Aber mehr will ich nicht. Ich bin ja auch viel jünger als du …, fahre bald wieder zurück nach Hause … Ich bin nicht der Typ für eine schnelle Nummer.«

»Das will ich ja auch nicht, Alena. Ich komme dich regelmäßig besuchen, nächstes Jahr bist du ja wieder hier, wir könnten eine gemeinsame Zukunft haben.«

»Nein, haben wir nicht, ich will das nicht.«

»Komm schon, Alena, genieß den Moment, studiere nicht zu viel herum, lass dich von Herz und Bauch leiten.«

»Nein Roger, ich kann und will nicht, akzeptier das bitte.«

Dann ist Ruhe. Monika kann nicht erkennen, was die beiden machen. Doch unterdessen weiß sie mit Sicherheit, dass Roger versucht, Alena für sich zu gewinnen. Zumindest für einen kurzen Moment.

Monika hält es nicht mehr aus, diesem Buhlen des Mannes, der auch ihr etwas bedeutet, zu folgen. Sie zieht sich zurück, schleicht sich wieder in ihr Zimmer.

Und versucht, die Gedanken daran zu verdrängen, was sich zwischen Roger und Alena noch abspielen könnte.

BRUNO

»Wo stehen wir, verdammt, wo stehen wir?«

Max ist nicht erstaunt, dass Bruno sichtlich genervt ist. Denn sie haben wieder einmal, wie vor einem Jahr, keine Ahnung, was hier abgelaufen ist. Haben keine Spur zu einem Täter, kein mögliches Motiv. Nur eine Tote.

Aber nicht die, welche sie erwartet haben.

Bruno sitzt allein am Tisch, als Max nach der Auftragserteilung an seine Kollegen zu ihm zurückkehrt, Janine ist wieder bei der Arbeit.

Bruno erzählt Max von seinen Hypothesen, die er auf dem Rückweg von den alten ›Staubern‹ aufgestellt hat. Davon, dass es der Täter scheinbar eilig gehabt habe, dass Alena den anderen Gästen nicht aufgefallen sei, und dass es eine Verbindung zwischen Alena und Valeska geben müsse, die über ihre Freundschaft hinausgehe.

Dass es wieder einmal ein sehr schwieriger Fall werden dürfte, behält er jedoch für sich.

»Die einzige Hypothese, deren Überprüfung uns vielleicht weiterhelfen könnte, scheint mir die mit der Verbindung zwischen den beiden Frauen«, fasst Bruno leicht resigniert zusammen.

»Doch wo ist Valeska?« Bruno schaut Max fragend und mit einem Achselzucken an. »Und warum, verdammt, warum wurde Alena umgebracht?«

»Ich weiß es auch nicht«, muss Max kleinlaut zugeben, »wir haben keine Hinweise.«

»Was haben wir übersehen?«, fragt Bruno nach. »Wir müssen irgendetwas übersehen haben!«

»Wir wissen von Valeska, woher sie kommt, wer sie hierher vermittelt hat, dass sie einen Freund hat und dass ihre beste Freundin, die sie hier besucht hat, ermordet worden ist«, fasst Max emotionslos zusammen.

Bruno überlegt einen Moment. »Und dass Patrik dieses Wochenende nicht hier war. Doch warum nicht? Janine hat erzählt, dass sie sich fast täglich sehen.«

»Das ist vielleicht ein Punkt, an dem wir ansetzen können«, stimmt Max zu. »Und was hat Alena gestern Abend gemacht, während ihre Freundin arbeiten musste, mit wem war sie zusammen?«

»Eine gute Frage, Max. Auf beide Fragen kann uns Janine eventuell Antwort geben.«

So rufen die beiden die Wirtin nochmals zu sich. Von ihr erfahren sie, dass Patrik an diesem Wochenende etwas anderes vorhatte und deshalb nicht kommen konnte.

»Student, Semesterferien, die ganze Zeit im Alpstein unterwegs – und dann genau an diesem Wochenende, an welchem Valeskas beste Freundin auf Besuch ist, ist er verhindert. Eigenartig! Wäre doch normal, dass er auch die Freundin seiner Freundin kennenlernen will«, äußert Bruno sein Erstaunen.

»Ja, eigentlich schon! Und Alena saß den ganzen Abend zusammen mit Roger am Tisch, Valeska hat die beiden zusammengebracht«, beantwortet Janine auch die zweite Frage.

»Ro… Roger …, Roger Marty?« Bruno kann es kaum fassen. »Schon wieder der!«

Bruno spürt jedes Mal, wenn er den Namen ›Roger Marty‹ hört oder er diesem über den Weg läuft, eine innere Abneigung, einen Druck auf den Magen, ein ungutes Gefühl. Er kann sich nicht genau erklären, warum. Doch irgendwie hat er das Gefühl, dass dieser Marty schon im letzten Jahr dafür mitverantwortlich gewesen ist, dass er den Fall nicht lösen konnte. Und dass er mehr weiß, als er ihm wirklich gesagt hat.

Und seit Martys Krimi erschienen ist, hat sich dieses Gefühl noch verstärkt. Die Parallelen zum ungelösten Fall waren offensichtlich und die Anspielungen auf mögliche Täter und Motive waren Varianten, die sich Bruno auch im realen Fall überlegt hatte.

War Martys Fiktion vielleicht doch die Realität, die er selbst damals nicht aufdecken konnte?

Und ist es wirklich nur Zufall, dass Roger genau an diesem Wochenende, an dem erneut eine junge Frau umgebracht wird – oder vielleicht gar zwei junge Frauen umgebracht werden – wieder am Tatort anwesend ist?

»Dann lass uns doch einmal diesen Marty zur Brust nehmen«, gibt sich Bruno Fässler kämpferisch.

»Wollen wir nicht zuerst mal was Kleines essen, Mittag ist schon längst vorüber, und ich hatte kaum Zeit, richtig zu frühstücken«, versucht Max sich zu wehren.

»Mach, was du willst, mir ist der Appetit längst vergangen«, erwidert Bruno barsch, steht auf und geht auf die Terrasse hinaus, auf der er Roger Marty entdeckt hat.

Er bittet ihn herein, da draußen zu viele Gäste sind, um in Ruhe reden zu können. Und dauernd spazieren Wanderer vorbei, die sich angesichts der Absperrungen und der anwesenden Polizisten bei anderen Gästen erkundigen, was denn hier los sei.

»Herr Marty, erzählen Sie uns doch mal, was sie an diesem Wochenende hierher geführt hat«, eröffnet Bruno das Gespräch, da Max sich noch intensiv und mit einem entschuldigenden »Ich hatte noch keine Zeit fürs Mittagessen« seinem Sandwich widmet, dass er sich von Janine hat bringen lassen.

»Ist dies ein Verhör oder eine Zeugeneinvernahme«, fragt Roger zurück. »Wobei ich ja kein Zeuge bin, sondern nur als einer der Ersten am vermeintlichen Tatort war.«

»Bezeichnen Sie, wie Sie es wollen, ich möchte mich einfach mit Ihnen unterhalten und mir etwas Klarheit über die Situation verschaffen. Oder haben Sie etwas zu verschweigen?«

»Schweigen ist die unerträglichste Erwiderung. Gilbert Keith Chesterton.« Roger lächelt. »Nein, natürlich nicht.«

Er erzählt, dass er in der letzten Zeit, bedingt durch die Erstpublikation seines Romans, wenig Zeit hatte, im Alpstein zu wandern. Und dass er jetzt endlich wieder einmal Zeit gefunden habe für eine ausgiebige Tour – und Lust verspürt habe, wieder einmal diese Region des Alpsteins zu besuchen.

»Und was haben Sie gestern hier in den ›Staubern‹ gemacht, mit wem waren Sie zusammen?«

Roger erzählt vom Wiedersehen und dem ausführlichen Gespräch mit Monika sowie dem Abend mit Alena. Auch davon, dass er kurz nach Mitternacht in seinem Zimmer war.

»Wann haben Sie Alena das letzte Mal gesehen?«

»Valeska ging gegen halb zwölf ins ›Stübli‹ runter, Alena und ich saßen noch etwa bis halb eins zusammen, dann waren wir noch etwa eine halbe Stunde an der frischen Luft.«

»An der frischen Luft …«, wiederholt Bruno sehr langsam.

»Ja, an der frischen Luft!«

»Kennen Sie übrigens die Ruine der alten ›Staubern‹, Herr Marty«, fragt Max unvermittelt.

Roger ist etwa gleich überrascht wie Bruno, der Max eindringlich und fragend anschaut, sich dann jedoch schnell fasst: »Ja, sicher, Sie etwa auch? Ist ja eher noch ein Geheimtipp, solange das alte Berggasthaus noch nicht wieder aufgebaut ist. Aber Martin gibt da schon richtig Gas, hat ja schon einige Gönner zusammen. Ich bin natürlich auch dabei.«

Da weder Bruno noch Max eine Ahnung von der Vision des Staubernwirtes haben, das erste Berggasthaus ›Staubern‹ wieder zu rekonstruieren, um Besuchern einen Blick in die Vergangenheit der Alpsteingastronomie zu ermöglichen, klärt Roger sie auf.

»Und wann waren Sie das letzte Mal dort«, fragt Max nach.

»Gestern … und heute Morgen.«

»Heute Morgen?«, fragt Bruno erstaunt.

»Ja, ich war früh auf, brauchte noch etwas frische Luft nach dem vielen …, nun, nach dem gestrigen, doch langen Abend. Da bin ich zu den alten ›Staubern‹ spaziert, habe dort das Erwachen des Tages genossen. Ein wunderbarer, schöner und ruhiger Ort mit einer herrlichen Aussicht, ein ganz besonderer Ort. Als ich dann hierher zurückkehrte, habe ich Janine schreien gehört und bin sofort runter ins ›Stübli‹ gestürmt.«

»Ist Ihnen in den alten ›Staubern‹ etwas Außergewöhnliches, Ungewohntes, aufgefallen? War alles gleich wie am Samstag?«

»Ich habe nichts Spezielles bemerkt, es war ruhig wie immer. Spuren vom First hinunter zur Ruine gab es schon am Samstag viele. Es scheint sich langsam rumzusprechen, dass sich der Abstieg lohnt. Auch wenn ich den Ort gerne für mich allein behalten hätte – es ist gut so, dass er bekannt wird. So wird es leichter werden, genügend Gönner und Sponsoren zu finden, die das nötige Geld für den Wiederaufbau zusammenbringen.«

Roger schweigt eine Weile, überlegt kurz: »Aber, Herr Dörig, warum haben Sie nach diesem Ort gefragt? Was hat er mit dem, was scheinbar hier passiert ist, zu tun?«

»Herr Marty, spielen Sie nicht den Unwissenden. Sie haben gesehen, dass unser Hundeführer in dieser Richtung suchte, dass dann unsere Leute vom FND in diese Richtung gingen. Und den Helikopter haben Sie ja sicher auch gehört.«

»Dann haben Sie dort doch etwas gefunden. Ich hatte es vermutet – doch wissen konnte ich es nicht.«

»Nicht etwas, sondern jemanden«, korrigiert ihn Max.

»Valeska?«

»Was glauben *Sie* denn, Herr Marty? Sie hatten ja schon im letzten Jahr des Öfteren richtige Vorahnungen oder haben unsere und eigene Erkenntnisse vielversprechend interpretiert.«

Bruno versucht, Roger herauszufordern.

»Nun, was ich bisher gesehen und gehört habe, scheint Valeska, die ja seit heute Morgen vermisst wird, im ›Stübli‹ getötet oder zumindest schwer verletzt worden zu sein. Dann wurde der Körper in aller Eile abtransportiert, ohne dass allfällige Spuren verwischt oder gesäubert wurden. Der Täter muss es eilig gehabt haben.«

Bruno und Max schauen sich schweigend an.

»Ich würde sagen, dass das Opfer rückwärts auf die Sitzbank gestürzt ist, sich dabei eine stark blutende Kopfplatzwunde zugezogen hat. Ob der Sturz schon tödlich war, bleibt dahingestellt … Da keine Blutspuren zwischen der Bank und der Außentür zu finden sind, glaube ich, dass der Täter dem Opfer etwas über den Kopf gezogen und am Hals abgeschlossen hat, damit nicht mehr Blut aus der Wunde auf den Boden tropft. Einen Plastiksack zum Beispiel.«

Bruno und Max hören interessiert zu. »Geschichten erzählen kann der Mann«, muss sich Bruno eingestehen, ohne es vor Roger auszusprechen.

»Dann wurde der Körper abtransportiert. Nach dem, was Sie gesagt haben, sage ich jetzt mal zu den alten ›Staubern‹. Harte Arbeit, auch wenn es ›nur‹ ein Frauenkörper von rund fünfzig Kilogramm war … Der Weg ist lang, der Abstieg steil! Dazu dürfte eigentlich nur ein Mann fähig sein. Aber auch der muss extrem leistungsfähig gewesen sein.«

»Und was war das Motiv, Herr Marty?«

»Bei einer so hübschen, jungen Frau würde ich automatisch auf ein Beziehungsdelikt schließen.«

»Das habe ich bei meinem letzten Fall vor einem Jahr auch geglaubt«, fügt Bruno lakonisch an. »Doch Sie haben ja dann in Ihrem Roman eine andere Theorie entwickelt …«

»Das ist mein Vorteil als Autor, ich kann die Realität mit Fiktion ergänzen und Bezüge herstellen, die für Sie in der Realität sehr schwierig herzustellen wären. Doch auch Sie wissen, dass die Grenze zwischen Realität und Fiktion oft fließend und nicht klar erkennbar ist«, lächelt Roger zweideutig.

Brunos Interesse ist endgültig geweckt: »Wenn Sie beim Schreiben das Gefühl haben, festgefahren zu sein – was machen Sie dann?«

»Lassen Sie mich etwas ausholen, Herr Fässler. Unser Problem ist unser blinder Fleck – wenn wir ringsum schauen, sehen wir nicht, dass unser Haarwuchs am Hinterkopf bereits etwas schütter ist«, lacht Roger und streicht sich über seine Vollglatze, »aber wir sehen auch unser Auge nicht, mit dem wir sehen. Das heißt, wir müssen in die Position eines zweiten Beobachters gehen, in die Position des Beobachters, der uns beobachtet. So können wir mindestens unseren blinden Fleck in der ersten Beobachterposition ausschalten, den in der zweiten natürlich nicht.«

»Klingt theoretisch logisch, doch wie machen Sie das?«

»Ich nutze dazu ein Bild aus der Schamanenphilosophie, das ich beim amerikanischen Anthropologen und Schriftsteller Carlos Castaneda gefunden habe. Die Schamanen können sich, beschreibt Castaneda, in Rauschzuständen aus ihrem Körper herauslösen und wie ein Adler hochfliegen, die Situation von oben herab beobachten und analysieren, eben aus einer zweiten Beobachtersituation heraus. Doch sie können auch in der Zeit zurückfliegen und schauen, wie die Situation vorher war. Oder in die Zukunft, um sich ein Bild zu machen, wie sich die Situation verändern wird.«

»Das Wichtigste ist demnach ein Rauschzustand?«, fragt Max sarkastisch.

»Wenn Sie das sagen, haben Sie gar nichts verstanden«, erwidert Roger trocken. »Um es für Sie als Laien nochmals zusammenzufassen: Lösen Sie sich von fixen Vorstellungen, wechseln Sie den Beobachterstandpunkt und legen Sie den Fokus auf die kleinsten Veränderungen, auch der betroffen und beteiligten Personen.«

Und, noch bevor Max etwas sagen kann: »Wenn Sie erlauben, würde ich jetzt gerne gehen, ich will heute noch zurück nach Hause. Die geplante Route kann ich jetzt eh vergessen, aber über die ›Bollenwees‹ dürfte es gerade noch reichen.«

»Ja, klar, natürlich lassen wir Sie gehen. Aber wollen Sie nicht noch wissen, wen wir gefunden haben?«

»Alena.«

»Woher wissen Sie das?«, fragen Bruno und Max beinahe gleichzeitig.

Roger breitet seine Arme aus, ahmt den Flügelschlag eines großen Vogels nach, lacht laut heraus und lässt die zwei verdutzten Polizisten zurück.

VALESKA

»Ich spüre ja gar nichts!«

Valeska ist enttäuscht und drängt Patrik, ihr mehr von dem weißen Pulver zu geben. Außer einem leichten Brennen in der Nase hat sie nichts von diesem ›Crystal‹ gespürt, das ihr Freund so hoch gelobt hat.

»Nur Geduld, das dauert eine Weile, das war bei mir auch so. Ich hab dir gut 100 Milligramm gegeben, das müsste für den Einstieg reichen, jetzt schon mehr zu nehmen, wäre zu gefährlich.«

Die beiden sitzen bereits am frühen Morgen wieder vor der Ruine der alten ›Staubern‹, an ihrem Lieblingsort. Seit etwas mehr als drei Wochen sind sie zusammen, treffen sich immer wieder. Kaum ein Tag vergeht, an dem Patrik seine Freundin nicht im Alpstein besucht.

Und heute, nach einer strengen Woche, haben sie nun ausgiebig Zeit füreinander, da Valeska über das Wochenende drei freie Tage hintereinander hat. Sie haben vereinbart, sich zuerst in den ›Staubern‹ zu treffen, von dort aus etwas zu unternehmen und dann spontan zu entscheiden, wie sie den Rest der gemeinsamen Freizeit verbringen wollen. Valeska hat sich für ein längeres Fernbleiben von ihrem Zimmer ausgerüstet und trägt alles Notwendige in einem kleinen Rucksack mit sich. Damit schafft sie sich für heute die Voraussetzungen, um ihren ersten Versuch mit der Droge zu wagen. Fernab von Menschen und Lärm, nur zusammen mit Patrik, in der freien Natur.

Valeska konzertiert sich wieder ganz auf ihren Körper, will bewusst die Veränderung spüren, welche die Droge in ihr bewirken soll. Doch noch einmal dauert es einige Minuten, während derer überhaupt nichts geschieht.

Doch dann geht es schnell, sehr schnell.

Eigentlich will sie Patrik sagen, dass sich ihr Mund plötzlich sehr trocken anfühlt, doch bringt sie kein Wort mehr heraus. Die Trockenheit verunmöglicht ihr, auch nur ein Wort über die Lippen zu bringen, ihr Herz beginnt schneller zu schlagen, zu rasen, der Schweiß bricht aus ihren Poren, ihr wird schwindlig.

Patrik beobachtet sie, sieht, wie sich ihre Pupillen weiten, ihr Blick starr wird. Er fasst sie bei den Schultern, dreht ihren Körper so zu sich, dass er ihr in die Augen schauen kann: »Alles klar Schatz, wie fühlst du …?«

Patrik hat seine Frage noch nicht ausgesprochen, da sprudelt Valeska schon los, erzählt ihm, dass es nur ein Moment eigenartig war, dann sehr schnell ging und sie sich jetzt gut fühle, super. Am liebsten würde sie gleich losrennen, aktiv sein. Sie habe auch das Gefühl, alles viel klarer wahrzunehmen, sei hellwach, fühle sich glücklich, richtig euphorisch.

»Lass uns etwas unternehmen, ich muss mich bewegen«, drängt sie Patrik, der sicherheitshalber dieses Mal nichts genommen hat. Er will von außen beobachten, was mit seiner Freundin geschieht, wie sich ihr Verhalten verändert, ohne mit ihr in dieser anderen Welt zu sein. Später einsteigen kann er ja dann immer noch.

Der Tag vergeht wie im Flug, die zwei stürmen im Alpstein umher, Valeska ist kaum zu bremsen. Zuerst will sie irgendwo hin, kaum dort, wieder an einen anderen Ort. Rastlos. Oft muss Patrik sie bremsen, vor allem dann, wenn sie in ihrer Ungeduld die markierten Wege verlassen will, um andere Wanderer zu überholen, dabei bereit wäre, ein erhebliches Risiko auf sich zu nehmen.

Der Grat zwischen erhöhtem Selbstbewusstsein und Selbstüberschätzung ist mit ›C‹ schmal, wird Patrik klar, das hat er von seinen Freunden auch schon hören müssen, wenn er auf Drogen war. Und da er jetzt auch bewusst wahrnimmt, dass Essen und Trinken für Valeska kein Thema mehr sind, versucht er sie immer wieder dazu zu überreden, zumindest Wasser zu sich zu nehmen.

Am Abend landen sie dann in Patriks Wohnung in St. Gallen, die er während seiner Semesterferien für einige Wochen für sich allein hat, da seine Mitbewohner diese Zeit im Ausland verbringen. Noch keine Spur von Müdigkeit bei Valeska, die ihn sofort ins Schlafzimmer drängen will und ihm mit einem Griff zwischen die Beine auch unmissverständlich klar macht, was sie von ihm will.

»Gib mir zwei Minuten, Valeska, ich rotz mir jetzt auch noch eine Nase«, schiebt er sie zurück, um nur wenig später nackt neben ihr im Bett zu liegen. Valeska empfindet den Sex so intensiv wie noch nie, obschon sie diesen auch bisher mit Patrik immer extrem genossen hat. Doch das heute schlägt alles.

Als sie dann endlich ihre Lust befriedigt haben, ziehen sie noch die ganze Nacht zusammen durch die Gassen, von Bar zu Bar, von Club zu Club, feiern, tanzen, bis in den frühen Morgen. Doch auch als sie endlich wieder in Patriks Wohnung sind, haben sie weder Lust auf ein ausgiebiges Frühstück noch auf Schlaf.

Aber erneut auf Sex.

Erst gegen Sonntagmittag scheint die Wirkung von ›Crystal‹ bei Valeska nachzulassen. Sie wirkt erschöpft, reagiert gereizt, wenn Patrik sie anredet, will nur noch ihre Ruhe haben, wirkt gleichzeitig aggressiv wie auch depressiv.

»Das Gefühl kenne ich, vor allem nach der Kombination von ›Crystal‹ und Alkohol«, erinnert sich Patrik.

Kurz vor Mittag schläft Valeska ein und schläft durch bis zum Montagmorgen. »Hunger, Durst, Patrik, ich habe Hunger, ich verdurste, hast du etwas hier?«, ruft sie ihrem Freund zu, der die ganze Nacht vor seinem Laptop verbracht hat.

»Wasser gibt es zur Genüge, zu essen hole ich uns sofort was«, beruhigt Patrik Valeska und springt aus dem Bett.

Nach dem ausgiebigen Frühstück, währenddessen Valeska kaum Zeit zum Reden fand, weil sie zu sehr beschäftigt war, sich vollzustopfen, kann sie endlich Patrik von ihren Erfahrungen erzählen: »Ich hab mich sofort super gefühlt, als die Wirkung eingetreten ist. Scheiße war dann nur, als diese wieder nachgelassen hat, da hab ich mich echt elend gefühlt. Und auch jetzt bin ich noch total kaputt, fühle mich völlig ausgetrocknet.«

»Aber ich weiß noch alles«, fügt sie mit einem Augenzwinkern an, »nicht so wie nach einem Alkoholrausch, nach dem ich schon mal Erinnerungslücken hatte.«

Patrik lacht. »Ja, das ist normal, das kenne ich«, bestätigt er, »durch die Einnahme von Methamphetamin werden die körpereigenen Botenstoffe wie Dopamin, das Glückshormon, und Noradrenalin, welches das Herz-Kreislauf-System anregt, freigesetzt. Dies führt zu diesem guten Gefühl, das du verspürt hast.«

»Und das bewirkt auch, dass man dieses Gefühl möglichst schnell wieder haben will«, fragt Valeska etwas verunsichert.

»Ob es das bewirkt, weiß ich nicht. Ich weiß nur, dass dies die große Gefahr ist, psychisch – und später auch physisch – davon abhängig zu werden. Wenn du aber ›C‹ wie ich nur ab und zu nimmst, ist es nicht so schlimm. Wenn du es aber fortlaufend konsumierst, werden die Depots von Dopamin und Noradrenalin geleert, und du brauchst immer mehr Stoff, um das gleiche euphorische Gefühl zu erzielen.«

»Es stimmt also wirklich nicht, dass ›Crystal‹ sofort süchtig macht?«

»Sofort und unbedingt abhängig macht keine Droge, sagen Drogen- und Suchtfachleute. Es gibt Menschen, die über Jahre ›Crystal‹ konsumieren und die immer noch leben, denen keine Zähne ausgefallen sind und deren Haut kaum Veränderungen aufweist.«

»Das ist beruhigend … und gleichzeitig beunruhigend … Einerseits muss man keine Angst haben, sofort süchtig zu werden, andererseits steigt dadurch natürlich der Reiz, ›C‹ wieder zu nehmen, was wiederum die Suchtgefahr erhöht …«

»Entscheidend ist die Psyche! Wenn du die Droge nimmst, um einfach mal für ein paar Stunden Spaß zu haben, ist es doch kein Problem. Wenn du sie aber immer wieder nimmst, weil es dir beschissen geht, dann hast du eines.«

»Ja, ich habe ja auch heute nicht unbedingt das Gefühl, dass ich sofort wieder eine Linie reinziehen müsste – war einfach ein geiles Gefühl für eine beschränkte Zeit. Wobei ich mir schon vorstellen kann, dass es nicht das letzte Mal war … Aber süchtig werden will ich auf keinen Fall, das kann und will ich mir nicht leisten!«

»Nochmals, Valeska, das muss nicht sein. Das beste Beispiel dafür war ja vielleicht der ehemalige amerikanische Tennisstar André Agassi, der 2009 in seiner Biografie zugegeben hatte, bis 1997 mehrfach ›Crystal Meth‹ konsumiert zu haben! Und er ist bis heute kein Abhängiger, war nie in einer Entziehungskur!«

Patrik fügt an, dass ›Crystal Meth‹ heute in allen Altersgruppen und in allen Gesellschaftsschichten verbreitet ist – Schüler und Studenten nehmen es, um bessere Noten zu erreichen, Führungskräfte, um mit dem Druck und den Anforderungen besser zurecht zu kommen, aber auch Hausfrauen, um bei der Hausarbeit mehr Spaß zu haben.

»Was früher Kaffee war, ist heute ›Crystal Meth‹, ein Aufputschmittel, nicht mehr oder weniger«, fasst Patrik zusammen.

»Woher beziehst du den Stoff, und zu welchem Preis?«, will Valeska wissen.

»Im Moment noch über meine Studienkollegen, welche das Zeug aus Osteuropa einschleusen lassen. Der Preis liegt für deine Dosis, die du genommen hast, bei knapp zehn Euro oder zwölf Schweizer Franken, für ein Gramm zahlt man so zwischen 80 und 100 Euro, je nachdem, wo du es kaufst. Aber die Jungs, die es mir verkaufen, verdienen natürlich auch daran.«

»Kannst du es nicht direkt aus dem Osten beziehen, das wäre doch sicher viel billiger?«

»Ich hab ja gesagt ›vorläufig‹, ich bin da an etwas dran. Wenn das klappt, kann …, können wir nicht nur unseren Stoff finanzieren, sondern auch noch echt Kohle verdienen. Stell dir vor, beim Produzenten erhältst du den Stoff für wenige Schweizer Franken pro Gramm, auf dem Markt in Tschechien wird ›Crystal‹ für 20 bis 40 Euro pro Gramm gehandelt, hier zahlen wir 80 bis 100! Und bis es zu uns kommt, wird es meist noch gestreckt, mit Backpulver, Mehl, Zement oder anderem weißen Pulver. Wobei die Reinheit von ›C‹ noch immer höher sein dürfte als bei Kokain und

Heroin, bei diesen Drogen liegt die Reinheit ja meist nur bei rund 25 beziehungsweise sogar nur 15 Prozent.«

Valeska will wissen, an was er dran ist, mit wem er ins Geschäft kommen könnte. Und Patrik erzählt ihr von einer Firma in Zürich, die einen Geschäftspartner in Osteuropa hat, mit dem sie regelmäßig Geschäfte macht. Und zwischen diesen beiden Firmen funktioniert bereits ein Kurierdienst, der regelmäßig relativ kleine Mengen über die Grenze bringt – klein, aber eben: regelmäßig. So werde das Risiko minimiert, wenn mal einer der Kuriere erwischt werden sollte. Und auch dadurch, dass die Kuriere auf verschiedenen Wegen und zu unterschiedlichen wie auch unregelmäßigen Zeitpunkten in die Schweiz einreisen.

»Die Kuriere haben einen Beutel mit den Drogen bei sich, den sie erst *nach* der Grenze einem Paket hinzufügen müssen, welches an die Firma adressiert ist. Werden sie an der Grenze erwischt, wird ihnen niemand glauben, dass sie diesen Auftrag haben, sondern vermuten, dass sie die Drogen aus Eigeninteresse schmuggeln, um in der Schweiz Kohle zu machen. So hält sich die Firma aus Verdachtsmomenten heraus. Clever!«

Valeska schweigt einen Moment, wird bleich, atmet tief durch. »Was macht diese Firma genau?«

Patrik zögert.

»Sie … sie vermittelt osteuropäischen Arbeitskräften, welche durch ihre Partnerfirma rekrutiert werden, Arbeitsplätze in der Schweiz. In der privaten Pflege, in der Landwirtschaft … und in der Gastronomie. Sag nicht, dass du … dass du diese Firma kennst?«

»Ich vermute doch, ›Go West Jobs‹, die Partneragentur von ALP, der Agentur, die mich in die Schweiz vermittelt hat.«

Patrik weiß im Moment nicht, was er sagen soll.

»Patrik, liege ich mit meiner Vermutung richtig?«

»Ja, ja, du hast recht«, gibt dieser kleinlaut zu.

»Und du hast gewusst, dass ich über diese Agentur gekommen bin, bevor du mich kennengelernt hast?«

»Nein, nein, Valeska, nein. Das hab ich nicht gewusst. Das wurde mir erst jetzt, vor wenigen Sekunden, bewusst!«

Nun gibt sich Valeska aber kämpferisch: »Damit ist aber auch klar, dass du das Ding nicht mehr allein durchziehen kannst, jetzt hast du mich an Bord.«

Und nach kurzer Pause: »Mit zusätzlichen Optionen.«

»Optionen? Welche Optionen?«

»Nun, dass wir, weil ich ja auch einer der Kuriere bin und auch einige andere kenne, noch zusätzlich zu Stoff kommen könnten …«

Patrik kann sich nicht sofort für diese Idee begeistern. »Das sind Profis, wir sind Amateure, das könnte zu gefährlich werden.«

Valeska erklärt ihm, wie sie sich das vorstellt. Die Kuriere, die sie kennt, könnten zusätzlichen Stoff in die Schweiz mitnehmen, ein zweites schwarzes Paket, das dann sie oder Patrik nach der Grenze in Empfang nehmen. Natürlich müssen die Kuriere im Glauben gelassen werden, dass dieses auch für ›Go West Jobs‹ bestimmt ist, bis sie die Grenze überschritten haben und wie zufällig Valeska oder Patrik treffen. Oder – als Variante – senden die Kuriere das schwarze Paket nicht weiter, sondern geben es Valeska, die ihnen verspricht, dieses direkt an ›Go West Jobs‹ zu übergeben.

»Ziemlich verrückte Optionen!«, gibt Patrik zu bedenken.

»Sind ja auch nur zusätzliche Optionen, die wir mal ausprobieren können. Aber lass uns zuerst das andere Geschäft mit ›Go West Jobs‹ auf die Reihe bringen!«

Ende Juli erfährt dann Valeska von Patrik, wie sein Treffen mit dem Chef von ›Go West Jobs‹ in Zürich verlaufen ist. »René Bitterli ist ein cooler Typ, aber auch ein guter Geschäftsmann. Ich erhalte ›Crystal‹ für 60 Euro pro Gramm, kann also locker 20 bis 40 Euro pro Gramm verdienen. Mehr ist nicht drin, ich hab's versucht.«

»Können wir verdienen, heißt es jetzt, Patrik«, berichtigt Valeska. »Gibt es Mindestmengen, die wir abnehmen müssen? Wie sieht es mit der Bezahlung aus, Vorauszahlung oder nach dem Verkauf?«

»Bezahlen muss ich bei der Übernahme der Ware, da gibt es nichts zu rütteln. Aber Mindestmengen gibt es nicht. Das einzige, was mir Bitterli in Aussicht gestellt hat, ist, dass wenn ich regelmäßig eine gewisse Menge absetze, der Einkaufspreis sinken wird.«

»Na ist doch schon was! Ich bin auf alle Fälle dabei, werde auch meinen Teil dazu beitragen, dass wir einen guten Absatz erzielen können.«

»Ich werde damit mit meinen Studienkollegen in Konkurrenz treten, das wird nicht sehr einfach werden. Doch zusätzlich werde ich auch in der Stadt noch weitere Wiederverkäufer suchen, zum Beispiel an der Kantonsschule, einem Gymnasium, oder an den Berufsschulen und privaten Schulen. Das ist die Käufergruppe der Zukunft – Schülerinnen und Schüler!«

»Hast du kein schlechtes Gewissen, diesen jungen Leuten Drogen zu liefern?«

»Wenn nicht wir das machen, machen es andere. St. Gallen hat seine Drogenszene, daran ändern wir nichts. Was wir aber sicherstellen können, ist, dass die Konsumenten von uns Stoff mit hohem Reinheitsgehalt erhalten. Denn unser Stoff hat eine gute Qualität. Damit nehmen wir auch eine gewisse moralische Verpflichtung wahr.«

»Aber gibt es einen Markt für ›Crystal‹ neben den traditionellen Drogen?«

»Keine Sorge, ›Crystal‹ wird bereits von der führenden Drogenszene der Schweiz, in Zürich, als eine der wichtigsten Drogen neben Kokain, Heroin, Amphetamin und Krokodil aufgeführt.«

Was Patrik seiner Freundin Valeska verschweigt, ist, dass ›Crystal Meth‹ nur deswegen in diese Rangliste aufgenommen wurde, weil die Droge von den Fachleuten neben ›Krokodil‹ als eine der gefährlichsten eingestuft wird. Gefährlich deshalb, weil sie den Körper in kurzer Zeit zerstört und vor allem auch von ärmeren Personen konsumiert wird, die sich kein Heroin leisten können.

RENÉ

»Sind die Unterlagen eingetroffen?«

»Ja, ist alles da. Aber etwas scheint mir merkwürdig.«

»Wie meinst du das?«, fragt René Bitterli bei seinem Mitarbeiter nach.

»Ich vermute, dass der Kurier oder sonst wer das Paket geöffnet hat«, erklärt ihm Filip Beranek, sein Mitarbeiter und rechte Hand bei ›Go West Jobs‹.

Er zeigt seinem Chef, der eigentlich eher ein guter Kollege ist und für den er auch schon mal bereit ist, am Samstagvormittag zu arbeiten, den schwarzen Umschlag: »Ich hab ihn noch nicht geöffnet, aber schau dir mal den Klebeverschluss genau an.«

René beugt sich über den Tisch, begutachtet den Umschlag: »Ich sehe nichts!«

Filip zeigt auf die Ecken des Klebeverschlusses: »Hier, die Ecken sind geknickt worden, man kann ganz deutlich den Falz sehen. Dazu ist das Plastik leicht verzogen, wodurch der Klebeverschluss nicht mehr genau aufeinanderpasst. Zwei deutliche Zeichen dafür, dass der Umschlag verschlossen und dann nochmals geöffnet wurde.«

»Was aber auch unser Absender gemacht haben könnte«, wendet René ein.

»Das wäre aber das erste Mal! Bis heute kamen alle Lieferungen korrekt verschlossen hier an. Wer war denn dieses Mal der Kurier?«

»Keine unserer von ALP vermittelten Mitarbeiterinnen und Mitarbeiter. Eine Slowakin, aus Košice, die ihre

Freundin in der Schweiz besucht, hat das Paket stellvertretend für diese mitgenommen.«

»Das Paket wurde gestern in St. Gallen als Eilpost aufgegeben, wen haben wir denn dort in der Region?«

»Valeska Hovorka, im Berggasthaus ›Staubern‹, im Alpstein, das ist die Zieladresse unserer temporären Kurierin.‹«

»Aber mit ihr hatten wir noch nie Probleme, sie hat ihren Auftrag korrekt erfüllt.«

»Stimmt. Aber erst ein einziges Mal, sie war seit Saisonbeginn nie mehr zu Hause. Deshalb kam Marjana Gruberová von ALP in Košice ja auch auf die Idee, deren Freundin das Paket mitzugeben.«

René überlegt, was er jetzt machen könnte. Da gibt es jetzt eine junge Frau, die über sein einträgliches Zusatzgeschäft Bescheid weiß. Und die dieses Wissen zu seinem Schaden nutzen könnte.

Doch dieses Geschäft will er sich nicht vermiesen lassen, dafür hat er schon zu viel investiert. Er erinnert sich noch gut an den Start und an den persönlichen Kontakt mit Marek Nowak, dem Inhaber der ›Agentúra Lepšá Práca ALP‹ in Warschau, den er bisher nur von telefonischen Besprechungen oder über Bilder im Netz gekannt hatte. Das müsste, überlegt sich Bitterli, vor rund zwei Jahren gewesen sein.

Das Jahr zuvor, in welchem er bereits Partner von ALP war, liefen alle Kontakte über enge Mitarbeiterinnen und Mitarbeiter des Agenturbesitzers, blicken ließ er sich aber in Zürich nie. In Kontakt mit ALP getreten war René Bitterli, nachdem ihm seine damalige Freundin Lucia, eine Slowakin, welche er in Zürich in einem Restaurant kennengelernt hatte, von den Problemen der ALP erzählte. Von den Problemen, all die rechtlichen und administrativen Anforderungen für die von ihnen in die Schweiz vermittelten Arbeitskräfte korrekt und zeitgerecht zu erledigen.

Auch Lucia hatte damit ihre Erfahrungen gemacht, durfte sie doch die ersten Wochen in der Schweiz noch nicht in eben diesem Restaurant arbeiten, weil noch nicht alle benötigten Papiere vorlagen.

Darauf nahm René Bitterli, dessen Personalagentur eher schlecht als recht lief, Kontakt mit dem ALP-Hauptsitz in Warschau auf und bot sich und seine Agentur als Partner an. ALP nahm dieses Angebot gerne und schnell an, akzeptierte ohne Einspruch Bitterlis Vorschlag für eine Zusammenarbeit und zahlte auch immer die vereinbarten Honorare termingerecht und vollständig.

Schon damals war René erstaunt, dass sich eine Agentur in Osteuropa eine Partneragentur in der Schweiz und die damit verbundenen Kosten, die einem Mehrfachen dessen entsprechen müssen, was die Agentur im Osten aufwendet, leisten konnte. Erklären konnte er sich dies nur mit der Vielzahl an osteuropäischen Arbeitskräften, welche jedes Jahr als Saisonangestellte in die Schweiz kommen und der Vermutung, dass die Schweizer Arbeitgeber gerne eine hohe Vermittlungsgebühr zahlen, wenn sie dafür über Monate an tiefen Löhnen sparen können.

Für ›Go West Jobs‹ war diese neue Partnerschaft sehr ertragreich und – da der Arbeitsaufwand nicht allzu groß war – auch gewinnbringend. Als dann nach rund einem Jahr Marek Nowak seinen persönlichen Besuch mit dem Grund ankündigte, dass er mit René Bitterli gerne über mögliche Zusatzeinkünfte reden wolle, konnte dieser das Treffen kaum erwarten.

Es muss irgendwann im August vor zwei Jahren gewesen sein, als dann der ALP-Chef in seinem Büro auftauchte.

Nowak ist eine beeindruckende Persönlichkeit – einerseits durch seine Körpergröße, die René auf über 1,90 Meter schätzte. Andererseits aber auch durch seine perfekten Deutschkenntnisse, die Klarheit in seinen Aussagen und seine direkte und souveräne Art, schwierige Themen anzusprechen.

»René – entschuldige, wenn ich gleich auf das ›Du‹ wechsle, das gilt natürlich gegenseitig – wir müssen unbedingt zusammen einen zweiten Geschäftszweig aufbauen, der für uns beide sehr lukrativ werden kann. Du kannst dir sicher vorstellen, dass es auch für uns in Osteuropa nicht einfach ist, erfolgreich eine Personalagentur zu betreiben. Auch wenn die Kosten bei uns sehr niedrig sind – denn leider sind es auch die Gewinnmargen.«

»Das kann ich gut nachvollziehen, Marek, das war auch mein Problem, bevor wir unsere Partnerschaft eingegangen sind.«

»Eine gute, aber für mich auch teure Partnerschaft«, ergänzt der Pole.

René Bitterli lächelt verlegen: »Bei uns in der Schweiz sind eben die Kosten sehr hoch …«

»Wenn es nur ums Geld ginge, hätte ich unsere Partnerschaft schon längst überdenken müssen – aber die Qualität deiner Arbeit ist gut und unsere Kunden sind auch bereit, für eine bessere Dienstleistung etwas mehr zu zahlen. Aber auf die von mir gewünschten Gewinnmargen komme ich so natürlich nicht.«

»Und deshalb willst du einen zweiten Geschäftszweig eröffnen?«

»Geschäftszweig wäre etwas hoch gegriffen und tönt für mich auch zu offiziell …«

René Bitterli drängt Marek Nowak, doch endlich mit der Neuigkeit rauszurücken. Worauf ihm dieser seine Idee erklärt. Die Arbeitskräfte sollen auf ihrem Weg aus Osteuropa, aus den Ländern, in welchen die ALP tätig ist, in ihrem Gepäck noch zusätzliche Ware in die Schweiz mitnehmen. Nicht nur bei der erstmaligen Einreise, sondern jedes Mal, wenn sie wieder für ein paar Tage nach Hause fahren und wieder in die Schweiz zurückkommen.

»Ware, die nicht auf dem offiziellen Importweg in dein Land eingeführt werden darf«, ergänzt Nowak.

»Ein illegales Geschäft«, stellt René Bitterli trocken fest. »Woran denkst du? Polen-Böller? Die Einfuhr dieser Pyrotechnik ist ja bei uns verboten. Aber eigentlich wäre ja bei dem großen Preisgefälle zwischen osteuropäischen Ländern und der Schweiz so vieles für eine Einfuhr und den Verkauf hier interessant.«

»Drogen.«

Das Wort bleibt einen Moment in der Stille des Raumes hängen, dröhnt aber in René Bitterlis Ohren mehrfach nach: »Drogen. Drogen. Drogen.«

»Drogen? Drogen! Bist du wahnsinnig? Wenn diese Sache auffliegt, sind wir geliefert, beide, für Jahre!«

»Reg dich nicht auf«, versucht Marek Nowak seinen Schweizer Partner zu beschwichtigen, »und lass mich zuerst erklären, wie ich mir das Ganze vorstelle.«

Er erklärt René Bitterli, dass die Drogen in der Tschechischen Republik hergestellt werden und dann nach Prag geliefert werden, einem Dreh- und Angelpunkt des osteuropäischen Drogenhandels. Da von dort viele Drogen über die Grenze nach Deutschland gebracht werden – in die benachbarten Bundesländer Sachsen und Bayern, aber auch in das südliche Brandenburg und Thüringen – und diese Grenze schon gut überwacht wird, habe er eine neue Route festgelegt.

Oder besser: sein Lieferant in Prag.

Die Drogen werden wieder in östliche Länder gebracht – nach Polen, in die Slowakei, nach Ungarn, aber auch noch weiter bis in die Ukraine, nach Moldawien oder Rumänien. Denn auf diesen Wegen gibt es kaum auf Drogen fokussierte Grenzkontrollen, da der Drogenhandel normalerweise in die andere Richtung läuft.

Aus diesen Ländern sollen dann die von ALP in den Westen vermittelten Arbeitskräfte die Drogen über die Slowakei, Ungarn und Polen über die Grenze nach Deutschland, Österreich und die Schweiz bringen. So können die strengen Kontrollen an der tschechisch-deutschen Grenze umgangen werden.

»Klingt überzeugend. Doch wie nehmen die Kuriere die Drogen mit?«

»Vom östlichsten Punkt werden die Drogen in Plastiktüten von 50 Gramm eingeschweißt und vier bis maximal sechs dieser Tüten in einen schwarzen, undurchsichtigen Umschlag mit Klebverschluss gesteckt. Damit kann jeder Kurier – beziehungsweise jede Kurierin, wir haben ja viele weibliche Arbeitnehmerinnen – bei jedem Weg in den Westen 200 bis 300 Gramm Drogen mitnehmen, unser Handelswert pro Lieferung liegt damit bei 12.000 bis 18.000 Euro.«

»Und wie viel zahlst du im Einkauf?«, fragt nun René Bitterli, der sich immer mehr für diesen Handel zu interessieren scheint. »Und um welche Droge handelt es sich eigentlich – Marihuana, Koks, Heroin?«

»Normalerweise wird das Gramm ›Crystal Meth‹ in Prag zu 20 bis 40 Euro gehandelt, doch bekomm ich es bei den Mengen, die ich einkaufe, für 12 bis 15 Euro, je nach Qualität. Diese kann sich leicht unterscheiden, da jeder der Hersteller das Rezept dieser synthetischen Droge etwas abändert. Und im Westen verkaufen wir die Drogen nicht an Endverbraucher, sondern bauen ein Netz von Kleinhändlern auf, die dann das Zeug meist noch strecken und so auch ein gutes Geschäft machen.«

René Bitterli findet die Idee und das Konzept verlockend, hat aber Bedenken, dass sie erwischt werden könnten, dass das Risiko zu hoch ist.

Marek Nowak versucht, diese Bedenken auszuräumen: »Die Kuriere müssen von uns ein Paket mit nichtssagenden Dokumenten mitnehmen und dieses unseren Partnern im Westen – wie du einer bist – innerhalb des Landes per Post zustellen. Wir erklären den Kurieren, dass dies aus Sicherheits- und Kostengründen so gemacht wird – dazu ist dies ja nicht illegal. Bevor sie das Paket im Bestimmungsland aufgeben, legen sie den schwarzen Umschlag dazu und etikettieren dieses erst nach der Grenze. Wenn sie am Zoll erwischt werden, haben sie damit zwei Pakete, von denen sie behaupten werden, dass diese zusammengehören. Was aber den Zöllnern nicht logisch erscheinen dürfte und von uns natürlich bestritten wird.«

»Und falls sie wirklich erwischt werden, verlieren wir 3.000, 4.000 Euro, das ist bei den hohen Margen zu verkraften«, rechnet René aus.

»Und bei der Vielzahl an Osteuropäerinnen und Osteuropäern, die für uns über die Grenze gehen, verteilt sich das Risiko. Zumal unsere Erfahrung zeigt, dass die wenigsten überhaupt kontrolliert werden. Die Länder, in die sie einreisen, sind ja froh über diese billigen Arbeitskräfte, die nach ihrem Saisonjob das Land wieder verlassen. Aber das muss ich dir als Schweizer ja nicht erklären«, lacht Marek.

»Und wie zuverlässig ist dein Lieferant in Prag?«

»Ich arbeite schon seit zwei Jahren mit ihm zusammen und hatte noch nie Probleme mit ihm. Die Lieferungen kamen pünktlich und immer in einer guten Qualität. Bisher habe ich die Ware nur im Osten verkauft, doch jetzt will ich in den Westen vorstoßen.«

»Aber hier gibt es sicher auch schon Importeure und Händler!«

»Ja klar, vor allem aus Serbien, die kontrollieren einen großen Teil des Marktes. Aber es wird nicht nur einen Verdrängungskampf geben, denn die Serben sind vor allem auf Heroin spezialisiert, sondern auch einen Kampf gegen einen weiteren Anbieter mit einer neuen Droge. Denn ›Crystal Meth‹ ist hier noch nicht so verbreitet, da müssen wir uns zuerst den Markt schaffen. Doch da der Preis wesentlich niedriger ist als für die traditionellen Drogen Koks und Heroin, werden wir beim Endverbraucher den Serben in die Quere kommen. Aber diese Herausforderung nehme ich gerne an!«

Die beiden einigen sich danach sehr schnell, ihre Zusammenarbeit auf diesen neuen Bereich auszuweiten.

In den letzten zwölf Monaten sind schon zahlreiche Lieferungen bei ›Go West Jobs‹ angekommen, ohne Probleme und ohne dass ein Kurier aufgeflogen wäre. In kürzester Zeit hat René, zusammen mit seinem engsten Vertrauten Filip, ein Netz an Händlern und Wiederverkäufern aufgebaut, welches die ganze Schweiz beliefert. Im Kontakt mit der ersten Ebene dieses Netzes tritt er aber immer als Privatperson auf, nie als Vertreter seiner Agentur.

Und in kürzester Zeit hat er auch viel Geld verdient, sehr viel Geld.

Und nun sollte ihm diese junge Frau dieses einträgliche Zusatzgeschäft zunichtemachen können.

»Niemals, niemals!« René bemerkt nicht, dass er seine Gedanken lauthals in den Raum schreit.

»Was meinst du?«, holt ihn die Frage von Filip in die Gegenwart und aus seinen Gedanken zurück.

»Niemals lass ich mir von dieser Frau unser Geschäft kaputt machen. Wir müssen etwas unternehmen, bevor sie auf die Idee kommt, etwas von unserem Handel weiterzuerzählen. Und dies womöglich noch den falschen Leuten!«

»Wir haben doch jetzt auch in der Ostschweiz einen Händler, dieser Typ, der vor etwa zwei Wochen hier war. Patrik. Der könnte sich doch darum kümmern.«

»Darum kümmern? Wie meinst du das?« René Bitterli ist für einen kurzen Moment verunsichert.

»Nun, er muss einfach dafür sorgen, dass die junge Dame ihren Mund hält. Wie er dieses Ziel erreicht, bleibt ihm überlassen.«

»Einverstanden, ruf Patrik an. Sofort!«

VALESKA

»Das kann ja schwierig werden«, ist Valeskas erster Gedanke, als Nik seine Hand zurückzieht, die sie zu berühren und zu fassen versucht.

Gleichzeitig beteiligt sie sich rege an den Gesprächen, die in der Gruppe jetzt kurz vor Mitternacht kreuz und quer verlaufen. Denn es soll ja nicht gleich erkenntlich sein, wie sie den Kontakt zu Nik sucht. Und dass *sie* diesen sucht.

Sie braucht körperliche Nähe, hat ein unsägliches Verlangen danach. Ein Verlangen, das beinahe noch stärker ist als das Verlangen nach ›Meth‹. Oder ein Verlangen, das mit diesem zusammenhängt. Denn seit sie die Droge nimmt, ist dieser Wunsch nach Körperlichkeit noch stärker geworden. Obwohl sie früher eher zurückhaltend war, geht sie, seit sie Patrik kennengelernt hat, damit viel lockerer um. Und seit sie die Droge nimmt, ist aus dem Verlangen ein Drang, beinahe eine Sucht, geworden.

Und dieses Wochenende kommt Patrik einmal nicht zu ihr. Noch letzte Woche hatte er zugesagt, dass er kommen würde, doch heute, kurz vor Mittag, kam sein Anruf und die Absage.

Nicht, dass er etwas anderes oder gar Wichtigeres zu tun hätte – nein, er wollte ihr einfach die kurze Zeit, die ihr mit Alena zur Verfügung steht, nicht durch seine Anwesenheit stören und einschränken. Was Valeska nicht verstehen konnte und deshalb gegenüber Janine bei der Variante, dass er etwas anderes vorhabe, blieb. Vergeblich hatte sie ihn zu überreden versucht, dass er doch kommen solle, dass ihre Freundin auch seine sei, dass sie es sich wünsche, dass sie zu dritt zusammen sein können. Aber Patrik ließ sich nicht von seiner Entscheidung abbringen.

Irgendwie erschien dieser Gesinnungswandel Valeska eigenartig. Ebenso, wie stur Patrik auf einmal war. Denn zuvor hatte er ihr immer wieder versichert, dass er ihr jeden Wunsch erfüllen würde. Jeden.

»Ob er wohl eine andere hat?«, schoss es Valeska durch den Kopf, nachdem sie das Telefongespräch mit ihm beendet hatte. Doch lange Zeit, darüber nachzudenken, blieb ihr nicht, hatte sie doch noch im Mittagsservice zu arbeiten. Und sich um ihre Freundin Alena zu kümmern.

Unterdessen sind diese Gedanken verflogen. Zu viel war los in den letzten Stunden – die Arbeit im Service, die Zeit zusammen mit Alena, dann der Abendservice. Und jetzt ist sie im ›Stübli‹, genießt das Zusammensein mit dieser Gruppe. Und, auch wenn sie es schade findet, dass Alena nicht mitgekommen ist, die Nähe zu Nik.

Ein Kribbeln geht durch ihren Körper, als sie spürt, dass Nik ihren sanften Druck auf seine Hand unter dem Tisch erwidert. »Also doch!« Sie blickt kurz zu ihm rüber, ihre Augen treffen sich, ein flüchtiger Blick, so flüchtig wie ihr Lächeln, das über ihre Lippen huscht.

»Hat mich mein Gefühl doch nicht getäuscht, dass ich ihm auch sympathisch bin«, freut sich Valeska. Und fühlt sich in ihrem Selbstvertrauen, das über die letzten Wochen gewachsen ist wie kaum zuvor, einmal mehr bestärkt.

»Habt ihr das auch gehört«, wird Valeska durch Rebecca aus ihren Gedanken geholt, »da ist jemand draußen vor dem Fenster!«

Und schon stehen Chris, Flavio und Michi bei der Außentür, stoßen diese auf und stürmen nach draußen.

Nach wenigen Minuten legt sich jedoch die Aufregung wieder, als die drei zurückkommen mit der Botschaft, dass nichts und niemand zu sehen oder zu hören sei.

Was Valeska nicht überrascht, kennt sie doch die Geräusche, die der Wind in dieser Höhe und der exponierten Lage schafft.

So nehmen die Gespräche ihren Fortgang, wie auch Valeskas Bemühungen, den körperlichen Kontakt zu Nik weiter aufzubauen, ohne dass dies von den anderen bemerkt wird.

Als sich Rebi und Chris gegen halb zwei Uhr morgens verabschieden, folgen innerhalb der nächsten halben Stunde auch die anderen nach und nach. Außer Valeska, die es offensichtlich nicht eilig hat, ins Bett zu kommen.

Und Gleiches erhofft sie sich auch von Nik.

Doch auch dieser macht Anstalten, den Raum zu verlassen, was bei Valeska doch eine gewisse Irritation hervorruft. Hat sie sich doch getäuscht, Niks Verhalten falsch interpretiert? Oder hat er einfach nur mit ihr gespielt?

Sie schaut ihn mit großen Augen an, ohne ein Wort zu sagen, nimmt seinen Abschiedskuss wortlos und enttäuscht entgegen. Eine Enttäuschung, die sich auch nicht sofort legt, als ihr Nik ins Ohr flüstert, dass man manchmal zuerst weggehen muss, um wieder zurückkommen zu können.

Erst einige Minuten später – sie steht unterdessen allein im ›Stübli‹, wird ihr klar, was Nik damit gemeint hat. Sie löscht das Licht und setzt sich hin, wartet darauf, ob sich ihre Vorahnung und ihre Interpretation von Niks Aussage erfüllen würde.

Es dauert beinahe ein halbe Stunde, eine halbe Stunde, die Valeska wie eine Ewigkeit vorkommt, bevor sie Geräusche an der Außentür vernimmt.

»Nik? Nik, bist du es?«

Es bleibt ruhig, keine Antwort. Valeska hört, dass sich die Türklinke bewegt und sich das Schloss öffnet.

»Nik? Nik, so sag doch etwas?«

Im Licht des Mondes, der nur wenige Tage vor der Vollendung seiner vollen Form steht, sieht sie eine Silhouette, ein Luftzug zeigt Valeska an, dass die Tür offen ist und jemand eintritt. »Valeska, wo bist du«, flüstert eine Stimme in den dunklen Raum.

»Nik, Mann, hast du mich erschreckt!«

Im Dunkeln finden sich die beiden, umarmen sich, ohne ein Wort zu reden. Valeska sucht Niks Lippen, küsst ihn, bis er ihre Küsse erwidert.

Nik drängt Valeska leicht zurück. »Valeska, ich bin verheiratet, werde bald Vater, eigentlich sollte ich nicht hier sein.«

»Aber trotzdem bist du zurückgekommen! Und ich habe es gewusst, dass du kommen wirst.« Sofort sucht sie wieder seine Nähe, küsst ihn wieder.

»Ich bin zurückgekommen, um mir dir zu reden. Valeska, bitte, lass uns in Ruhe über diese Situation reden, die für mich nicht so einfach ist. Lass uns an die frische Luft und draußen ein paar Schritte gehen. Der Mond ist ja bereits sehr hell, in vier Tagen ist Vollmond, eine wunderschöne Nacht.«

Valeska stimmt zu und verlässt mit Nik durch die Außentür das ›Stübli‹. Sie spazieren im Dunkeln über den Staubernfirst, wo der Weg eben und die Gefahr, in der Dunkelheit durch einen Fehltritt in Gefahr zu geraten, klein ist.

»Valeska, du bist eine tolle Frau und mir sehr sympathisch … nein, mehr als das, aber ich kann meinen Gefühlen nicht einfach freien Lauf lassen. Meine Frau ist schwanger, ich werde bald Vater … und ich freue mich darauf, Vater zu werden.«

»Nik, ich habe auch einen Freund und hab auch nicht vor, ihn wegen dir zu verlassen. Aber versuch doch einfach den Moment zu genießen, ohne Verpflichtungen und Reue!«

»Das ist nicht so einfach für mich, ich bin eigentlich nicht der Typ für einen One-Night-Stand … Wenn ich mich auf eine Frau einlasse, bringt dies immer die Gefahr mit sich, dass ich mich in sie verliebe … Ich kenne meine Schwächen, Valeska, kann aber immer noch nicht damit umgehen … Außer, wenn ich mich zurückziehe.«

»Das wäre schade, Nik, denn heute Nacht ist die einzige und letzte Chance für uns beide … Heißt es nicht überall, man soll in der Gegenwart, im Heute und im Jetzt leben und den Moment genießen? Und so ganz abgeneigt, wie du mir zu vermitteln versuchst, bist du nicht wirklich, das spüre ich.«

Nik zögert einen Moment: »Das spürst du schon richtig, leicht fällt es mir wirklich nicht … Aber …«

Noch bevor Nik weiterreden kann, schließt Valeskas Mund den seinen. Nach einer Weile schlendern sie, eng umschlungen und ohne ein Wort zu sprechen, wieder zurück in Richtung Berggasthaus.

Bei diesem angekommen, sind sie unschlüssig, wie und vor allem wo es nun weitergehen soll. Sie stehen eng umschlungen auf der kleinen Terrasse über der Bergstation der Seilbahn und vor dem Berggasthaus.

»Zu dir oder zu mir«, lacht Nik leise, »diese Frage erübrigt sich wohl in diesem Moment.«

»Zu mir geht nicht, da ist Janine zu streng. Und mir mein Job zu wichtig. Und zu dir ist auch keine Variante.

Die Gefahr, dass uns andere Gäste oder gar deine Freunde sehen, ist zu groß.«

»Oder hören«, schmunzelt Nik erneut. »Das ›Stübli‹ ist ja noch offen, lass uns dorthin zurückgehen.«

Er nimmt Valeska bei der Hand, noch bevor sie reagieren kann und führt sie an der Nordseite der ›Staubern‹ zur besagten Außentür hinunter. Auch wenn der Raum nicht beleuchtet ist, finden sie den Weg dank des Mondlichtes ohne Probleme und ohne Lärm zu verursachen.

Sie stehen in der Mitte des Raumes, für einen Moment orientierungslos. Die Tische sind noch bedeckt mit leeren Flaschen, Gläsern, gut gefüllten Aschenbechern – so wirklich gemütlich und angenehm ist es in der von kaltem und abgestandenem Rauch geschwängerten Atmosphäre nicht.

Nik zieht Valeska zur Bank, zeigt ihr mit einem sanften Druck an, dass sie sich setzen soll, setzt sich neben sie. Er nimmt sie so in seine Arme, dass sie ihren Kopf in seinen Arm legen kann, küsst sie innig, wandert mit seinen Lippen den Hals abwärts, während seine Hand, die auf ihrer Hüfte liegt, unter ihrer Bluse aufwärts gleitet. Er spürt ihre Hand an seinem Kopf, an seinem Hals und wie diese abwärts gleitet, über seine Brust, zu seiner Hüfte.

»Nik … Nik …«, flüstert Valeska, die sich etwas von ihm gelöst hat.

Nik reagiert nicht, tastet sich weiter vor, bis er einen feinen Stoff fühlt, der das verhüllt, was er anstrebt. Valeskas Zucken im Körper und ihre Atmung, die sich verstärkt, aber auch das, was er zwischen seinen Fingern ertastet, zeigt Nik nicht nur an, dass er am richtigen Ort gelandet ist, sondern lässt ihn auch vermuten, dass Valeska es genießt. Er schiebt ihre Bluse nach oben, senkt seinen Kopf, führt seine Lippen an die Stelle, die er bereits mit seinen Fingern stimuliert hatte.

Die Bestätigung erfolgt postwendend. Valeskas Hand wandert zielstrebig an die Schnalle von Niks Gürtel, welche sie, wie den Reißverschluss seiner Hose, geschickt mit nur einer Hand öffnet.

Und auch Nik lässt seine Hand an Valeskas Körper weiter nach unten gleiten, massiert mit leichten, kreisenden Bewegungen die Region um ihren Bauchnabel, bevor er sich mit seiner Hand weiter nach unten tastet.

»Schön war's, wenn auch nicht besonders bequem«, flüstert Valeska Nik einige Zeit später zu, während sie sich wieder anzieht.

»Ja, war es«, bestätigt Nik in einem Ton, der zeigt, dass er nicht besonders stolz darauf ist, was eben geschehen ist.

»Klingt nicht wirklich überzeugend«, kontert Valeska sofort.

»Valeska, bitte versteh mich … Es war wirklich schön, sehr schön, zu schön … Aber auch wenn ich mich für einige Minuten aus meiner Realität lösen konnte – sie holt mich sofort wieder ein. Ich fühle mich, als würde ich im Spagat zwischen zwei Fahrzeugen sitzen, die voneinander wegfahren. Als würde es mich zerreißen.«

Valeska geht zu ihm hin, nimmt ihn in die Arme, küsst ihn, bleibt eine Weile eng mit ihm verschlungen. »Mir geht es genauso, Nik, aber wir haben keine gemeinsame Zukunft. Lass uns das, was eben geschehen ist, einfach als schöne Erinnerung behalten.«

»Das wird wohl das Beste sein. Auch wenn es nicht einfach sein wird.«

»Lass uns nach oben und ins Bett gehen, der Morgen ist schon nah, und wir beide müssen früh aus den Federn«, schlägt Valeska vor.

Nik löst sich von Valeska und will ihr damit anzeigen, dass er einverstanden ist.

Da spürt er plötzlich, wie ihn Valeska wieder zu sich zieht, ihm die Hand auf seinen Mund hält und ihm ins Ohr flüstert: »Da kommt jemand durch die Küche in den Keller, lass uns schnell durch die Außentür verschwinden.«

Nik kommt nicht dazu, etwas zu sagen, da zieht ihn Valeska schon durch die Tür nach außen.

Als er von draußen ins ›Stübli‹ zurückblickt, sieht er im Mondlicht eine Silhouette, welche vom Keller her den Raum betritt.

Oder waren es gar deren zwei?

MONIKA

Schon seit über einer Stunde wälzt sie sich im Bett hin und her und kann nicht einschlafen. Gedanken kreisen in ihrem Kopf, Bilder tauchen auf und laufen wie ein Film vor ihrem inneren Auge ab. Bilder vom letzten Jahr, vom ›Plattenbödeli‹, von ihrem Wiedersehen mit Beat, von ihren Treffen mit Roger, von Roger, immer wieder von Roger.

Aber auch das, was sie eben gehört und gesehen hat, lässt sie nicht los. »Roger, warum Alena? Nur weil sie jung und hübsch ist? Hast du das nötig?« Monika kann es nicht verstehen, dass Roger, mit dem sie sich so gut unterhalten hat, zu dem sie eine spezielle und kaum erklärbare Verbindung verspürt, von dem sie sich angezogen fühlt, dass sich dieser Roger so schnell und für ein eventuelles, kleines Abenteuer wieder von ihr abwendet. Und dies bereits kurz nachdem sie sich wieder getroffen haben.

Monika ist der festen Überzeugung, dass die Anziehung gegenseitig ist, dass auch Roger sich zu ihr hingezogen fühlt. Mindestens geistig, philosophisch – aber nicht nur, hofft sie. Der gestrige Nachmittag war schön, sie hatte die Gespräche mit Roger einmal mehr genossen. Und das, was beide jeweils miteinander spielen, wenn sie diskutieren.

Ein Spiel, so erscheint es Monika, in dem es darum geht, Botschaften zu senden, ohne deren Inhalt direkt anzusprechen, das, was wichtig erscheint, mitzuteilen, ohne es konkret in Worte zu fassen. Erst jetzt, nachdem sie gesehen hat, was sich zwischen Roger und Alena abgespielt hat, wird ihr klar, dass das Ganze schon viel früher begonnen hat. Am Abend hatte sie beobachtet, wie sich Roger freute, als er von Valeska bedient wurde, und wie sich diese Freude nochmals zu steigern schien, als Valeska ihm Alena an den Tisch setzte.

Sie selbst hatte keine Möglichkeit und Zeit, sich zwischen den beiden jungen Frauen und Roger zu positionieren und ihn auf sich aufmerksam zu machen. Denn neben dem Service in der Gaststube musste sie sich auch noch um die Gruppe im ›Stübli‹ kümmern, war immer unterwegs.

Es ist wie ein immer wiederkehrendes Muster: Jedes Mal, wenn sich Monika zu einem Mann hingezogen fühlt, kommen ihr jüngere und hübschere Frauen in die Quere, entziehen ihr wieder die Aufmerksamkeit des Mannes, die sie bei sich wähnt. Das war schon im letzten Jahr mit Beat so, der sich dann auf eine Beziehung mit ihrer Kollegin eingelassen hat.

Eigentlich hatte sie gehofft, dass sich Beat nach Violas Tod wieder regelmäßig im ›Plattenbödeli‹ sehen ließ. Doch sie wurde arg enttäuscht. Denn auch die wenigen Male, die er dort auftauchte, ließ er sich nicht auf längere Gespräche, geschweige denn auf sie ein.

Und nun scheint sich hier das Gleiche zu wiederholen.

Monika steht wieder auf, schlafen kann sie eh nicht. Statt sich noch weiter herumzuwälzen, beschließt sie, nochmals kurz an die frische Luft zu gehen. Und sich gleichzeitig zu vergewissern, dass auch alle, die im Bett sein sollten, wirklich im Bett sind. Und die, von denen sie sich dies erhofft, hoffentlich alleine im Bett sind.

Sie schleicht sich durch die Gaststube und den Haupteingang nach draußen. Der Mond erhellt schwach den First und das Berggasthaus, unten im Rheintal sind nur noch wenige Lichter an, einzig auf der Autobahn tauchen immer wieder weiße und rote Flecken auf. Es ist absolut ruhig, kein Geräusch stört die Stille der Nacht.

Monika nimmt den Weg in Richtung Saxer Lücke, steigt hinter dem Berggasthaus hoch, bis sie dieses von oben sieht. Einen kurzen Augenblick bleibt sie dort oben stehen, ein Augenblick, in welchem sie durch die Dunkelheit an eine Weisheit von Sartre erinnert wird, welche ihr Roger nach dem Mord an Viola einmal gesagt hatte: »Nicht unser taghelles Bewusstsein sagt uns, was wir zu tun haben, sondern unser nachtdunkles Unterbewusstsein.«

Wie gut doch diese Aussage zu dieser Situation passt! Denn ihr Unterbewusstsein sagt ihr, dass das, was sie sich als abgeschlossen erhofft hatte, nun doch noch offen ist. Sie geht zurück, am Eingang vorbei und steigt hinunter zum ›Stübli‹. Und auch wenn sie im unbeleuchteten Raum nichts sehen kann, so verraten ihr leise doch eindeutige Geräusche, was drinnen abläuft.

Monika bleibt wie erstarrt stehen und fixiert das Fenster, in der Hoffnung, etwas erkennen zu können. Doch es bleibt bei den Geräuschen, deren Intensität zunimmt und ihr verraten, dass das, was sie vermutet, bald zu Ende sein dürfte. Was auch wirklich kurz darauf der Fall ist.

Und in dieser neuen Ruhe erkennt sie auch die eine der beiden Stimmen, die sich nun nicht mehr flüsternd, aber doch leise unterhalten: Valeska!

Monika kombiniert schnell, denn auch dieses Muster erlebt sie nicht das erste Mal: Patrik ist dieses Wochenende nicht hier, nicht bei seiner Freundin Valeska, was diese sofort ausnutzt, und sich einem anderen Mann an den Hals wirft. »Doch wer ist dieser Mann«, überlegt Monika. »Roger?«

Sie ist trotz der angespannten Situation beinahe erleichtert, als sie erkennt, dass die zweite Stimme keinen Ostschweizer, sondern einen Zürcher Dialekt spricht. »Ja klar, dieser Nik, der Einzige der Gruppe, der ohne Begleitung hier ist.«

Monika schleicht an der Tür vorbei zur Nordwestseite des Gebäudes, lehnt sich an die Hauswand und atmet tief durch. Erneut spürt sie dieses Wutgefühl in ihrem Bauch, diese Wut auf alle anderen, vor allem auf alle anderen Frauen, die so leicht zu dem kommen, was sie selbst so begehrt: Aufmerksamkeit, Zuneigung, Liebe. Es ist das gleiche Gefühl wie im letzten Jahr, als sie neben ihrer hübschen Kollegin von Männern kaum wahrgenommen wurde. Und diese als Frau nichts anderes machen musste, als einfach anwesend zu sein, um bei Männern im Mittelpunkt zu stehen.

Monikas Wut richtet sich nicht konkret gegen Valeska, sondern allgemein gegen alle, denen mehr Glück beschieden ist als ihr. Und damit eigentlich gegen die ganze Welt. Das war schon immer so.

Schon damals hatte sie dieses Thema mit Roger diskutiert. Eine Diskussion um Liebe, die zur Sucht wird und deshalb befriedigt werden muss. Und dass, wenn die Befriedigung verhindert wird, die oder der Süchtige bei der Wahl ihrer oder seiner Mittel nicht mehr wählerisch ist, um sie dennoch befriedigen zu können. Oder auch bereit ist, anderen die Liebe – auch ihre oder seine Liebe – zu entziehen.

In dieser Diskussion, die einmal mehr stärker von Fragen als von Antworten geprägt war, hatten sie auch die Vermutung gehegt, dass eine Tat gegen Leib und Leben, wie es die Polizei nennt, aus Rache für eine erlittene emotionale Verletzung begangen wird – eine Verletzung, die vielleicht auf zu wenig Aufmerksamkeit für die Täterin oder den Täter zurückzuführen ist. Ohne dass die Menschen, von denen diese Aufmerksamkeit eingefordert wurde, dies bemerkt haben. Oder wie sie selbst es damals ausgedrückt hatte: »Manchmal sind es die kleinen und verdeckten Dinge, die verletzen, nicht die offensichtlichen.«

Roger war überzeugt von dieser These. Denn für ihn gibt es immer einen Grund für solche Taten, zumindest für deren Planung und Vorbereitung. Und dass es an jedem einzelnen Menschen liegt, zu entscheiden, ob er sich verletzt fühlt oder nicht – ebenso, wie auch jeder Mensch zustimmen muss, um überhaupt verletzt werden zu können.

Gerne hätte Monika jetzt diese Diskussion mit Roger weitergeführt und über diese Themen mit ihm philosophiert. Denn bisher war sie noch nicht dazu gekommen, sich mit ihm über sein Buch, das sie richtiggehend verschlungen hatte, zu reden. Ein Buch, in dem sie so vieles zwischen den Zeilen zu lesen glaubte und das bei ihr auch den Anschein erweckte, dass Roger schon damals mehr wusste, als er zugab.

Auch gegenüber der Polizei.

Das Knacken der Türklinke und des Schlosses holt Monika aus ihren Gedanken zurück.

TEIL 3

GASTSTUBE BERGGASTHAUS ›STAUBERN‹

Roger Marty versucht zusammen mit Petra in der Gaststube die Gäste zu beruhigen. Daniel arbeitet in der Küche, bestrebt, den Ablauf so normal wie möglich zu halten. Die Gäste sollen ihr Frühstück bekommen wie immer, auch wenn vielen im Moment nicht darum ist.

»Wenigstens bin ich nicht zu nahe am Geschehen und bei Bruno Fässler« – Roger ist zufrieden. Hier oben kann er seinen eigenen Gedanken folgen, muss nicht auf Fragen der Polizei eingehen. In den Gesprächen mit den Gästen erklärt er nur, dass anscheinend im ›Stübli‹ etwas geschehen ist, dass man aber noch nicht genau wisse, was. Und ebenso wenig, wer von diesem Vorfall betroffen sei.

Roger erklärt den Gästen ausführlich, was jetzt ablaufen wird, dass unten alles abgesichert wird, um keine Spuren zu verwischen und der Spurensicherung, die bereits aufgeboten wurde, ein möglichst unberührtes Feld für ihre Arbeit bieten zu können. Dass dann wohl als erstes die Herren Fässler und Dörig die Gäste einvernehmen werden, bevor die Kollegen, die aus Appenzell angefordert wurden, übernehmen. Deshalb würden am Anfang auch die Gäste befragt, die eine engere Beziehung zu – Roger weiß nicht recht, wie er es ausdrücken soll – na eben zu dem, was vermutet wird, haben könnten. Oder wer zur …, na, zur ›besagten‹ Zeit noch auf war.

Die Gäste merken schnell, dass Roger ihnen keine wichtigen Informationen vermitteln kann oder will und wenden sich meist wieder sehr schnell von ihm ab. Was Roger nicht ungelegen kommt – denn es ist ja nicht sein Fall, sondern einmal mehr der von Bruno Fässler.

Wobei … Der Fall ist natürlich sehr wohl seiner, wenn auch auf eine andere Art. Roger weiß nun – und nicht erst seit wenigen Minuten – dass dieser Fall den Stoff für seinen zweiten Kriminalroman liefern könnte. Denn schon beim Schreiben seines ersten Romans wurde ihm klar, dass die Geschichte nach einer Fortsetzung ruft.

Doch als Roger im ›Stübli‹ neben Janine und vor der bereits eingetrockneten Blutspur stand, war er für einen kurzen Moment verunsichert. Was von dem, was er sah, war Wirklichkeit, was Fiktion? Was von dem, was geschah, geschah wirklich, was stellte er sich nur in seinen Gedanken und für seinen neuen Roman vor? Einmal mehr hatte er Mühe, seine eigene, persönliche Realität von seiner Fiktion zu trennen.

So, wie er oft auch Mühe hat, nicht nur seine Wahrnehmung, sondern auch seine Handlungen der Realität oder der Fiktion zuzuordnen.

Dann war noch dieses Gespräch mit Monika, gestern Nachmittag, kurz nach seiner Ankunft hier oben auf den Staubern. Ein Gespräch, das ihm einmal mehr unter die Haut ging, als er zugeben konnte. Und zugeben wollte.

Er spürt, dass Monika seine Anwesenheit liebt, dass sie sich zu ihm hingezogen fühlt, dass sie die Diskussionen und philosophischen Auseinandersetzungen mit ihm genießt. Die Diskussionen darüber, ob wohl der Mord an Viola vom Vorjahr noch irgendwann aufgeklärt würde, ob wohl die Polizei im Allgemeinen und Bruno Fässler im Speziellen ihren Versuch, den Fall zu klären, wirklich bereits aufgegeben haben, und über die grundsätzliche Frage, warum ein Mensch eine so schändliche Tat begehen kann. Die philosophische Auseinandersetzung endete in einem grundlegenden Diskurs über das Gute und Böse im Menschen und über die Wahrheit, die für jeden Menschen eine andere ist.

Roger bleibt jedes Mal, wenn er Monika getroffen und mit ihr geredet hat, mit dem Gefühl zurück, dass mehr nicht ausgesprochen als gesagt worden ist. Dass ihm Monika etwas sagen will, ohne dies aussprechen zu können. Oder zu wollen.

So, wie er auch ihr oft etwas zu sagen versucht, ohne dies wirklich auszudrücken. Ein Spiel um, aber ohne Worte, das er ebenso liebt wie Monika. Und das ihn ebenso verunsichert, wie es sie zu verunsichern scheint.

Die grundlegende Frage, die Roger je länger, je mehr beschäftigt, ist: »Wozu ist ein Mensch fähig, um seine Träume und Visionen realisieren zu können? Wie viel des ›Homo oeconomicus‹ – wie viel des Menschen, der sich für die Handlungsalternative entscheidet, die ihm den größten Nutzen verschafft –, wie viel davon ist in jedem Menschen vorhanden. Wie viel davon, vor allem dann, wenn man überzeugt ist, dass der Mensch ein Kultur- und nicht ein Naturwesen ist?«

Denn eigentlich ist Roger überzeugt, dass Menschen nicht grundsätzlich unter dem Fokus des Eigennutzes und des persönlichen Vorteils handeln, sondern dass sie auch mit gegenseitigem Vertrauen und freiwilliger Kooperation im Hinblick auf ein Ziel agieren. Doch oft kommen bei ihm – auch dann, wenn er sein eigenes Handeln kritisch reflektiert – Zweifel auf. Welche innere Haltung obsiegt im Kampf zwischen Eigennutz und der Bereitschaft, im Sinne einer Kooperation darauf zu verzichten? Ist der Mensch überhaupt fähig, frei darüber zu entscheiden oder handelt er irgendwann nur noch instinktiv? Falls der Mensch überhaupt noch instinktiv handeln kann.

So wie das Tier in freier Wildbahn unter Bedrohung instinktiv darüber entscheiden muss, ob es flieht, kämpft oder sich tot stellt. Denn andere Alternativen hat es nicht.

Und dann der Abend mit Alena. Der Abend, der mit Alena und auch Valeska begann. Roger hatte die Gesellschaft der beiden jungen Frauen genossen. Mit Valeska hatte er sich ja bereits vor eineinhalb Monaten unterhalten, wobei sie ihm damals einen noch recht unsicheren Eindruck hinterlassen hatte.

Gestern nun präsentierte sich Valeska in einer völlig anderen Rolle – fröhlich, lustig, wach und aufmerksam, manchmal, so schien es Roger, schon fast etwas überdreht. Ihm fiel es schwer, dieses Verhalten im Vergleich zum ersten Aufeinandertreffen einzuordnen. War es einfach das Hineinwachsen in den Job, das Vertrautwerden mit der neuen Umgebung, das Verdrängen von alten Geschichten und das bewusste Leben im Jetzt oder trug auch Alenas Anwesenheit zu dieser offensichtlichen Lebensfreude und Lockerheit bei?

Auf alle Fälle scheint sich Valeska hier wohlzufühlen. Wozu sicher auch ihre Freundschaft zu Patrik beiträgt, von der er von Monika oder Janine – Roger ist sich nicht mehr ganz sicher von wem – erfahren hat. Janine hatte sich ihm gegenüber auch sehr positiv über ihre neue Mitarbeiterin geäußert: »Sie ist fleißig, stellt kaum Ansprüche, kommt bei den Gästen gut an und ist auch im Team sehr beliebt. Und auch wenn ich ihr mal was sage – wie beispielsweise wegen ihren etwas zu offensichtlichen Treffen mit Patrik – nimmt sie dies nicht persönlich und reagiert sofort. Valeska ist die ideale Ergänzung unseres Team, sie passt hervorragend hierher.«

Und Alena ist wie ein Ebenbild von Valeska. Ebenso hübsch, nett, offen, kommunikationsfreudig trotz ihrer sprachlichen Schwierigkeiten, positiv in ihrer Grundhaltung und bereit, hart für ihre Zukunft in der Schweiz zu arbeiten. Roger genoss die Gespräche mit ihr. Und sie schien es ebenso zu genießen, dass sie Gesellschaft hatte, in der sie sich ohne große sprachliche Barrieren mitteilen konnte. Alena freute sich schon, in einem Jahr ebenfalls hier in der Region arbeiten zu können.

Dann erzählte sie Roger auch ziemlich freimütig von den Veränderungen, welche sie an Valeska beobachtet hatte, davon, dass sie schon fast unnatürlich aufgedreht und fröhlich sei, voller Energie und ohne Müdigkeit. Alena hatte Roger zu erklären versucht, dass diese Entwicklung sicher auch mit der Freundschaft Valeskas zu Patrik zusammenhänge.

Aber eben, nur ›auch‹ …

Roger fühlte sich schnell in dem bestätigt, was er sofort vermutet hatte. Valeskas unnatürlich erweiterte, große Pupillen hatten ihm erste Hinweise darauf gegeben. Denn das, was viele Gäste als ausdrucksstarke, große Augen bezeichneten, war für Roger ein Warnsignal. Nicht, dass er über große Erfahrungen mit Drogenkonsumenten verfügen würde, aber seine Gewohnheit, Menschen in die Augen zu sehen, ließen ihn diese markante Veränderung sofort erkennen.

Valeska nimmt Drogen.

Was ihn beunruhigte, wie es auch Alena zu beunruhigen schien. Obwohl Alena nicht weiter darüber sprechen wollte oder konnte, da Valeska auch immer wieder zu ihnen an den Tisch kam. Doch Roger musste nicht weiter nachfragen, er wusste, was er wissen musste.

Als dann Valeska ihre Freundin mit ins ›Stübli‹ nehmen wollte und diese mit der Begründung ablehnte, dass es für sie wegen ihrer ungenügenden Deutschkenntnisse zu anstrengend sei, sah Roger seine Chance, den Abend mit Alena verlängern zu können. Ein Spaziergang in der Stille des Alpsteins, in der Ruhe der Nacht – Rogers Vorschlag kam bei Alena gut an.

So schlenderten sie gemeinsam in Richtung Furgglenfirst, den Grat zwischen den Staubern und der Saxer Lücke, hinter dem Berggasthaus hoch bis auf den höchsten Punkt, bevor es in einem steilen Schotterweg wieder abwärts geht. Von dort kann man bei Tageslicht das Panorama mit dem Hohen Kasten, dem Staubernfirst und dem Berggasthaus ›Staubern‹ sowie weit unten den Sämtisersee und das ›Plattenbödeli‹ erkennen. Doch jetzt, in der Dunkelheit des nur schwachen Mondlichtes, waren es vor allem die Stille, die Nacht und das leise Rauschen des Windes, welches diesen Ort zu einem einzigartigen machten.

Roger war angetan von dieser Atmosphäre, ohne zu realisieren, dass unterdessen der Alkohol, den er schon über Stunden genossen hatte, seinen Teil zu dieser Empfindung beitrug. Viel redeten er und Alena nicht mehr, genossen gemeinsam die Ruhe des Alpsteins. Als sie sich zurück auf den Weg zum Berggasthaus machten und sie beide für einen Moment stehen blieben, nahm Roger Alena in seine Arme. Einen Moment lang ließ dies Alena zu, im Glauben, dass Roger sie rein freundschaftlich umarmen wolle. Doch als sie merkte, dass er mehr wollte, begann sie sich zu wehren: »Nein, Roger, bitte nicht, ich will nicht.«

Roger war wie im Rausch, bedrängte sie weiter. »Komm schon Alena, ich spüre doch, dass du es auch willst.«

Doch Alena blieb beständig, versuchte Roger weiter klarzumachen, dass sie dies nicht wolle, dass sie viel jünger sei als Roger und dass sie ja auch schon bald wieder in ihre Heimat, die Slowakei, zurückkehren werde. Und auch Rogers Versprechungen, dass er sie regelmäßig besuchen werde, schlug sie aus, auch wenn er immer und immer wieder versuchte, an ihr Bauchgefühl zu appellieren.

Ein Bauchgefühl, das Alena aber anscheinend nicht hatte. Sicher nicht für Roger.

So musste Roger wohl oder übel erkennen, dass er in aussichtsloser Position war und dass sein persönliches Gefühl für sein Alter und dem, was noch möglich wäre, nicht mit der Realität übereinstimmte, und auch nicht mit dem Bild, das diese junge Frau von ihm hatte.

Er fühlte, dass er alt geworden war. Oder zumindest älter, als er sich selber fühlte oder geglaubt hatte, sich zu fühlen.

Worauf er Alena losließ und sich bei ihr leise entschuldigte: »Tut mir leid Alena, entschuldige bitte, ich wollte dich nicht bedrängen. Ich hatte das Gefühl dass … dass du … Aber eigentlich sollte ich es wissen … Und trotzdem erliege ich immer wieder dieser Täuschung. Ich gehe nun wohl besser ins Bett, gute Nacht.«

Alena griff nochmals nach seinem Arm, zog ihn zu sich und flüsterte ihm zu: »Roger, du bist ein toller Mann, ich mag dich gern. Aber lass uns einfach Freunde sein, bitte.«

Roger fasste Alena mit seiner rechten Hand an ihrer linken Schulter, zog sie kurz an sich und drehte sich mit einem kurzen »Okay« ab Richtung Berggasthaus. Er ließ Alena stehen, war zu stark mit sich beschäftigt, um noch etwas anderes sagen zu können und ging zurück zum Eingang der ›Staubern‹.

»Fässler, Bruno, Kriminalpolizei Appenzell, guten Morgen.« Die Stimme von Bruno Fässler holt Roger wieder aus seinen Gedanken zurück.

Da der Lärmpegel in der Gaststube nur unwesentlich zurückgeht, wiederholt der Chef der Innerrhoder Kriminalpolizei seine Begrüßung noch einmal: »Fässler, Bruno, Kriminalpolizei Appenzell, guten Morgen. Es ist letzte Nacht hier anscheinend etwas passiert, hier in den ›Staubern‹, wir wissen aber noch nicht genau was.«

Seine Stimme ist lauter geworden und zeigt Wirkung. Die Gäste unterbrechen ihre Unterhaltungen an den Tischen, bleiben regungslos am Buffet stehen und fixieren gespannt und erwartungsvoll den Abteilungsleiter der Kripo, an dessen Seite nun auch Martin, der Chef der ›Staubern‹, steht.

Und Roger weiß in diesem Moment, dass es Zeit für ihn ist, seinen eigenen Weg zu gehen und selbst die Ermittlungen aufzunehmen.

BERGGASTHAUS ›STAUBERN‹, VALESKAS ZIMMER

»Lösen Sie sich von fixen Vorstellungen, wechseln Sie den Beobachterstandpunkt und legen Sie den Fokus auf die kleinsten Veränderungen, auch der betroffen und beteiligten Personen, hat Marty gesagt«, murmelt Bruno Fässler, während er seinen Blick durch Valeskas Zimmer streifen lässt.

Nach dem Gespräch mit dem ›Neoschriftsteller und Hobbydetektiv‹, wie er Marty gegenüber seinem Kollegen Max Dörig neuerdings nennt, haben die beiden sich entschlossen, zuerst Alenas, dann Valeskas Zimmer unter die Lupe zu nehmen. Irgendein Hinweis muss sich doch finden lassen.

Doch in Alenas Zimmer bleiben sie erfolglos. Außer dem bescheidenen Reisegepäck mit persönlichen Effekten finden Bruno und Max nichts, was ihnen weiterhelfen könnte.

Im zweiten Stock, neben dem Fünfer- und dem Zehnerzimmer, liegt Valeskas Personalzimmer. Das Zimmer ist leer, das Kissen verrät, dass das Bett während der letzten Nacht nicht benutzt worden ist, die Bettdecke ist zerknüllt und weist Blutspuren auf, ebenso wie die hölzerne Bettkante und der Boden. Doch Bruno und Max lassen sich davon nicht aus dem Konzept bringen – die Blutspuren stammen von Monika, die am Morgen Valeska suchen wollte und in einer kurzzeitigen Blutleere, einem Ohnmachtsanfall, mit dem Kopf auf der Bettkante aufgeschlagen ist.

»Wo sollen wir beginnen?«, fragt Max seinen in Gedanken versunkenen und wortlos herumschauenden Chef.

»Beobachterstandpunkt wechseln«, antwortet Bruno, der immer noch gedanklich abwesend zu sein scheint. »Wir sollten es mal versuchen, das Zimmer nicht so zu untersuchen, wie wir es immer machen. Lass uns nicht bei dem beginnen, was wir sehen, sondern bei dem, was jetzt *nicht* in unserem Blickfeld ist. Suchen wir zuerst in den Kästen und Schubladen, unter, auf und hinter den Möbeln, unter der Matratze, hinter den Vorhängen …«

»Kann ja nicht falsch sein, den Rest können wir auch später noch anschauen«, erwidert Max trocken, ohne genau zu verstehen, was sich Bruno von dieser Vorgehensweise verspricht.

Wortlos durchsuchen die beiden das Zimmer, öffnen und durchwühlen die Kästen und Schubladen, verrücken Bett und Kasten, um zu sehen, ob sich dahinter oder darunter etwas finden lässt – nichts! Als sich selbst beim Blick unter die Matratze die letzte Hoffnung nicht erfüllt, lässt sich Max frustriert aufs Bett sinken: »Sch… nichts zu finden, was auch nur den kleinsten Hinweis geben könnte.«

Bruno überlegt einen Moment, geht zur Tür, bleibt kurz stehen und dreht sich ruckartig um. »Steh auf, Max«, befiehlt er seinem Mitarbeiter in forschem Ton.

Max schnellt auf, erschreckt durch diese ungewohnte barsche Anordnung seines Chefs. »Was ist los, Bruno?«

Bruno geht zurück zum Bett, hebt die Matratze, greift unter dieser in den Überzug, einem Fixmolton, dessen synthetische Stretcheinsätze an den Enden ein Verrutschen des Matratzenschutzes verhindern sollen, und bringt eine kleine Plastiktüte mit weißem, kristallinem Pulver zum Vorschein. »Das könnte unser Hinweis sein, der uns weiterbringt. Denn Waschmittel dürfte dies nicht sein«, bemerkt er trocken.

Max ist für einen Moment sprachlos, begutachtet die

Plastiktüte, öffnet diese, riecht daran, befeuchtet einen Finger, taucht diesen ins Pulver und leckt wenig Pulver mit seiner Zunge ab, streicht zusätzlich etwas auf sein Zahnfleisch. »Pfui Teufel, ist das bitter!«

»Koks?«

»Eher nicht. Koks würde dieses typische taube Gefühl auf dem Zahnfleisch bewirken, ich spüre aber eher ein scharfes Brennen, untypisch für Kokain.«

»Crystal Meth. Willkommen in der Schweiz und im Alpstein! Nun haben wir das Zeug also auch hier …«

»Crystal?«

»Designer- und Partydroge, starkes Amphetamin, wird hauptsächlich in tschechischen Drogenküchen hergestellt und kommt von dort oder anderen Oststaaten in den Westen. In Deutschland haben sie größere Probleme mit dieser Droge, vor allem in Bayern und Sachsen, aber auch im südlichen Brandenburg und Thüringen. Bei uns hat sie bisher noch nicht wirklich Fuß gefasst. Bisher …«

»Was sich unterdessen geändert haben könnte«, ergänzt Max.

»Die Menge ist beträchtlich, dürfte locker gegen 50 Gramm sein. Etwas viel für den Eigenbedarf, wenn du mich fragst.«

»Drogen*handel*?«

»Könnte sein, sieht ganz so aus.«

»Hier im Alpstein? Passt irgendwie gar nicht hierher.«

»So wenig wie die Leiche von Alena heute«, führt Bruno an.

»Du hast recht, Bruno! Doch erklär mir mal, wie du auf dieses Versteck gekommen bist!«

»Beobachterstandpunkt wechseln«, wiederholt Bruno, um dann zu einer ausführlichen Erklärung auszuholen.

»Es war während der Rekrutenschule, ich hatte bereits am Freitag Urlaub, weil meine Schwester heiratete. Ich wurde jedoch zeitlich sehr knapp entlassen und hatte deshalb keine Zeit mehr, mein Gewehr zu reinigen. Ich habe dies meinen Kollegen gesagt, die mir versicherten, dass sie diese Arbeit gerne für mich übernehmen würden. Einer muss dann etwa laut ausgerufen haben, als er bemerkte, dass sie mein Gewehr auch noch reinigen müssten. Dies hatte ein Korporal gehört und meine Unterlassung dem Zugführer weitergeleitet. Dieser zitierte mich sofort zu sich, als ich am Sonntagabend wieder einrückte, und wollte mich zu einer Strafarbeit verknurren.«

»Was hat dies alles mit dem zu tun, wie du auf dieses Versteck gekommen bist«, unterbricht Max leicht irritiert.

»Geduld Max, kommt gleich … Nun, ich in meinem Gerechtigkeitssinn fühlte mich nicht schuldig und verweigerte den Befehl, ging mit meinen Kollegen noch ein Bier trinken und wurde bei meiner Rückkehr gleich eingebuchtet. Drei Tage scharfer Arrest, Einzelhaft. Doch meine Kollegen halfen mir, den Aufenthalt in der kleinen Einzelzelle einigermaßen erträglich zu gestalteten, übergaben mir auf der Toilette Magazine, damit ich neben der Bibel noch etwas anderes zu lesen hatte. Und da die Zelle regelmäßig gefilzt wurde, habe ich diese in den Matratzenüberzug gesteckt!«

»Deshalb!«

»Ja deshalb! Denn bevor ich wieder rausgelassen wurde, hat ein Leutnant die Zelle nochmals durchsucht, die Matratze aufgestellt, aber nichts gefunden. Sonst wäre ich wohl weitere Tage drin geblieben! Und an diese Geschichte habe ich mich plötzlich erinnert, als ich mir überlegte, wie ich meinen Beobachterstandpunkt ändern könnte. Ich hab mir ganz einfach überlegt, wo ich etwas verstecken würde, das niemand finden soll.«

»Gut gemacht, Chef«, schmunzelt Max. »Doch wie geht es nun weiter? Wir wissen, dass Valeska im Besitz von Drogen war … ähm, Drogen ist, falls sie noch lebt. Doch was heißt dies nun für das, was hier geschehen ist beziehungsweise geschehen sein könnte?«

»Da wir nun wissen, dass Drogen im Spiel sind, haben wir neue Fragen, mit denen wir ansetzen können. Wer in Valeskas Umfeld weiß, dass sie Drogen nimmt? Oder mit diesen handelt. Was wusste Alena? Welche Rolle spielt ihr Freund Patrik in Bezug auf die Drogen? Woher kommen die Drogen, wie kommen diese hierher? Gab es gestern Anzeichen, dass Valeska unter Drogen stand? Weißt du noch immer nicht, wie es weitergeht?«, fragt Bruno Fässler, ohne sich zu bemühen, seinen sarkastischen Unterton zu unterbinden.

»Dann werde ich zuerst nochmals mit Janine reden«, weicht Max der Frage aus und verschwindet aus dem Zimmer.

Bruno bleibt noch einen Moment im Raum stehen. Die Genugtuung, wieder einen Ansatzpunkt gefunden zu haben, mischt sich mit dem unguten Gefühl, wie er seinen engsten Mitarbeiter in den letzten Minuten behandelt hat. »Als wäre er der größte Idiot«, muss er sich eingestehen, »und das hat Max definitiv nicht verdient!«

Doch warum hatte er so reagiert? War es diese Abneigung gegenüber Roger und die Erkenntnis, dass er nur dank *seines* Hinweises wieder eine Spur gefunden hatte? Oder war es seine Angst, wieder zu versagen, seinen Fall erneut nicht abschließen zu können? Oder war er einfach nur übermüdet und genervt?

In der Zwischenzeit hat Max unten in der Gaststube

Janine zu einem weiteren Gespräch gebeten. »Janine, tut mir leid, dass ich deine Zeit schon wieder in Anspruch nehmen muss. Aber wir sind auf etwas Neues gestoßen, das im Moment mehr Fragen aufwirft als Antworten gibt.«

»Schon gut Max, worum geht es?«

»Um Drogen.«

»Drogen? Drogen in unserem Haus? Wo habt ihr diese gefunden? Doch nicht etwa bei Valeska!?«

»Doch, bei ihr im Zimmer. Und nicht wenig …«

Max klärt Janine über den Fund auf und wiederholt die Fragen, die ihm Bruno gestellt hat. »Hast du Vermutungen zu diesen Fragen oder gar Antworten?«

Janine überlegt kurz. »Ich habe nichts bemerkt, wäre nie darauf gekommen, dass Valeska Drogen nehmen könnte. Sie ist von Grund auf eine sehr lebhafte, positive und energiegeladene Person. Wobei ich mich – jetzt, wo du das sagst – manchmal schon gefragt habe, woher sie diese Energie nimmt.«

»Hast du in letzter Zeit Veränderungen in ihrem Verhalten festgestellt?«

»Nur, dass sie, seit sie mit diesem Patrik zusammen ist, noch lebhafter wirkte, schon beinahe überdreht. Aber ich habe dies darauf zurückgeführt, dass sie einfach sehr glücklich ist …«

»Kannst du dir vorstellen, dass auch Patrik auf Drogen ist?«

»Nein, konnte ich bis vor Kurzem nicht. Aber jetzt, mit deinen neuen Informationen … Auch er ist unermüdlich, scheint auch nach den langen Bergtouren keine Müdigkeit zu kennen, macht aber auch einen austrainierten Eindruck, kein Gramm Fett zu viel auf den Rippen.«

»Und Alena?«

»Alena ist … war ja erst seit Freitag hier. Ich habe sie nicht sehr oft und lange gesehen. Valeska hatte ja nicht wirklich viel Zeit für ihre Freundin, wir hatten doch ziemlich viel zu tun. Ich kann aber nicht beurteilen, ob sich zwischen den beiden Freundinnen etwas verändert hat während der Zeit, als Alena hier oben war.«

»Und gab es gestern außergewöhnliche Anzeichen, dass Valeska eventuell unter Drogen gestanden hat?«

»Das könnte ich nicht bestätigen, sie war, wie sie immer war, fröhlich, lebhaft, arbeitete mit vollem Einsatz.«

Max ist frustriert, merkt, dass er so nicht weiterkommt und keine neuen Erkenntnisse gewinnen kann. Einmal mehr weiß er für einen Moment nicht, wie er weiter vorgehen soll, welcher Schritt der sinnvolle und nächste sein könnte.

Da stößt auch Bruno wieder aus Valeskas Zimmer zu ihm und Janine.

»Max, entschuldige meinen Ton von vorhin, aber ich …«

»Schon gut, Bruno, du musst dich nicht entschuldigen. Ich weiß, was in dir vorgeht, kann mit dir fühlen, dafür kenne ich dich zu gut«, unterbricht ihn Max. »Hast du eine Idee?«

»Danke Max! Ja, ich habe zwei Ideen. Erstens: Ist Tobler noch hier? Er soll sofort mit seinem Hund versuchen, auch die Spur von Valeska aufzunehmen, vielleicht haben wir ja nochmals Glück. Und zweitens: Vereinbare möglichst schnell einen Termin für ein Gespräch mit Ernst Burgener in St. Gallen. Eventuell kann er uns bei der Klärung des Falles weiterhelfen.«

»Mit Ernst Burgener, dem Chef Betäubungsmitteldelikte der Kantonspolizei St. Gallen?«

»Ja Max, genau mit dem.«

ST. GALLEN, PATRIKS WOHNUNG

Schon bereut es Patrik, dass er Valeska abgesagt hat und sie dieses Wochenende nicht im Alpstein treffen wird. Das Wetter wäre gut und eigentlich bestens geeignet für eine ausgiebige Wanderung. Und für das Zusammensein mit Valeska sowieso.

Aber er hat sich entschieden, zu Hause – oder zumindest in St. Gallen – zu bleiben, nachdem ihm Valeska eröffnet hatte, dass ihre beste Freundin Alena auf Besuch kommt. Gereizt hätte es ihn schon, diese kennenzulernen, doch schien ihm das Risiko zu groß.

Das Risiko, dass Alena merkt, wie sich Valeska verändert hat. Und dass er nicht nur wegen seiner Liebe zu Valeska dafür mitverantwortlich ist.

Denn dafür hat sich in den letzten beiden Wochen zu viel getan, als dass er dies wieder aufs Spiel setzen will. Die Lieferungen aus dem Osten kamen regelmäßig und im versprochenen Umfang, die Ware war immer gut und die Preise blieben stabil. Schnell hatte Patrik in seinem Kollegenkreis Abnehmer gefunden, die auf sein Angebot einstiegen und von seinen osteuropäischen Kommilitonen zu ihm wechselten. Denn neben Schweizer Verlässlichkeit hatte er bei der Lancierung seines neuen Angebotes auf die höhere und gleichbleibende Qualität, auf Kontinuität – denn im Gegensatz zu seinen Mitbewerbern hatte er nicht vor, die Schweiz nach Ende des Studiums zu verlassen – und auf einen zeitlich und mengenmäßig beschränkten Preiserlass gesetzt.

Der Erfolg gibt ihm recht und auch seit Langem erstmals

wieder das Gefühl, mit seinem Masterstudium in ›Strategy and International Management‹ die richtige Wahl getroffen zu haben. Denn seine Strategie geht auf, und auch das operative Geschäft managt er ohne Probleme.

Der Umsatz stimmt, ebenso wie der Gewinn, den er mit Valeska teilt. Auch wenn diese noch nicht viel – oder besser: gar nichts – zum Handel beiträgt. Außer, dass sie ab und zu selber etwas konsumiert, was sich, so Patriks unternehmerische Denkweise, nicht wirklich auf die Erfolgsrechnung dieses Geschäftes auswirkt. Aber da er weiß, dass Valeska im Ausbau und der Optimierung des Geschäftes eine wichtige Rolle spielen wird, macht es ihm nichts aus, schon jetzt über die Abgabe eines Gewinnanteils in diese Weiterentwicklung zu investieren.

Doch Patrik will nichts überstürzen, sondern Schritt für Schritt seinen neuen Einnahmezweig weiterentwickeln. Dazu gehört, dass er nach den Sommerferien der öffentlichen Schulen zuerst mal an diesen neue Endabnehmer rekrutieren will. Denn ›Crystal Meth‹ ist das ideale Angebot für diese Zielgruppe: gestresste und teilweise unmotivierte oder gar demotivierte Jugendliche, die gerne alles etwas leichter nehmen würden und die auch bereit sind, für ein zeitlich beschränktes, gutes Gefühl etwas, wenn auch nicht allzu viel Geld in die Hand zu nehmen.

Erst in einem nächsten Schritt will er dann zusammen mit Valeska versuchen, den Import teilweise selber in die Hand zu nehmen, um die Abhängigkeit von ›Go West Jobs‹ zu reduzieren. Über die Kuriere, die Valeska teilweise persönlich kennt, könnten sie zusätzlichen Stoff in die Schweiz einführen, eine Art Parallelimport zur Einfuhr der Zürcher Agentur. Oder aber sie zweigen Teile des Imports direkt zu sich ab und nutzen die Situation aus, dass ›Go West Jobs‹ nicht intervenieren kann, weil sie sich selber nicht in einem legalen Feld bewegen.

Doch im Moment läuft es, so wie es läuft, gut – Patrik ist zufrieden. Zufriedener als mit seiner momentanen Situation, die ihn zwingt, zu Hause zu sitzen, statt im Alpstein und bei Valeska zu sein. Und da zudem auch seine Mitbewohner noch immer nicht zurück sind, verbringt er schon eine längere Zeit allein in der großen Stadtwohnung.

Da läutet sein Handy.

»Wer wohl um diese Zeit anruft?«, fragt sich Patrik. »Valeska?« Jemand anderes kommt ihm in diesem Moment nicht in den Sinn, denn all seine Freunde sind entweder in den Ferien oder versuchen, über Ferienjobs Geld zu verdienen.

Patrik nimmt den Anruf an. »Patrik?, Filip hier, Filip Beranek von ›Go West Jobs‹ in Zürich, du erinnerst dich?«

»Filip, ja klar erinnere ich mich, ist ja nicht so lange her. Worum geht es?«

»Wir haben ein Problem mit einer künftigen Arbeitnehmerin, die gestern in die Ostschweiz gekommen ist.«

»Konnte sie das Geschenk nicht mitnehmen?« Patrik hat sofort reagiert und in die mit seinen Partnern vereinbarte codierte Sprache gewechselt, die unerwünschten Mithörern verunmöglichen soll, zu erkennen, worum es wirklich geht.

»Doch Patrik, aber die Überraschung war grösser als das Geschenk – beziehungsweise: die Überraschung des Geschenks ging schon unterwegs verloren.«

Patrik ist sofort klar, dass eine Lieferung geöffnet wurde, bevor sie nach Zürich weitergeleitet wurde. »Und wie kann ich helfen?«

»Lass sie wissen, dass es nicht in unserem Sinn ist, wenn die Überraschung aufgedeckt wird … Sie soll sich bewusst werden, dass sie so etwas nie mehr – ich betone: nie mehr – machen soll. Verstehen wir uns?«

Patrik überlegt und schweigt für einen kurzen Moment, holt tief Luft, fasst sich innerlich und bestätigt kurz und bündig: »Ja, verstanden, alles klar. Und wo finde ich die Frau?«

»Ganz bei dir in der Nähe, auf den Staubern, sie besucht dort ihre Freundin, die von uns vermittelt wurde.«

Patrik kann für einen Moment nicht reagieren. Alena! Valeskas Freundin hat das Paket geöffnet! Und nun soll er dies regeln.

Doch viel Zeit zum Überlegen bleibt nicht, denn Filip darf keinen Verdacht schöpfen, dass er verunsichert ist oder gar merken, dass er weiß, um wen es geht. »Okay, wird erledigt«, zwingt er aus sich heraus und bricht das Gespräch mit Filip mit einer kurzen Verabschiedung schnell ab.

Patrik weiß, dass er für den Erfolg seines Geschäftes einiges investieren und auch mal über seinen Schatten springen muss. Zum Beispiel, Drogen an Schülerinnen und Schüler zu verkaufen. Doch Skrupel plagen ihn, denn er weiß ja nicht, wie die jungen Leute mit den Drogen umgehen und ob sie sich so gut im Griff haben, wie er sich.

Oder so gut, wie er denkt, dass er sich im Griff hat.

Doch Patrik sieht sich nicht als ein solcher Drogendealer, wie er Dutzende in den Straßen jeder Großstadt – auch in St. Gallen – antreffen kann. Diese meist auch süchtigen oder zumindest alkoholabhängigen Junkies, die sich ihren Eigenbedarf über den Handel zu finanzieren versuchen. Und die auch mal von der Polizei in Ruhe gelassen werden, wenn sie dieser dafür Informationen zu neuen Handelswegen und Lieferanten geben.

Da bewegt er sich in einer anderen Kategorie! Patrik sieht sich als Manager, als souveräner Händler, der stets den Überblick über sein Geschäft hat, der betriebswirtschaftlich agiert und nach kaufmännischen Grundsätzen handelt. Das bedingt, dass er den Markt genau kennt, ein Profil seiner Endabnehmer mit ihren Bedürfnissen und Wünschen vor Augen hat und möglichst immer die Erwartungen seiner Kunden erfüllt.

Und all dies hat er in den letzten Wochen aufgebaut, der Handel läuft, läuft bereits gut, auch wenn er erst in der Startphase ist. Doch nun ist dieses Konstrukt gefährdet und muss gesichert werden. Dafür ist Patrik bereit, etwas mehr als üblich zu tun.

Er packt seinen Rucksack wie immer, wenn er auf eine Bergwanderung geht: Eine große Flasche Apfelschorle, Reservekleidung, säuberlich verpackt in einem Plastiksack und mit einem Streifen Klebeband verschlossen, damit diese ja nicht feucht oder gar nass wird, zwei Äpfel, zwei Appenzeller Biberli, dieses energiereiche Gebäck aus Honigteig mit Nuss- oder Mandelfüllung, eine Regenjacke, eine Kappe als Sonnenschutz und eine Sonnenbrille.

Alles wie immer, wie gewohnt – wenn er sich auch bewusst ist, dass er vieles davon dieses Mal gar nicht brauchen wird.

Es ist schon dunkel, als er sich in Richtung Alpstein auf den Weg macht. Zum ersten Mal wird ihm bewusst, welchen Vorteil ihm die Flexibilität, welche ihm das Auto, das er sich vor Kurzem und dank seinen neuen Nebeneinkünften kaufen konnte, nun bietet. Denn um diese Zeit wäre es kaum mehr möglich gewesen, mit der Bahn von St. Gallen in den Alpstein zu gelangen.

Er wählt den kürzesten Weg auf die Staubern, parkiert

seinen Wagen im Pfannenstiel, steigt durch das Brüeltobel hinauf ins Plattenbödeli, geht von dort weiter bis ans Ende des Sämtisersees und erreicht über die Rainhütte und einem steilen, aber gut ausgebauten Aufstieg nach rund achtzig Minuten die Staubern.

Es ist kurz nach halb elf, als diese vor ihm in seinem Blickfeld auftauchen. Patrik bleibt die letzten Meter nördlich und unterhalb des Staubernfirstes, um nicht gesehen zu werden. Denn im Licht der beleuchteten Gaststube wäre die Gefahr zu groß, dass er von Valeska oder anderen Personen, die ihn kennen, gesehen und erkannt würde. So steigt er kurz vor dem Berggasthaus ab Richtung ›Stübli‹, bleibt aber in sicherer Distanz zu diesem und beobachtet, was sich im Innern tut.

Er sieht eine Gruppe junger Leute, die sich angeregt unterhält und eine Menge Spaß zu haben scheint. Nach rund einer halben Stunde erkennt er auch Monika, die nochmals eine Bestellung aufzunehmen scheint. Eine halbe Stunde später erscheint Valeska im Raum und setzt sich zur Gruppe. »Feierabend«, denkt sich Patrik, »recht hat sie, den Abend noch etwas in Gesellschaft zu genießen!«

Patrik kennt keine Eifersucht. Er ist sich seiner Sache und der Zuneigung von Valeska sicher. Denn in anderen, unterdessen abgeschlossenen Beziehungen hat er gelernt, dass Eifersucht meist nur ein Spiegel des eigenen Verhaltens ist: Wer Angst hat, betrogen zu werden, betrügt meist selbst. Doch dadurch, dass er ihr treu ist und sich nicht vorstellen kann, sie zu betrügen, hegt er auch keine Zweifel, dass sie anders denken und handeln könnte.

Der erste Irrtum, dem Patrik unterliegt.

Ein Zitat von Honoré de Balzac, dem französischen Philosophen und Romanautor aus dem 19. Jahrhundert, hatte ihm diese Einsicht bestätigt: »Eifersüchtig sein heißt, nicht an seiner Frau, sondern an sich selbst zweifeln.«

Er beobachtet das Geschehen im ›Stübli‹, ohne genau zu erkennen, was abläuft. Doch er weiß nun, dass er am richtigen Ort ist – denn wo Valeska ist, da dürfte auch Alena nicht weit entfernt sein.

Der zweite Irrtum, dem Patrik unterliegt.

Die Nacht ist ruhig, der Mond wirft ein diffuses und warmes Licht auf den First und die Staubern, ein leichter Wind frischt ab und zu die warme Sommernacht auf. Patrik genießt die Ruhe, ist aber gleichzeitig hellwach – so wie er immer hellwach ist, wenn er etwas ›C‹ genommen hat. Und in Anbetracht der bevorstehenden Aufgabe schien es ihm angemessen, sich in Höchstform zu bringen.

Und Patrik genießt die Gewissheit, in dieser Nacht auf den Staubern noch allein draußen zu sein.

Der dritte Irrtum, dem Patrik unterliegt.

Denn schon bald, es muss nach Mitternacht sein, sieht er einen Schatten, der sich an der Außenseite des Berggasthauses entlang dem ›Stübli‹ anschleicht. Patrik beobachtet die Person interessiert. »Wie lange wird es wohl dauern, bis er oder sie entdeckt wird?«, überlegt er sich. Kaum fertig gedacht, wird auch schon die Außentür des ›Stüblis‹ aufgestoßen und drei Silhouetten stürmen nach draußen, hinauf zum First. Während die andere Person, welche schon länger als Beobachter vor dem Raum stand, sich abwärts hinter der Ecke des Gebäudes versteckt.

Patrik schmunzelt: »Clever gemacht, Beobachter oder Beobachterin. War zu erwarten, dass die anderen aufwärts suchen, gut vorausgesehen!« Nur wenig später sind die drei wieder im Raum, während die andere Person verschwunden scheint. Was Patriks Neugier weckt.

Er schleicht dem Schatten nach. Dieser steigt zwischen dem Schopf und der zweiten alten Hütte hinauf auf den Weg, der Richtung Furgglenfirst führt. Dort bleibt er plötzlich stehen und scheint andere Menschen zu beobachten. Patrik hört Stimmen, kann aber nicht erkennen, wer es ist. Er kann aber die Namen ›Roger‹ und ›Alena‹ aufschnappen, die sich in ihrer Diskussion nicht einer Meinung zu sein scheinen. Doch dann ist plötzlich Ruhe, die beobachtende Person verschwindet, die anderen beiden wechseln noch einige Worte, nähern sich nochmals, umarmen sich, dann geht die größere Gestalt weg Richtung Eingang, die andere folgt ihr wenig später.

Patrik steigt wieder zurück zu seinem ursprünglichen Beobachtungsort hinunter, denn er will weder diesem Roger noch Alena begegnen.

Noch nicht.

Kurze Zeit später scheint die Gruppe aufzubrechen, langsam leert sich das ›Stübli‹, als Letzter verlässt, nach einem kurzen Gespräch mit Valeska und einem Abschiedskuss, ein junger Mann den Raum.

Valeska bleibt. Kurz hantiert sie mit irgendetwas herum, dann löscht sie das Licht. Was nicht nur er, sondern auch noch eine weitere Person zu beobachten scheint, deren Schatten er jetzt nahe der Außentür wahrnehmen kann.

»Was geht denn hier ab?« Patrik ist irritiert und wird neugierig, bleibt draußen stehen und beobachtet interessiert die Fenster des dunklen Raumes, in dem keine Bewegung zu erkennen ist.

Es dauert beinahe eine halbe Stunde, die Patrik wie eine Ewigkeit vorkommt, bevor er eine Gestalt vom First her zur Außentür des ›Stüblis‹ hinuntersteigen und durch diese den Raum betreten sieht. Dann ist es wieder eine Weile ruhig, bis sich die Tür öffnet und Valeska – es kann nur sie sein, ist Patrik überzeugt – mit einem Mann wieder nach draußen kommt, hinauf zum First und auf diesem Richtung Hoher Kasten geht.

Patrik folgt ihnen. Er hört, dass sich die beiden unterhalten, versteht aber nicht, worüber sie reden. Dann plötzlich bleiben sie stehen. Er erkennt im Mondlicht, wie Valeska den Mann umarmt und ihn küsst, sich beide umdrehen und eng umschlungen wieder auf ihn zukommen. Gerade noch kann er sich verstecken, rutscht auf der Nordseite des Firstes einige Meter nach unten und bleibt im Gras liegen, bis die beiden an ihm vorbeigegangen sind. Er folgt ihnen zur Terrasse, wo sie kurz stehen bleiben, dann bis zum ›Stübli‹, wo er sieht, wie sie wieder in diesem verschwinden.

Patrik ist aufgewühlt, weiß nun, dass er mit seiner Einschätzung Valeskas nicht richtig lag, fühlt sich hintergangen und betrogen. Ein Gefühl der Ohnmacht kommt auf, weiß er doch, dass ihm seine Hände gebunden sind, will er seine Mission nicht gefährden. So steht er ohne Handlungsoption in einiger Distanz zur Tür und in der Gewissheit, dass dahinter das abläuft, was er sich eigentlich nicht vorstellen möchte. Dieses schlechte Gefühl ist so stark, dass es selbst die Wirkung der eingenommenen Drogen verdrängt. Patrik fühlt sich seit Langem wieder einmal schlecht, einfach nur schlecht. Er mag nicht mehr hinsehen und lässt seinen Blick durch die Nacht schweifen. Als er wieder in Richtung des besagten Ortes blickt, entdeckt er, dass er nicht mehr allein ist. Erneut steht jemand vor dem ›Stübli‹, den Umrissen nach könnte es dieselbe Person sein, die schon vorher als Beobachterin agierte. Oder waren es zwei verschiedene?

Erst jetzt realisiert Patrik, wer es sein könnte, sein muss: Monika! »Was treibt denn Monika um diese Nachtzeit noch hinaus, warum beobachtet sie zuerst Alena und Roger und jetzt Valeska in dieser Situation?« Patrik findet keine Erklärung.

Dann plötzlich geht es sehr schnell. Valeska verlässt mit ihrem Begleiter fluchtartig das ›Stübli‹ und verschwindet im Berggasthaus. Monika macht sich erneut in der Gegenrichtung und um die Ecke unsichtbar. Und nur wenige Sekunden später taucht im Raum drinnen wieder ein Schatten auf, der scheinbar von der Küche und durch den Keller in diesen heruntergekommen ist.

Kurz geht das Licht an und Patrik erkennt Alena, die etwas oder jemanden zu suchen scheint, dann aber sofort wieder das Licht löscht. Doch dann scheint nochmals eine Person den Raum zu betreten. Es wird für kurze Zeit etwas lauter, dann wieder ruhig, bevor ein dumpfer Knall zu hören ist.

Eine Person schleicht zur Außentür raus. Und Patrik ist klar, dass es nicht Alena ist.

Schon steht sein Entschluss fest, dieses Mal nicht der flüchtigen Person zu folgen, sondern im Innern nachzuschauen, was geschehen ist, als er sieht, dass Monika den Raum betreten hat.

Vorsichtig und leise schleicht auch er sich ins ›Stübli‹.

KANTONSPOLIZEI ST. GALLEN, BETÄUBUNGSMITTELDELIKTE

Roger wird am Montagmorgen um neun Uhr von Ernst Burgener im Klosterhof, beim Empfang der Kantonspolizei, abgeholt.

»Guten Tag Herr Burgener, herzlichen Dank, dass Sie so kurzfristig Zeit gefunden haben für ein kurzes Gespräch. Ich bin Ihnen sehr dankbar.«

Roger hatte ihn noch am Sonntagmorgen kontaktiert, nachdem ihm klar geworden war, dass Drogen im Spiel sind. Es war ein Einfaches, den Namen des Chefs der Abteilung Betäubungsmitteldelikte der Kantonspolizei St. Gallen herauszufinden und anschließend im Netz seine Privatadresse ausfindig zu machen. Dass sich die Begeisterung über die sonntägliche Kontaktaufnahme in Grenzen hielt, konnte Roger irgendwie verstehen, doch war ihm sein Anliegen zu wichtig, als dass er noch länger hätte warten können.

»Nun Herr Marty, Sie werden verstehen, dass es mir nicht nur Freude bereitet, am Sonntag kontaktiert zu werden … Doch grundsätzlich sind wir natürlich gerne bereit, Auskünfte zu geben. Sie schreiben an einem Kriminalroman und haben einen gewissen Druck des Verlages, diesen zeitgerecht abzuschließen, deshalb die Eile – hab ich das richtig verstanden?«

»Ja, in etwa so«, bestätigt Roger kurz und mit der klaren Absicht, sich nicht auf weitere Diskussionen über sein Drängen einzulassen. »Bei mir ist es zudem so, dass ich, wenn ich an einem Thema dran bin, dieses fertig bearbeiten und abschließen muss. Deshalb die Eile.«

»Okay, lassen Sie uns in mein Büro gehen, ich bin ja nicht hier im Klosterhof stationiert. Ich habe eine knappe Stunde, dann hab ich bereits den nächsten Termin, ein Appenzeller Kollege braucht ebenfalls meinen Rat.«

Roger schweigt, weiß er doch nur allzu gut, wer dieser ›Appenzeller Kollege‹ ist.

Er folgt Ernst Burgener durch den Klosterhof, durch den Mauerdurchgang zur Moosbruggstraße und dann rechts zu einem unscheinbaren Eingang des Klostergebäudes, der erst durch die Sicherheitsschleuse verrät, dass hier keine Wohnungen oder normale Büros einquartiert sind.

Drinnen ist es dann aber doch ein ›normales‹ Bürogebäude, wenn dieses auch durch die Naturmauern des Klosters, die stehen gelassen und offen gelegt wurden, ein besonderes Ambiente ausstrahlt.

»Herr Burgener, ›Betäubungsmitteldelikte‹ – wo muss ich Ihre Abteilung im Organigramm der Kantonspolizei einordnen?«, geht Roger gleich in die Offensive, ohne jedoch sofort auf das zu kommen, was ihn wirklich interessiert.

»Im Rahmen des Polizeikommandos gehören wir zur Kriminalpolizei und sind innerhalb dieser Abteilung ein Fachbereich wie die Wirtschaftsdelikte, die Spezialfahndung oder die Forensik. Wir sind hier 15 Leute, wobei wir nicht nur für die Drogenfahndung, sondern auch für die Prävention – die Information und Schulung von Fachpersonen, Ärzten und Lehrpersonen – zuständig sind.«

Ernst Burgener erklärt Roger ausführlich, dass eigentlich jeder Polizist die Drogenkriminalität bekämpft, seine Abteilung aber vor allem für die internationale Drogenbekämpfung und die Unterbindung des Imports, zum Beispiel über die Grenzstationen im Süden in Chiasso oder im Osten im Rheintal zuständig ist.

»Und wie stoßen Sie auf diese Drogendelikte? Sie können ja nicht einfach los und warten, bis Ihnen ein Händler über den Weg läuft …«

»Bauchgefühl, nervöse Menschen am Zoll oder auf der Straße, wenn sie von unseren Leuten angehalten werden, erweiterte Pupillen und Geruchswahrnehmungen bei Kontrollen, Infos von Drogenkunden … Es gibt unzählige Quellen für Hinweise. Bei der Sicherstellung sind wir auf die gute Nase unserer Zöllner angewiesen oder wir warten darauf, weil wir bereits im Besitz der dafür notwendigen Informationen sind.«

»Und woher erhalten Sie die Informationen?«

»Anonym, von unseren Informanten oder durch unsere Ermittlungen. Dazu aber auch durch die grenzüberschreitende Zusammenarbeit mit Euro- und Interpol.«

Roger fragt weiter nach der Ausbildung der Drogenfahnder und ihrer Arbeitsweise – und erhält auch diesbezüglich vom Chef ›Betäubungsmitteldelikte‹ bereitwillig Auskunft. Ernst Burgener erklärt ihm, dass auch seine Mitarbeiterinnen und Mitarbeiter den normalen Polizeiausbildungsweg zurücklegen, bevor sie sich über Spezialkurse auf Drogen fokussieren.

In der Drogenfahndung agieren seine Leute dann in Zivil, kontrollieren Drogensüchtige wie auch bekannte Wohngemeinschaften mit Abhängigen und arbeiten eng mit dem Rotlichtmilieu zusammen. »Der Fahnder muss die Szene, und vor allem die Eckfiguren dieser Szene, kennen. Ob sie jemanden kontrollieren, bleibt in ihrem Ermessen, doch wenn sie Drogen finden, sind sie verpflichtet zu ermitteln, sonst würde dies unter Begünstigung fallen.«

»Gibt es denn in St. Gallen eine funktionierende Drogenszene?«, fragt Roger nach.

»Was heißt hier funktionierend? Klar haben wir eine Drogenszene. Eine Szene, die oft auch mit der Polizei kooperiert, die Hinweise über neue und konkurrierende Händler gibt und aus deren Umfeld auch mal Informationen zu uns gelangen in der Hoffnung, dass der Zugriff auf Drogen erschwert wird. Dazu kommen Hinweise von Journalisten, die auf eigene Faust recherchieren oder auch Selbstanzeigen. Aber wichtig bleibt der Fahnder, sein Vertrauensverhältnis zu Leuten aus der Szene und sein psychologisches Fingerspitzengefühl.«

»Aber ist es nicht frustrierend, immer wieder von Neuem beginnen zu müssen? Was Sie machen, ist doch eine Sisyphusarbeit!«

»Auf der einen Seite haben Sie nicht ganz unrecht, die Arbeit wird uns nicht ausgehen und wir werden den Drogenhandel und -konsum nie ganz ausschalten können. Doch wir freuen uns über jeden Teilerfolg. Was auch die Höhe der Schwelle anzeigt, die wir uns selber legen. Doch wir haben bereits auch beachtenswerte Teilerfolge erzielen können. Wie zum Beispiel 2011, als wir einen internationalen Kokainhändlerring mit 19 Drogenhändlern ausheben, Händler in St. Gallen, im Vorarlberg und in den Niederlanden festnehmen, ein Kilogramm Kokain sowie 80.000 Schweizer Franken und Waffen sicherstellen konnten!«

»Mit welchen Drogen haben Sie denn hier in der Ostschweiz zu tun, woher kommen diese, St. Gallen ist ja nicht *der* Drogenumschlagplatz wie Zürich.«

»Nun, das ist unterschiedlich, je nach Drogenart. Heroin kommt fast ausschließlich aus Serbien, genauer gesagt, aus *einer* Stadt in Serbien, zu uns. Kokain wird meist von Schwarzafrikanern und immer häufiger von Menschen aus der Dominikanischen Republik bei uns gehandelt. Und dann kommen viele Drogen auch per Post, so rund zwanzig Pakete pro Monat, in die Ostschweiz. Da sind wir natürlich auf die Beobachtungen unserer Zöllner angewiesen, welche auffällige Pakete oder Absender überprüfen oder auch schon mal Drogenhunde einsetzen.«

Roger gibt sich noch nicht zufrieden: »Haben neben den klassischen Drogen auch die neuen, synthetischen Drogen hier schon Einzug gehalten?«

»Die klassischen machen noch immer den Hauptanteil aus, doch tauchen immer mehr auch Amphetamine, Speed, Rosa Speed und Shabu bei uns auf.«

»Synthetische Drogen?«, fragt Roger zur Sicherheit nach.

»Ja, ›Speed‹ und ›Rosa Speed‹ gehören zu den synthetischen Amphetaminen, ebenso wie ›Shabu‹, das sich zu einer der populärsten illegalen Droge auf den Philippinen entwickelt hat und vermehrt auch hier auftaucht. Letztere kommt in Tablettenform zu uns, kleine, orange Tabletten, die versteckt in Behältern mit Lebensmitteln und Kleidern über die Grenze geschmuggelt werden.«

»Und wie sieht es aus mit Drogen aus Osteuropa?«

Ernst Burgener führt aus, dass dieser Anteil im Moment noch klein, aber am Wachsen sei. »Früher waren es junge Frauen, welche diese Drogen aus der Tschechischen Republik, aus Polen und der Slowakei in die Schweiz einführten, heute laufen die Hauptimportwege ebenfalls über den Balkan.«

»Krokodil, Crystal Meth …«

»Bei den Süchtigen taucht ›Krokodil‹ schon mal auf, ist aber eher eine billige Ersatzdroge – übrigens mit fürchterlich zerstörender Wirkung. ›C‹ aus Tschechien ist vor allem an der bayrischen Grenze ein Problem, kommt in der Schweiz noch wenig vor, was sich aber bald sehr schnell ändern könnte. Noch ist hier ›Crystal‹ vermehrt in Tablettenform – im Gegensatz zu Zürich, wo das Pulver bereits überwiegt – erhältlich, doch wird dies zu einem international bedeutenden Thema werden.«

»Auch regional?«

»Ja, auch. Wenn es so weitergeht, werden wir bis Ende des Jahres rund zwanzig Kilogramm Designerdrogen sicherstellen, synthetische Rauschmittel wie ›Crystal Meth‹, ›Popper‹ oder ›Ice‹ überschwemmen immer stärker den Markt. Doch wir sind hier in der Bekämpfung dieses Problems fortschrittlich. Seit Ende 2012 wurden rund einhundert Substanzen und Derivate dem Betäubungsmittelgesetz unterstellt, was ein gezieltes Vorgehen gegen den Handel und Konsum dieser Drogen ermöglicht.«

»Kann man grundsätzlich sagen, dass diese neuen Drogen den traditionellen wie Heroin und Koks den Rang ablaufen?«

»Das würde ich so nicht sagen. Das Problem jedoch ist, dass die synthetischen Drogen wesentlich billiger sind und deshalb die Einstiegsschwelle heruntersetzen. Schüler und Studenten gehören immer mehr zur Zielgruppe der Designerdrogen. Dazu kommt, dass das Risiko dieser Drogen wesentlich höher ist, da durch die Abänderung oder Modifikation des Grundrezeptes die Droge – und damit auch ihre Wirkung – völlig verschieden sein kann. Zudem werden die Drogen auch meist noch gestreckt, wobei die Palette an Streckungsmittel von Kakaopulver bis Zement reicht. Dies erhöht die Unsicherheit nochmals.«

»Ein Pulverfass, auf dem wir sitzen und das kaum zu kontrollieren ist, richtig?«, fasst Roger zusammen.

»Damit haben Sie den Nagel auf den Kopf getroffen«, bestätigt ihn Ernst Burgener.

»Und wie sieht es mit der Wirkung dieser Drogen aus?«

»Vom Schlimmsten! Sie machen sofort süchtig, wirken sofort aufs Hirn, sind eigentlich ein Nervengift, das auch den Alterungsprozess beschleunigen kann oder – wie ›Krokodil‹ – den Körper völlig zersetzt.«

»Herr Marty … Darf ich Sie noch fragen, um was es in Ihrem neuen Krimi geht? Ich habe vom ersten gehört, diesen aber – da muss ich ehrlich sein – noch nicht gelesen.«

»Wie im ersten um einen Mord im Alpstein, doch dieses Mal geht es nicht um ein Wirtschafts-, sondern eben um ein Drogendelikt.«

»Welche Art von Drogen?«

»Ich habe an ›Crystal Meth‹ gedacht, da es sich beim Opfer um eine Osteuropäerin handelt und eine Verbindung zwischen Mord und Drogen, beziehungsweise Drogenhandel, besteht … Oder richtig formuliert: ich diese Verbindung herstellen will«, korrigiert Roger seine etwas übereilige Antwort.

»Gute Idee, eine Droge, deren Aktualität noch wachsen wird, da haben Sie den richtigen Riecher gehabt«, lobt ihn Burgener, um ihn dann auch gleich zu verabschieden. »Mein nächster Termin naht, ich muss unser Gespräch jetzt abbrechen, bitte entschuldigen Sie. War nett, Sie kennengelernt zu haben. Und ich freue mich natürlich dann auf ein Exemplar Ihres Romans!«

»Versprochen, besten Dank!«, verabschiedet sich Roger und beeilt sich, aus dem Gebäude zu kommen. Er wählt den Weg hinunter zur Moosbruggstraße, in der Hoffnung, so Bruno Fässler ausweichen zu können.

Dieser erreicht beinahe zur selben Zeit zusammen mit

seinem engsten Mitarbeiter Max Dörig den Klosterhof, von wo er sich am Empfang den Weg zum Büro des Chefs der Abteilung Betäubungsmitteldelikte erklären lässt.

»Eigentlich ein gutes Zeichen, dass wir deswegen noch nie hier waren«, schmunzelt er Max zu. »Drogenhandel von vielleicht internationalem Ausmaß war ja bei uns oben noch nie wirklich das Thema.«

Von Ernst Burgener erfahren die beiden alles, was sie wissen wollen: Welche Drogen aktuell auf dem Markt sind, welche Wirkungen diese haben, über welche Wege sie in die Schweiz und in die Ostschweiz kommen, wie die Fahnder agieren, mit welchen Fällen seine Abteilung in letzter Zeit zu tun hatte.

»Lieber Kollege Bruno Fässler, du hast die gleichen Fragen wie dieser Krimiautor, der eben hier war. Das ist mir noch nie passiert, dass ich innerhalb zweier Stunden zweimal das Gleiche erklären musste! Doch so wie er mit seinem Krimi hast du ja auch mit deinem vermuteten Mordfall einen aktuellen Anlass, der dich zum Einholen dieser Informationen bewog.«

»Krimiautor? Gleiche Fragen? Aber doch nicht etwa Marty!«

»Roger Marty, doch, genau der. Kennst du ihn?«

»Und ob ich den kenne! Der funkt mir dauernd in meine Ermittlungen rein, das war schon im letzten Jahr so.«

Dann erzählt Bruno seinem St. Galler Kollegen vom aktuellen Fall im Berggasthaus ›Staubern‹, welcher der eigentliche Grund für ihr Gespräch ist. Und von seinen Vermutungen, dass die Motive für den Mord und das Verschwinden der einen Person im Drogenhandel zu suchen sind.

»Und Marty kennt diesen Fall auch?«, fragt Burgener nach.

»Natürlich kennt er den Fall, er war ja die beiden letzten Tage auch auf den Staubern, und einer der ersten am Fundort der Leiche«, bestätigt Max Dörig.

»Aber wir wissen nicht genau, was er sonst noch alles gesehen hat und weiß«, ergänzt Bruno.

»Dann würde ich mich nicht nur auf die Aufklärung des Mordfalles und des eventuellen Drogenhandels beschränken, sondern auch versuchen herauszufinden, wie dieser Roger Marty in den ganzen Fall involviert ist und was er weiß«, gibt Ernst Burgener seinen beiden Appenzeller Kollegen als freundschaftlichen Rat mit auf den Heimweg.

NORDWESTLICH OBERHALB DER ›STAUBERN‹

Valeska sitzt unterhalb des kleinen Felseinschnittes, durch den die Wanderer auf dem Weg Richtung Furgglenfirst und Saxer Lücke nach einem kurzen Anstieg hinter dem Berggasthaus zu einem ersten Abstieg gelangen. Von dort oben hat sie einen herrlichen Überblick über die Staubern, den Staubernfirst bis hin zum Hohen Kasten, aber auch hinunter zum Sämtisersee und zum Plattenbödeli.

Wobei sie sich jetzt im vom Mondlicht schwach beleuchteten Dunkel der Nacht dieses Bild nur vor ihrem geistigen Auge vorstellen kann. Nach dem Intermezzo mit Nik und dem fluchtartigen Verlassen des ›Stüblis‹ braucht sie noch etwas Zeit für sich.

Nik war durch den Haupteingang im Berggasthaus verschwunden, hatte noch etwas von »müde«, »muss ins Bett« und »damit muss ich erst noch zurechtkommen« gemurmelt und war verschwunden.

Valeska war diese Art des Auseinandergehens recht, lange und emotionale Verabschiedungen hatte sie noch nie gemocht. Und schon gar nicht nach einer Nacht, in der es ihr nur um Körperlichkeit und Spaß gegangen war. Zum Glück blieben auch die ihr bekannten und ebenso verhassten Sprüche wie »Wir bleiben in Kontakt« oder »Lass uns Freunde bleiben« aus.

Sie war, nachdem Nik im Haus verschwunden war, noch einige Schritte weitergegangen um den Anschein zu erwecken, dass sie noch nicht ins Haus und ins Bett ging. Als Nik verschwunden war, kehrte sie um, ging in die Gaststube, durch diese in die Küche und hinunter in den Keller, ins ›Stübli‹. Denn nur allzu gerne hätte sie gewusst, wer nach ihr und Nik dieses betreten hat.

Und nachdem sie nach einem kurzen Blick durch die einen Spalt weit geöffnete Tür darüber Gewissheit gewonnen hat, braucht sie erst mal frische Luft. Sie spaziert hinauf zu dem Platz, den sie oft nutzt, um kurz allein zu sein, wenn ihr die Zeit fehlt, um zu den alten ›Staubern‹ abzusteigen.

Noch einmal lässt sie die letzten Wochen und Ereignisse gedanklich Revue passieren. Die Beziehung zu Patrik, die sie so glücklich macht wie schon lange nicht mehr, der erste Kontakt mit ›Crystal Meth‹ und ihre ersten Erfahrungen mit der Droge.

Valeska begann schnell, die Wirkung der Drogen zu genießen, hatte das Gefühl, sich jederzeit im Griff zu haben. Um sich sicher zu sein, schaltete sie immer wieder Tage ›ohne‹ ein – als Beweis, dass es ihr auch ohne ›C‹ gut ging. Und als sie merkte, dass dies funktionierte, lockerte sie wieder die sich selbst auferlegte Abstinenz. Denn diese war ja nicht mehr notwendig, nachdem sie wusste, dass sie auch ohne Drogen leben, gut leben, konnte.

Und dann war ja noch diese Geschichte mit dem Handel. Patrik hatte diesen mit der Agentur ›Go West Jobs‹ in Zürich eingefädelt. Die Lieferungen kamen regelmäßig und zuverlässig, der Absatzmarkt in der Ostschweiz wuchs. Valeska konnte noch nicht viel zum Geschäft beitragen, war auf Patriks Vorleistungen angewiesen. Doch es waren ja auch erst zwei Wochen seit dem Start verstrichen – schon bald würde sie auch ihren Teil zu diesem lukrativen Handel beitragen können.

Ihr Plan ist, ihre Kolleginnen von der ›Agentúra Lepšá Práca ALP‹ zu animieren, noch ein zweites Paket in die Schweiz mitzunehmen und dieses direkt bei ihr abzuliefern. Ein zweites Paket mit Drogen. Dieses würde ihre Abhängigkeit von der Agentur in Zürich mindern. Und gleichzeitig die Chancen auf höhere Gewinne steigern.

Aber auch das Risiko des Handels.

Valeska ist glücklich, fühlt sich wohl hier im Alpstein, in dieser wunderschönen Naturlandschaft. Und sie ist glücklich mit Patrik, liebt ihn und ist gerne mit ihm zusammen. Das was heute mit Nik passierte – oder ehrlicher: was sie mit ihm provozierte – hat für sie nichts mit Untreue oder Verleugnung der Liebe zu Patrik zu tun. Es war eher wie mit ›Crystal‹ – der Drang, ein kurzes Glücksgefühl zu genießen, körperliche Lust zu befriedigen, ohne diese über den Kopf kontrollieren zu wollen, und in eine andere Sphäre abzutauchen.

Mit den gleichen Nachwehen am anderen Morgen: einem Gefühl von Leere, von Ernüchterung, manchmal auch Reue, bis hin zur leichten Depression.

Und der Gewissheit, es trotzdem wieder zu tun.

Zu Hause in der Slowakei war Valeska nicht so, war eher eine scheue, zurückhaltende junge Frau. Eine Frau, die sich schon mal auf Männer einließ, aber eher abwartend war, nie selbst die Initiative ergriff. Und die es genoss, umworben und erobert zu werden.

Doch hier in der Schweiz merkte sie schnell, dass es so nicht funktionierte. Was sicher auch mit ihrem neuen Job als Serviceangestellte zusammenhängt. Denn die Männer, die hier ein Auge auf sie werfen oder mit ihr flirten, kommen nur selten wieder und regelmäßig in den ›Staubern‹ vorbei. Und haben damit meist auch keine Zeit und Muße, lange um sie zu werben. Deshalb hat Valeska schnell begonnen, Signale, auch wenn sie diese nur vermutet, zu erwidern, aktiv ihr Interesse zu bekunden.

So wie bei Patrik.

Doch so, wie sie Nik angemacht hat, hat sie sich selbst noch nie erlebt, das muss sie sich eingestehen. Nicht, dass es sie jetzt, im Nachhinein, stören würde – nein, es ist einfach ein neues Gefühl, eines, das sie bisher noch nicht gekannt hat. Darüber, wie und warum sie in dieser kurzen Zeit diese Änderung durchgemacht hat, will sie sich jedoch keine Gedanken machen.

Sondern einfach genießen, dass sie an Selbstbewusstsein gewonnen hat.

Die Freude war groß, als sich Alena zu Besuch anmeldete. Gleichzeitig aber hatte Valeska das Gefühl, dass mit ihr auch wieder ein Stück Erinnerungen an ihre Heimat, an die Slowakei und an Košice in ihr neues Leben eindringen würde. Die Aussicht auf die Konfrontation mit ihrer Herkunft und Vergangenheit bereitete ihr Unbehagen, machte ihr ein wenig Angst.

Doch als Alena auf den Staubern angekommen ist, sind diese Ängste vergessen – oder zumindest verdrängt. Valeska genießt die Zeit zusammen mit ihrer Freundin, wenn ihr auch nur wenig davon bleibt. »Jede Zeit ist umso kürzer, je glücklicher man ist«, hatte Plinius der Ältere einmal gesagt. Für Valeska gilt jedoch auch das Gegenteil: Je kürzer die Zeit, umso glücklicher muss diese gestaltet werden.

Valeska freut sich, Alena bei sich zu haben – bis zu dem Zeitpunkt, als Alena vom Paket erzählt, das sie im Auftrag der ›Agentúra Lepšá Práca ALP‹ und an ihrer Stelle mitgenommen hat.

Und welches sie geöffnet hat.

Als ihr Alena dies beichtet, bricht für Valeska eine kleine Welt zusammen. Eine Welt, an deren Aufbau sie gerade dran ist. Eine neue kleine und persönliche Welt, die ihr und Patrik eine Zukunft in der Schweiz, in wirtschaftlich stabileren Verhältnissen als zu Hause in der Slowakei, garantieren soll. Die Zukunft in dem Land, von dem früher zu Hause in Anlehnung an den biblischen Spruch erzählt wurde, dass dort Milch und Honig fließen.

Und nun soll – welch Paradoxon – ihre beste Freundin diese, ihre Zukunft gefährden! Durch ein dummes und unüberlegtes Missgeschick, eine Unachtsamkeit. Denn hätte sie Valeska vorher gefragt, hätte sie Alena vor der Gefahr, die daraus entstehen kann, warnen können. Doch dafür ist es nun zu spät.

Valeska genießt die Ruhe an diesem speziellen Ort. Ein Kraftort, der ihr ermöglicht, in sich zu gehen, sich mit sich selber auseinanderzusetzen, ihre Handlungen und Gedanken zu reflektieren. Das, was junge Menschen in ihrem Alter aus ihrer Sicht zu wenig machen. Aus eigener Erfahrung weiß sie jedoch, wie wichtig und hilfreich dies für den Moment wie auch für den weiteren Verlauf des Lebens ist.

In Gedanken versunken genießt sie die Ruhe der Nacht, den Blick auf das unterdessen seit längerer Zeit dunkle Berggasthaus und die Endlosigkeit des Sternenhimmels über ihr.

Bis ein Geräusch sie aus ihren Gedanken holt. Ein Geräusch, das von Schritten stammt, Schritten eines Tieres oder eines Menschen. Schritte, die sich vom Berggasthaus her ihrem Standort zu nähern scheinen. Doch bevor sie auch nur eine Silhouette oder einen Schatten erkennen kann, verstummt das Geräusch wieder, taucht aus anderer Richtung – eher unterhalb der Staubernkanzel – wieder auf. Valeska ist verunsichert.

»Hallo, ist da jemand?«, flüstert sie mehr ins Dunkel als sie ruft.

Keine Antwort.

Valeska dreht sich am Ort um ihre Achse, versucht, sich rundum abzusichern, dass sich ihr niemand unbemerkt nähern kann.

Das letzte, was sie spürt, ist ein kräftiger Stoß gegen ihren Rücken, der sie aus dem Gleichgewicht bringt.

In dem Gefühl, das sie aus Albträumen kennt – der freie, unkontrollierbare Fall ins Leere – verliert sie das Bewusstsein, noch bevor sie den Schrei, den ihre Lippen bereits formuliert haben, ausstoßen kann.

Vom Aufprall viele Meter weiter unten spürt sie bereits nichts mehr.

ST. GALLEN, INSTITUT FÜR RECHTSMEDIZIN

Heinz Brunner, Leiter des Instituts für Rechtsmedizin IRM am Kantonsspital St. Gallen, und Corinna Weber, seine Assistentin, kümmern sich am Montagmorgen als Erstes um die Leiche der jungen Slowakin, welche am Sonntag per Helikopter aus dem Alpstein ins Institut gebracht worden ist. Das Institut für Rechtsmedizin führt zur Hauptsache medizinische und naturwissenschaftliche Untersuchungen im Auftrag von Polizei und Justiz durch – diese Arbeiten bilden neben Abstammungsbegutachtungen, der forensischen Toxikologie und der Verkehrsmedizin das Hauptfeld der täglichen Arbeit.

Während die Legalinspektion, auch ›Leichenschau‹ genannt, bei jeder eingelieferten Leiche routinemäßig durchgeführt wird, brauchte es für die angeordnete Autopsie die Verfügung des Staatsanwaltes – in diesem Fall von Stefan Räss, der zuständigen Innerrhoder Instanz.

Während Heinz Brunner zuerst mit der genauen Untersuchung der Leiche beginnt, bei der es um die Überprüfung der sicheren Todeszeichen und auch um eine gründliche äußere Besichtigung sämtlicher Körperregionen und Körperöffnungen des Leichnams geht, bestimmt seine Mitarbeiterin Corinna Weber gleichzeitig die DNA-Spuren. Da jedoch eine Autopsie verfügt wurde, verzichtet Heinz auf eine vollständige Entkleidung, um eventuell noch vorhandene Spuren zu schützen.

»Kein Sexualdelikt, der Körper ist vollständig bekleidet«, murmelt Heinz Brunner bei der Begutachtung der Leiche vor sich hin.

»Wonach sieht es denn aus?«, fragt Corinna nach.

»Die Platzwunde am Hinterkopf lässt darauf schließen, dass das Opfer rückwärts auf einen harten, aber nicht kantigen oder spitzen Gegenstand geprallt ist. Aufgrund der Situation, die du mir am Fundort geschildert hast, die Sitz- oder Eckbank, auf dieser muss ihr Kopf aufgeschlagen haben.«

Corinna beugt sich über die auf dem Bauch liegende Leiche. »Aufgeplatzte Wunde mit Quetschungsanteilen, aber keine Knochenverletzungen, Blutergüsse oder weitere Gewebeprellungen zu erkennen. Die im Gegensatz zu Schnittwunden unregelmäßigen Ränder und der starke Blutverlust sind jedoch klare Indizien für eine stumpfe Verletzung. Die Wunde ist zudem glatt begrenzt, nicht verunreinigt, die Wundränder scheinen gut durchblutet gewesen zu sein«, fasst Corinna zusammen.

»Sehr gut Corinna, deshalb bezeichnet man ja die Platzwunde auch als Riss-Quetsch-Wunde, die besonders gefährlich ist, wenn sie, wie in unserem Fall, im Kopfbereich auftritt. Denn sie blutet nicht nur stark, sondern kann auch gefährliche Folgeverletzungen nach sich ziehen.«

»Was denkst du, war diese Verletzung todesursächlich?«

»Ich denke nicht, doch genau kann ich das erst nach der Autopsie sagen. Erst dann wird sich zeigen, ob es noch zu einer Gehirnquetschung oder -prellung gekommen ist. Denn nur ein Schädel-Hirn-Trauma dritten Grades, einhergehend mit einer längeren Bewusstlosigkeit von über 60 Minuten, verursacht durch Einklemmung des Gehirns durch Blutungen, Ödeme oder ähnliche Vorgänge, wäre tödlich. Das Hirn ist der einzige größere Körperteil, welcher fast vollständig durch Knochen umgeben ist. Dadurch kommt es bei einer Schwellung des Hirns zu einem Druckanstieg in dieser geschlossenen Kammer, was zu einem Koma oder eben zum Tod führen kann. Und eine schnelle Entlastung des Gehirns durch Öffnung oder temporäre Entfernung eines Teils der Schädeldecke war ja in diesem Fall nicht möglich.«

»Das heißt, dass das Opfer nach dem Sturz einfach mal nur ohnmächtig war. Aber immer noch lebte?«

»Richtig – oder besser: ja, vermutlich«, bestätigt Heinz Brunner.

»Was war denn deiner Meinung nach die Todesursache?«

»Ersticken! Genauer gesagt äußeres Ersticken, da der Sauerstoffaustausch in den Lungen behindert wurde, in diesem Fall vermutlich durch mechanische Behinderung der Atemwege, das heißt durch den Plastiksack, welcher dem Opfer über den Kopf gestülpt wurde. Dadurch kommt es zu einer Mangelversorgung der inneren Organe und des Gehirns mit Sauerstoff. Durch die daraus folgende Schädigung der Zellen entstehen irreversible Zellschäden, welche zum Zusammenbruch der Körperfunktionen führen. Denn das Gehirn ist das Organ, das auf Sauerstoffmangel am sensibelsten reagiert. Nach bereits acht bis zehn Sekunden unterbrochener Sauerstoffzufuhr tritt Bewusstlosigkeit ein, nach zirka zehn Minuten erlöschen alle anderen Körperfunktionen, der Tod tritt ein.«

»Wobei sich bei tieferer Körpertemperatur die Zeiten verlängern können, weil sich die Stoffwechselreaktionen verlangsamen. Denn selbst nach der Atmung kann das Herz noch bis zu zehn Minuten schlagen und deshalb auch nach längerem Sauerstoffmangel noch wiederbelebt werden, selbst wenn das Gehirn schon klinisch tot, das heißt, irreversibel geschädigt ist«, ergänzt Corinna.

Die beiden diskutieren gemeinsam die Folgerungen, die aus diesen Erkenntnissen gewonnen werden können.

»Wenn wir davon ausgehen, dass das Opfer nach dem Sturz – wobei es für unsere Untersuchungen nicht relevant ist, ob dieser selbstverschuldet oder durch Fremdeinwirkung geschah – maximal eine halbe Stunde ohnmächtig war und ihm dann der Plastiksack über den Kopf gestülpt wurde, können wir daraus schließen, dass der Tod bereits einige Minuten später eingetreten ist.«

»Da sie sich nicht mehr wehren konnte?«

»Ja, das spielt sicher eine Rolle. Aber auf die Minute genau können wir das eh nicht bestimmen, wir wissen ja nicht, wie gut der Plastiksack wirklich abgedichtet war, wie viel Sauerstoff sich in diesem befand und wie lange das Opfer aufgrund der körperlichen Konstitution in der Lage war, ohne Sauerstoff zu überleben.«

»Aber für das Ersticken war ja nicht nur der Sauerstoffmangel, sondern auch die gleichzeitige Behinderung der Abatmung von Kohlendioxid verantwortlich!«

»Ja richtig, wobei die Anzeichen dieses sogenannten hyperkapnischen Erstickens – Erhöhung des Atemstimulus, Atemnot, Angst, Selbstrettungsversuche und Erstickungskrämpfe aufgrund der bereits bestehenden Ohnmacht des Opfers entfielen. Was wir aber erkennen können, sind die typischen Stauungsblutungen in der Gesichtshaut, den Augenbindehäuten und der Mundschleimhaut, die Zyanose – die bläuliche bis violette Färbung – sowie eine Dunsung des Gesichts. Alles weitere muss und wird die Autopsie zeigen.«

»Das würde heißen …« Corinna überlegt einen Moment. »Wenn das Opfer in ohnmächtigem Zustand aufgefunden, ihm ein Plastiksack über den Kopf gestülpt und es so zum

Fundort in die ›alten Staubern‹ getragen wurde, starb es während des Transportes, konnte sich nicht mehr wehren. Und die Täterin oder der Täter hat vermutlich nicht realisiert, dass sie oder er einen noch lebenden Menschen auf den Schultern hatte, der auf dem Weg zum vermeintlichen Versteck gestorben ist? Denn eine Tötung war ja mit größter Wahrscheinlichkeit auch nicht die Absicht dieses Transportes. Unvorstellbar!«

»So traurig und brutal es klingt, Corinna, du hast recht«, muss Heinz Brunner eingestehen, »wobei dies das Opfer nicht merkte – sofern es wirklich die ganze Zeit über bis zum Eintreten des Todes ohnmächtig war.«

»Doch wer wäre in der Lage, einen leblosen Körper über diese Distanz zu transportieren? So wie die Spurensicherung beziehungsweise der Hundeführer rapportiert hat, waren ja nur wenige Blutspuren zu finden, was darauf hinweist, dass die Täterin oder der Täter das Opfer nie abgestellt hat.«

»Das Opfer ist knapp fünfzig Kilogramm schwer, eigentlich nicht viel … Aber wenn der Körper selbst keine Spannung aufbauen und beim Tragen nicht mithelfen kann, zum Beispiel durch Halten oder Klammern, werden daraus schnell einmal gefühlte siebzig Kilogramm …«

»Damit muss es ein Mann oder eine sehr kräftige Frau gewesen sein! Wobei er oder sie für diese Parforceleistung über sich hinausgewachsen sein muss.«

»Oder aber es waren zwei Personen«, bemerkt Heinz Brunner kurz und trocken.

GASTHAUS STAUBERN, ›STÜBLI‹

Alena hält es nicht aus in ihrem Zimmer, sie muss unbedingt nochmals runter ins ›Stübli‹, will sehen, ob Valeska oder sonst wer noch dort ist.

Den Abend mit Roger hatte sie genossen, sehr genossen. Vor allem nach dem letzten Gespräch mit Valeska, in dem sie erfahren musste, dass ihre beste Freundin ebenfalls im Drogenhandel mitmischt, den sie über das Öffnen des Paketes, welches ihr die ›ALP‹ mitgegeben hatte, entdeckt hatte.

Diese Erkenntnis bereitet Alena Angst. Mehr Angst als die Bemerkung von Valeska, die ihr suggerieren will, dass sie selbst in Gefahr sei, weil sie das Paket geöffnet habe. Aber Valeska ist *jetzt* in Gefahr. Auch wegen ihr. Denn mit ihrer Handlung hat sie die schlafende Organisation, die hinter dem Handel steht, geweckt. Und diese wird nun, da ist sich Alena sicher, ihr ganzes Netz überprüfen und dabei auch auf Valeska stoßen. Unabhängig davon, ob Valeska ihren Handel mit dieser Organisation oder allein betreibt – es kann und wird gefährlich für sie werden. Denn handelt sie mit der Organisation, ist sie die direkte Verbindung zum Leck, zu ihr. Handelt sie aber selber, kommt die Organisation über sie darauf, dass ihr aus den eigenen Reihen Konkurrenz entstanden ist.

Alena hat auch bemerkt, wie sich ihre Freundin verändert hat. Wie aus der eher scheuen, zurückhaltenden Studentin eine selbstsichere, offensiv kommunizierende und handelnde junge Frau geworden ist.

Und dass diese Veränderung nicht auf eine natürliche Entwicklung zurückzuführen ist.

Dazu kommt die Abhängigkeit von Patrik – ein Wort, welches das Verhältnis zwischen den beiden für Alena besser charakterisiert als Beziehung. Durch ihn ist sie auf Drogen gekommen, über ihn kommt sie zu diesen, mit ihm konsumiert sie diese. Dazu kommt noch die körperliche Abhängigkeit, die wohl nur er, der selber Drogen nimmt, wirklich verstehen – und auch befriedigen – kann.

Valeska war an diesem Abend anders, als Alena sie in Erinnerung hatte. Sie hatte sie beobachtet, wie sie den Tisch mit den jungen Leuten bediente, hatte schnell bemerkt, dass Valeskas Fokus auf einer Person lag, analysierte die nonverbale Kommunikation ihrer Freundin, die mehr verriet als die Worte, die sie eh nicht hören konnte.

Und die Zeichen waren eindeutig. Deshalb überraschte es Alena auch nicht, als Valeska es vorzog, nach Arbeitsschluss zur Gruppe im ›Stübli‹ zu stoßen, statt mit ihr den Rest des Abends zu verbringen.

Doch auch das war atypisch und entsprach nicht der Valeska, welche Alena in Erinnerung hatte.

Deshalb redete sich Alena auch heraus, als Valeska sie aufforderte, mitzukommen. Die alte Masche – ihre sprachlichen Probleme, sich auszudrücken, und das mangelnde Verständnis der deutschen Sprache – wirkte auch dieses Mal.

So konnte sie den Abend weiterhin mit Roger verbringen und sich mit ihm auf Englisch unterhalten. Eine Unterhaltung, die sie genoss. Roger ist für sie eine Art Vaterfigur, ein Mensch, mit dem sie über alles reden konnte – zumindest über fast alles –, der auch mal neue Aspekte oder philosophische Betrachtungsweisen in ein Gespräch bringen konnte.

Und der sich auch für sie, ihre Gedanken und Gefühle, zu interessieren schien.

Umso mehr war sie dann enttäuscht, als sie merkte, dass es weniger ihre Gedanken und Gefühle waren, die Roger wirklich interessierten, als vielmehr ihr Körper, auf den er es abgesehen hatte. Auch wenn er zu beteuern versuchte, dass es mehr war, auch wenn er versprach, den Kontakt zu ihr auch nach ihrer Rückkehr in ihre Heimat aufrechtzuerhalten, ihr eine gemeinsame Zukunft zu versprechen versuchte.

Erst als er endlich merkte, dass sie sich nicht für eine schnelle Nummer überzeugen ließ und er zurück ins Zimmer ging, fühlte sich Alena wohler. Nicht, dass sie Angst vor Roger gehabt hätte, es war vielmehr ihre eigene Unfähigkeit, sich von einem Menschen abzugrenzen, den sie gerne hatte, der aber diese Botschaft anders interpretierte, als sie diese ausgesendet hatte.

Sie blieb noch einen Moment im Freien, folgte dann Roger in sicherem Abstand ins Berggasthaus und ging in ihr Zimmer. Es war bereits gegen ein Uhr, eigentlich Zeit, um zu schlafen. Doch sie fand keine Ruhe, hielt es dort kaum aus. Ihre Gedanken kreisten weiter um Valeska, mehr als um Roger.

Deshalb entschloss sie sich, nochmals runterzugehen, nachzuschauen, was im ›Stübli‹ noch lief. Als sie hinunter in die Gaststube gehen wollte, hörte sie mehrere Stimmen, die scheinbar vom ›Stübli‹ auf dem Weg in die Zimmer waren. Deshalb wählte sie den Weg durch die Eingangstür und außen am Gebäude hinunter zur Außentür, die in den Raum führt.

Von dort aus beobachtete sie das beinahe leere ›Stübli‹, in welchem sich nur noch Valeska und Nik befanden. Alena sah, wie sich auch Nik verabschiedete und Valeska allein zurückließ. Und wie diese das Licht löschte, das ›Stübli‹ aber scheinbar nicht verließ. Alena wartete eine knappe halbe Stunde, was nun wohl passieren würde.

Nichts geschah.

Gerade in dem Moment, in welchem sie sich entschloss, zu Valeska in den Raum zu gehen, die Türklinke bereits in der Hand hatte und diese leicht nach unten drückte, hörte sie Schritte, die sich vom First her näherten. Schnell verschwand sie um die Hausecke herum, um nicht gesehen zu werden. Sie hörte noch Valeska, welche »Nik? Nik, bist du es?« flüsterte, jedoch keine Antwort erhielt, sah jemanden in den Raum eintreten und erneut Valeskas Stimme: »Nik? Nik, so sag doch etwas?«

Die Silhouetten, die zu einer verschmolzen, schienen der Beobachterin zu verraten, was drinnen wohl ablief. Umso erstaunter war Alena, als die beiden wenig später das ›Stübli‹ wieder verließen. Sie entschloss sich, ihnen nicht zu folgen, da sie zu wissen glaubte, was nun folgen würde.

Alena war enttäuscht. Enttäuscht über ihre beste Freundin, über deren Veränderung, über deren – wie es Alena empfand – unmoralisches Verhalten.

Sie wollte diesem Treiben nicht mehr länger zuschauen und zog sich frustriert in ihr Zimmer zurück. »Wenn das zur Aufgabe einer Saisonservicemitarbeiterin gehört, bleibe ich nächstes Jahr doch besser zu Hause«, ging es Alena durch den Kopf. Was sie gesehen und mit Valeska in den letzten Stunden erlebt hatte, überstieg ihre Fähigkeiten, unerwartete Situationen und Veränderungen schnell zu verarbeiten.

Lange hielt sie es in ihrem Zimmer nicht aus, die Gedanken waren zu stark, als dass sie schlafen könnte. Die Decke schien ihr auf den Kopf zu fallen, sie musste raus. Raus, einfach nur raus!

Als sie das Berggasthaus verließ, sah sie, wie sich zwei Personen, eng umschlungen, den ›Staubern‹ näherten. Das müssen Valeska und Nik sein! Schnell verschwand sie um die Ecke, um nicht gesehen zu werden. Die beiden blieben kurz stehen, redeten miteinander, wobei Alena nichts verstehen konnte, und verschwanden hinter dem Haus.

Alena war sich sicher, dass das ›Stübli‹ ihr Ziel ist.

Da sie sich nicht wagte, den beiden zu folgen, nahm sie den Weg durch das Hausinnere und durch die Küche. Vor dem ›Stübli‹ blieb sie stehen, lauschte an der Tür, was wohl drinnen geschehen würde. Sie hörte die Stimmen von Valeska und Nik und Geräusche, die selbsterklärend waren für das, was drinnen abläuft.

Alena setzte sich vor die Tür, grub ihren Kopf in die Hände. Sie war einfach nur traurig, konnte die Tränen nicht mehr unterdrücken. Sie verharrte eine Weile so, bevor sie sich überwand, wieder zurück in ihr Zimmer zu gehen. Langsam ging sie durch den dunklen Keller zurück, überlegte, wie sie Valeska am Morgen ansprechen und ihr sagen könnte, wie sie sich heute gefühlt hatte. Da plötzlich drehte sie sich um, ging schnurstracks auf die Tür zum ›Stübli‹ zu, bereit, sich Valeska heute und jetzt zu stellen.

Als sie die Tür erreichte, hörte sie, dass die beiden drinnen im ›Stübli‹ dieses scheinbar fluchtartig verlassen. Sie öffnete die Tür, machte Licht, doch niemand war zu sehen. So löschte sie sofort wieder das Licht und sah deshalb nicht, wer den Raum durch die gleiche Tür, die sie benutzt hatte, betrat.

Sie spürte von hinten zwei kräftige Hände, welche ihre Schultern fassten, sie umdrehten und versuchten, sie an sich zu ziehen. Erstaunt und sprachlos blickte sie in die Augen von Roger, konnte es nicht fassen, dass er ihre klaren Signale, die sie ihm draußen gesendet hatte, noch immer nicht verstanden hatte. Noch bevor sie das, was sie ihm erneut sagen wollte, über die Lippen bringen konnte, erkannte sie, dass Rogers Blick leer war, sie zu durchdringen schien. »Worte nützen hier nichts«, schoss es ihr durch den Kopf. Sie wehrte sich mit allen Kräften, versuchte, ihre Hände und Arme zwischen sich und Rogers Körper zu bringen, Distanz zu halten, stieß sich von ihm ab. Ohne ein Wort zu sagen.

Da plötzlich ließ der Zug ihres Gegenübers nach, Alena taumelte rückwärts, stolperte und fiel.

Sie spürte noch den dumpfen Schlag auf ihren Nacken, bevor es ihr schwarz vor Augen wurde und sie in eine tiefe Bewusstlosigkeit abtauchte.

APPENZELL, UNTERES ZIEL

Bruno und Roger sitzen in Brunos Büro am Standort der Kantons- und damit auch der Kriminalpolizei Appenzell Innerrhoden. Dieser befindet sich im Unteren Ziel, nahe des Zentrums von Appenzell und wenige Meter von der Umfahrungsstraße entfernt, welche vom Kreisel bei der Zielstraße zum neuen Kreisel führt, der die Umfahrungsstraße mit der Verbindung vom Sammelplatz nach Wasserauen verbindet.

Sie haben Roger für ein Gespräch nach Appenzell eingeladen, nachdem sie den Hinweis ihres St. Galler Kollegen Ernst Burgener ausgiebig diskutiert hatten. Wie ist Marty wirklich in diesen Fall involviert, was hat er mit diesem zu tun?

Roger stimmte einem ›Gespräch‹ sehr schnell zu, nachdem ihm Bruno am Telefon versichert hatte, dass es kein Verhör auf Basis eines Verdachtsmomentes sei. Wobei sich Bruno bewusst war, dass er mit dieser Aussage die Wahrheit mindestens etwas zu seinen Gunsten gedreht hatte.

Nach der Unterredung mit dem Chef der Abteilung Betäubungsmitteldelikte hatten Max und er noch überlegt, ob sie Roger Marty gleich anrufen und ihn stellen sollten, hatten dann aber diesen Gedanken schnell verworfen. »Wenn wir das Gespräch hier in St. Gallen durchführen, geben wir den Heimvorteil im ›Unteren Ziel‹ auf«, hatte Bruno begründet. Und dieses Argument hatte auch Max überzeugt.

Noch bleibt den beiden Kriminalpolizisten etwas Zeit, bis Roger eintrifft – Zeit, nochmals die letzten Stunden auf den Staubern zu reflektieren. Nach dem Gespräch mit Janine hatte Max sofort Kontakt zu Markus Tobler aufgenommen, der glücklicherweise noch immer auf der Terrasse saß. Nach seiner erfolgreichen Spurensuche – beziehungsweise nach dem Erfolg seines Vizslas Marek von der Moren – hatte er sich entschieden, diesen schönen Sommertag noch eine Weile in der Höhe und an der Sonne zu genießen.

Als ihn Max fragte, ob er nochmals eine Spurensuche mit Marek durchführen könne, sagte er nur nach vielen Vorbehalten zu: »Es ist bereits Mitte Nachmittag, seit dem ersten Versuch am Morgen sind schon sehr viele Leute hier vorbeispaziert, die Temperatur hat sich auch stark verändert, Winde wehen seit den frühen Morgenstunden, das ist für Marek ein kaum lösbare Aufgabe! Vor allem dann, wenn es, wie wir vermuten, um eine Leiche geht!«

»Wir erwarten auch nicht, dass es wirklich klappt, aber einen Versuch ist es sicher wert«, hatte Max versucht, den Erwartungsdruck abzuschwächen. Worauf sich Markus dann doch bereit erklärte, es zu versuchen.

So ließ er Marek den Geruch von Valeska in deren Zimmer aufnehmen und ihn auf der Terrasse, von wo Max die Gäste für eine kurze Zeit in die Gaststube gebeten hatte, herumschnüffeln. Dann führte er seinen Vizsla in Richtung Staubernfirst, wo Marek schnell eine Spur aufzunehmen schien, diese aber schon nach kurzer Zeit wieder verlor.

Resigniert kehrte Markus Tobler mit Marek zu Max zurück, der die beiden von der Terrasse aus beobachtet hatte. »Keine Chance, wie vermutet.«

»Einen Versuch war es wert, Markus. Versuch es doch noch auf der oberen Seite des Hauses, vielleicht findet er ja dort noch eine Spur.«

Markus' Nicken verrät wenig Zuversicht, doch trotzdem nimmt er nochmals einen Anlauf. Und ist selber überrascht, wie schnell sein Hund wieder eine Spur aufnimmt. Dieser folgt dem Weg, welcher Richtung Furgglenfirst und Saxer Lücke führt, kehrt einige Male um, dreht sich wieder, nimmt scheinbar die Spur wieder auf. Doch schon unterhalb des Felseinschnittes, durch welchen der Weg führt, verliert er die Spur wieder, dreht sich im Kreis, schnüffelt immer wieder an der gleichen Stelle, ohne jedoch eine Fortsetzung der Spur zu finden. Markus lobt seinen Hund, gibt ihm eine kleine Belohnung und winkt Max, der ihm in einigem Abstand gefolgt ist, zu sich.

»So Max, mehr können wir beide nicht mehr tun. Die Gesuchte scheint hier an diesem Ort gewesen zu sein. Wann, kann ich aber nicht genau sagen. Vielleicht finden ja deine Leute vom FND noch etwas heraus.« Dann zeigt er Max, was ihm als erfahrenen Hundeführer, der wohl die Nasenarbeit seinem vierbeinigen Gefährten überlässt, aber trotzdem seine Augen bei der Suche unterstützend einsetzt, aufgefallen ist. »Hier sind Spuren auf dem Boden, die darauf hinweisen, dass sich jemand für längere Zeit an diesem Ort aufgehalten hat, sich im Stand in verschiedene Richtung orientiert hat, ansatzweise sind noch Schuhspuren zu erkennen, die in verschiedene Richtungen weisen.«

»Gut beobachtet«, lobt Max seinen Kollegen und lässt seinen Blick weiter in der Umgebung schweifen. »Hier hinten«, zeigt er auf eine Kette von Sträuchern, welche den Grat gegen die nördliche Seite abgrenzen, »hier hinten sind einige gebrochene Äste zu erkennen. Als wäre jemand durch diese Legföhren gestiegen oder durch diese …«

»… hinuntergestoßen worden«, ergänzt Markus Tobler.

Der FND sichert dann anschließend die Spuren, die noch erkennbar sind. Viel ist es nicht: einige Fußabdrücke, die von derselben Person zu sein scheinen, und weitere Fußspuren, die jedoch alle wegen ihrer Vielfalt und ihrer Ausprägung kaum zuzuordnen sind. Und auch die Vermutung von Max und Markus bestätigt sich – in den Sträuchern sind klare Anzeichen dafür zu erkennen, dass hier jemand oder etwas diese gewaltsam durchquert hat.

Mit Unterstützung der Rettungskolonne Appenzell sucht dann die Polizei den Nordhang oberhalb des Berggasthauses ab, erfahrene Alpinisten seilen sich dort ab, untersuchen den Hang und das Felsband Richtung Rainhütte hinunter.

Und dort findet man dann auch den zerschmetterten Körper einer jungen Frau, die einwandfrei und schnell als die vermisste Valeska Hovorka identifiziert werden kann. Ihre Leiche wird ebenfalls zur weiteren Untersuchung in die Rechtsmedizin nach St. Gallen gebracht, wenn es auch klar scheint, dass die Todesursache auf die Folgen des Sturzes zurückzuführen ist.

Doch was Bruno interessiert, ist, wie es zu diesem Sturz gekommen ist. Und ob Fremdeinwirkung oder Drogen im Spiel waren.

»Störe ich?«, werden die beiden aus ihrer Diskussion und Reflexion der Ereignisse aus jüngster Vergangenheit wieder in die Gegenwart geholt. In der Tür steht Roger Marty, der pünktlich zum vereinbarten Termin im ›Unteren Ziel‹ eingetroffen ist.

»Keineswegs«, begrüßt ihn Bruno, »wir haben Sie ja erwartet, nehmen Sie doch Platz.«

»Danke die Herren, da bin ich froh. Was wollen Sie von mir wissen?«, eröffnet Roger das Gespräch.

»Nun, Herr Marty, uns würde interessieren, was Sie vom Mordfall Alena Selnická und vom Tod von Valeska Hovorka halten«, formuliert Bruno Fässler seine Fragen.

»Zwei tragische Todesfälle, unbestritten, aber mindestens einer davon kommt nicht so überraschend.«

»Der von Alena oder der von Valeska?«

»Der von Valeska.«

»Warum Valeska?«, hakt sich Max ein, »und zeigen Sie uns nicht wieder den Vogel – ich meine *Ihren* Vogel, Herr Marty.«

»Nun, unterdessen wissen Sie ja auch, dass Valeska Drogen genommen hat. Und scheinbar nicht nur genommen, sondern auch mit diesen gehandelt hat. Da ist doch naheliegend, dass sie früher oder später auf unnatürliche Weise umkommt – entweder durch den Konsum oder weil sie als neue Konkurrentin in den Markt eingedrungen ist oder die bestehende Hierarchie in der Händlerstruktur missachtet hat.«

»Und welche der beiden Möglichkeiten sehen Sie als die wahrscheinlichere an?«

»Vielleicht eine dritte als Kombination aus den beiden?«, fragt Roger zurück.

»Valeska wird wegen ihrer Tätigkeit als Drogenhändlerin umgebracht, stirbt aber nur, weil sie auch selber Drogen nimmt? Meinen Sie das, Herr Marty?«

»Dem ersten Teil kann ich zustimmen, beim zweiten bleibt die Frage offen, ob nur ihr Drogenkonsum oder aber auch ihr Weg in die Drogenszene mitbestimmend war.«

»Sie meinen, durch *wen* Valeska in die Drogenszene gekommen ist«, vergewissert sich Max.

Roger Marty bleibt stumm, lächelt.

Bruno merkt, dass in dieser Fragerunde alles gesagt ist, was es zu sagen gibt und schlägt eine zweite Richtung ein: »Und Alena?«

»Alena wurde aus meiner Sicht Opfer eines unglücklichen Zufalls, des Aufeinandertreffens unglücklicher Umstände.«

»Sie war einfach zum falschen Zeitpunkt am falschen Ort?«, will Bruno wissen.

»So kann man es ausdrücken, ja«, bestätigt Roger.

»Doch gibt es ein mögliches Motiv, oder war wirklich alles nur Zufall?« Max kann und will es nicht glauben, dass ein Mensch ohne Motiv umgebracht wird, nur, weil er zum falschen Zeitpunkt am falschen Ort war.

»Ich denke, auch wenn Sie dies nicht gerne hören, dass es ein Beziehungsdelikt war. Wobei es ja nicht unbedingt unserem traditionellen Denken von Beziehung zwischen Mann und Frau entsprechen muss.«

»Sie glauben, dass Alena lesb…«, interveniert Max.

Roger lacht. »Nein, nein, Herr Dörig, ich denke da eher an eine *freundschaftliche* Beziehung zwischen zwei Frauen.«

»Eifersucht zwischen Valeska und Alena? Sie waren doch die engsten Freundinnen!« Bruno sieht keine Logik in der Aussage von Roger Marty. Und sieht gleichzeitig wieder die Felle in seinem Fall entschwinden. Denn wenn Marty recht hat und zum Beispiel Valeska ihre Freundin umgebracht hätte und dann wenig später– ob mit oder ohne Fremdeinwirkung – abgestürzt ist, hat er wiederum kaum oder keine Möglichkeit, einen Täter dingfest zu machen.

»Gäbe es nicht noch eine andere Möglichkeit?«, fragt Bruno halblaut.

»Doch, natürlich«, erwidert ihm Roger, »auf der Beziehungsebene wäre ja auch möglich, dass beide Frauen den gleichen Mann begehrten oder vom gleichen Mann begehrt wurden.«

»Doch welcher Mann, Patrik kommt dafür ja kaum in Frage, er war ja über das maßgebende Wochenende nicht auf den Staubern.«

»Dann blieben ja nur noch Sie übrig, der die beiden Frauen gekannt hat und mit ihnen in Kontakt war.« Jetzt ist es Max, der lacht.

Da Roger Marty nicht auf Max' Aussage reagiert, versucht Bruno, der Rogers Reaktion ganz genau beobachtet, das Gespräch erneut in eine neue Richtung zu lenken: »Lassen Sie uns nochmals den zeitlichen Ablauf rekonstruieren, Herr Marty, und erzählen Sie uns, wann Sie die beiden Frauen gesehen haben oder mit ihnen zusammen waren.«

Roger Marty braust kurz auf: »Das habe ich Ihnen doch alles schon einmal erzählt!«

»Ich weiß, Herr Marty, aber vielleicht haben ja Sie oder wir etwas übersehen«, versucht Bruno zu beruhigen.

»Okay, gesehen hab ich Valeska gegen halb zwölf, als sie ins ›Stübli‹ ging, Alena bis knapp vor ein Uhr, als wir uns draußen trennten und sie ins Bett ging.«

»Anschließend nicht mehr?«, fragt Max nach.

»Nein, nachher nicht mehr. Aber ich kann mir gut vorstellen, dass Alena nicht ins Bett ging beziehungsweise auf ihrem Zimmer blieb. Sicher wollte sie wissen, was Valeska macht, wie sie den Abend zusammen mit der Gruppe erlebt. Denn für Alena war offensichtlich, dass sich ihre Freundin wesentlich verändert hat, sie muss gespürt oder gar gewusst haben, dass sie Drogen nimmt. Und vermutlich wollte sie auch wissen, wie sich Valeska nun in Gesellschaft … in Gesellschaft anderer Männer … verhält.«

»Wie kommen Sie auf diese Vermutungen?« Bruno ist irritiert.

»Beobachtung … und ein Weiterdenken dessen, was ich gesehen habe. Wobei es für mich etwas einfacher zu sein scheint, da ich in meine Welt der Fiktion, in meine Romanwelt, abtauchen und dort die Handlung weiterentwickeln kann. Wie sich die Handlung weiterentwickeln könnte, ohne Anspruch auf Realität.«

»Und wie trennen Sie Realität und Ihre Fiktion, wie bringen Sie Ihre Fiktion wieder zurück in die Realität?«, fragt Max nach.

Rogers Stimme wird ruhig, nachdenklich: »Das ist genau der Punkt, die große Schwierigkeit. Vor allem dann, wenn das, was ich gedanklich in der Fiktion weiterentwickelt habe, sich in der Realität wirklich einstellt. Dann bin ich mir oft nicht sicher, wie und was ich durch mein Denken beeinflusst habe. Oder was in der Fiktion und was in der Realität passiert ist.«

Max und Bruno schauen sich wort- und verständnislos an.

ST. GALLEN, FORENSISCH-NATURWISSENSCHAFTLICHER DIENST

Christoph Schmid freut sich wie immer am Montag wieder zur Arbeit gehen zu können, obschon der Einsatz auf den Staubern ihm einmal mehr einen freien Sonntag geraubt hat. Wie üblich nach einem solchen Aufgebot fuhren er und sein Mitarbeiter Harry Ackermann nicht direkt nach Hause, sondern zuerst noch in den FND an der Moosbruggstraße in St. Gallen, um dort ihre Proben, die sie gesammelt hatten, zu deponieren, damit sie am Montag in der Früh direkt mit der Analyse beginnen können.

Christoph, Forensiker mit Leib und Seele, freut sich auf die neue Herausforderung, die ihn erwartet und ihn über die nächsten Tage beschäftigen wird.

Und es erfüllt ihn mit Stolz, dass er es, auch wenn er ohne wissenschaftlichen Hintergrund in diese Aufgabe hineingewachsen ist, bis zum Leiter dieser Abteilung geschafft hat. Eine Aufgabe, die ihn nach wie vor mit viel Enthusiasmus erfüllt.

Wie immer zieht er, nachdem er die Räumlichkeiten im ersten Stock betreten hat, die Schuhe aus. In Socken, ohne Hausschuhe oder Schuhe, fühlt er sich am wohlsten in seinem kleinen Reich voll neuester Technologie, in welchem aber nach wie vor das Gespür, die Intuition, eine wichtige Rolle spielt.

Am vermeintlichen Tatort im ›Stübli‹ hatten sie die Blutspuren, Fuß- und Fingerabdrücke gesichert, einige wenige textile Fasern gefunden und mittels Streiflicht, welches über Lumineszenzen – Stoffe, die sichtbar sind, ohne dass sie brennen oder glühen – weitere Spuren auf dem festem Untergrund erkennbar gemacht.

Diese Spuren gilt es nun zu analysieren, zuerst die Fingerabdrücke. Christoph und Harry haben einige Spuren gefunden, doch nur die wenigsten sind wirklich verwendbar, da bei den meisten Abdrücken klare Papillarlinien, welche die eindeutige Zuordnung definieren, fehlen. Am eindeutigsten scheinen Christoph Schmid noch die auf dem Plastiksack, welcher über den Kopf des Opfers gestülpt war, und auf dem Klebeband, welches dieses am Hals fixierte. Denn diese sind relativ frisch und viele davon auch deckungsgleich.

Zuerst konzentrieren sie sich auf die Spuren auf dem dunklen Plastiksack. Da diese jedoch nicht erkennbar, sondern nur vermutet und durch die Schweißübertragung vorerst unsichtbar, das heißt latent vorhanden, sind, gilt es zuerst, diese sichtbar zu machen. Dies macht Christoph durch Bestäuben mit Argentorat oder Aluminiumschliff, einem silberfarbenen, industriell hergestellten Aluminiumpulver von sehr hohem Feinheitsgrad. Mit einem weichen Pinsel bestreicht er vorsichtig und dünn die Stelle, an der er den Abdruck vermutet, und macht diesen dadurch erkennbar. Mit einer Schwarzfolie zieht er die Spur ab, indem er die Klebeschicht unter Vermeidung von Luftblasen auf die Spur drückt. Nach Abnehmen der Klebeschicht wird die Deckfolie zum Schutze der Spur wieder aufgeklebt. Noch solange die Folie auf der Spur klebt, bezeichnet Christoph mit einem Pfeil, wo beim Spurenträger, dem Plastiksack, oben ist. Dadurch kann rekonstruiert werden, wie der Verdächtige zugegriffen hat. Ist die Folie einmal abgenommen, wird diese sofort auf der Rückseite nummeriert – so, dass die Nummer nicht das Papillarbild stört.

Schnell hat er einige Abdrücke, die eine klare Struktur aufweisen, extrahiert. Und ebenso schnell erkennt er, dass diese von derselben Person stammen müssen. Auf dem Plastiksack wie, wenn auch eingeschränkt, auf dem Klebeband. Was zumindest den vagen und noch nicht belegten Rückschluss zulässt, dass ein und dieselbe Person dem Opfer den Plastiksack übergestülpt und diesen mit dem Klebeband am Hals abgeschlossen hat.

Nachdem er diese Abdrücke ausgeschieden hat, vergleicht er sie mit den Proben, welche sie den Mitarbeitern und den Gästen, welche Bruno und Max verhört haben, abgenommen haben. Doch eine Übereinstimmung lässt sich nicht finden.

»Wäre auch Zufall gewesen.« Christoph ist enttäuscht, jedoch keineswegs resigniert. »Versuchen wir es noch mit AFIS.«

Die AFIS-Datenbank, das Automatisierte Fingerabdruck-Identifikations-System, ermöglicht den Abgleich von Fingerabdrücken mit insgesamt über 800.000 zentral gespeicherten Spuren.

»Hoppla, Treffer«, freut er sich, als er erkennt, dass der Abdruck bereits in der Datenbank erfasst ist. »Patrik Fricker, sagt mir im Moment nichts, aber muss überprüft werden. Wurde mal vor Jahren im Rahmen einer Drogenrazzia bei einer Studentenparty in St. Gallen erfasst, aber nachgewiesen werden konnte ihm damals nichts.«

»Ich gebe unsere Erkenntnisse mal an Fässler weiter, vielleicht kann der etwas damit anfangen«, wirft Harry ein.

Von diesem erfährt er, dass Patrik Fricker der Freund von Valeska, dem zweiten Opfer, war, aber nach den Erkenntnissen der Kriminalpolizei Appenzell Innerrhoden nichts direkt mit dem Tod von Alena zu tun haben kann. Denn Patrik war, wie Janine bestätigt hatte, an diesem Wochenende nicht in den ›Staubern‹. Max hatte dann zur Sicherheit noch Patriks Nummer angerufen, klingeln lassen, bis dieser abnahm und sofort wieder aufgehängt. Da er seine Nummer unterdrückt hatte, würde Patrik nicht nachvollziehen können, wer ihn angerufen hat.

»Kann es sein, dass auf dem Plastiksack alte Spuren sind?«, will Bruno wissen.

»Natürlich haben wir auf dem Plastik auch alte Spuren gefunden, doch eindeutig auch solche neueren Datums. Bei diesen sind die Papillarlinien noch klar erkennbar, bei älteren wären diese auf einem Untergrund wie einem Plastiksack, der immer wieder verwendet wird, schon längst verschmiert.«

»Dann scheint es ja ziemlich eindeutig zu sein! Danke Harry, dann werden wir uns um den jungen Mann kümmern und ihn besuchen.«

»Lass uns mal die Spuren, die wir am Fundort der zweiten Leiche gefunden haben, analysieren«, schlägt Christoph seinem Mitarbeiter vor. Viel hatten sie dort nicht gefunden – ebenso wenig am vermeintlich letzten Standort von Valeska. Sie hatten versucht, von den Kleidern der jungen Frau eventuelle Spuren zu sichern, doch gestaltete sich dies als äußerst schwierig, da der Körper beim Absturz mehrmals aufgeschlagen hatte und dementsprechend verschmutzt war.

Das Ziel ist, allenfalls vorhandene mineralogische und fremde Faserspuren sowie fremde Haar- und Hautspuren zu finden. Indem sie Gelatinefolie auf die Kleidung kleben und die Folie vorsichtig wieder abziehen, damit alle Partikel an der Folie hängen bleiben, versuchen sie, diese Spuren zu sichern.

Doch das Resultat bleibt ernüchternd. »Keine Chance, hier verwertbare Spuren zu finden, die eindeutig genug sind«, muss Christoph Schmid erkennen. »Wenn und falls sie jemand runtergestoßen hat, bewahrheitet sich einmal mehr unsere Vermutung, dass dies ein Tötungsdelikt ist, welches dem ›perfekten Mord‹ sehr nahe kommt.«

»Weil es sehr schwierig zu unterscheiden ist, ob sie von selbst gestürzt ist oder gestoßen wurde?«, fragt Harry nach.

»Genau deshalb!«

Harry und Christoph sitzen in der Mittagspause zusammen im Büro und verpflegen sich mit ihren mitgebrachten Sandwiches. Da sie ihre Analysearbeit nicht nach einem ›nine-to-five‹-Schema planen und durchführen können, ziehen sie es beide vor, beim Essen flexibel zu sein, und nehmen deshalb etwas von zu Hause mit. Und können so ihre Verpflegungspause dann einschieben, wenn es ihnen passt und wenn es ruhig ist im FND.

Doch heute wird diese Ruhe durch einen Anruf gestört.

Bruno Fässler informiert seine Kollegen, dass sie Patrik in Gewahrsam genommen haben. Da aufgrund der gesicherten Spuren ein Verdachtsmoment vorhanden ist, haben sie bereits bei Staatsanwalt Stefan Räss den Antrag auf Untersuchungshaft gestellt. Denn Gewahrsam ist gemäß Schweizer Strafprozessordung nur für maximal 24 Stunden möglich, danach muss das Zwangsmaßnahmengericht den Antrag des Staatsanwaltes auf Untersuchungshaft behandeln und entscheiden, ob der Verdächtige länger festgehalten werden kann.

Sie hatten ihn zu Hause in seiner Wohnung aufgesucht, unterstützt durch Kollegen der ›STEP‹, der Einheit für spezielle taktische Einsätze der Stadtpolizei St. Gallen. Doch der Aufwand wäre nicht nötig gewesen, Patrik hatte keinen Widerstand geleistet und sich ohne Gegenwehr mitnehmen lassen. Er schien erschöpft zu sein, müde, war offensichtlich geprägt vom Nachlassen der Wirkung der Drogen, die er sonst regelmäßig nahm.

Er hatte auch sofort zugegeben, dass er – mehr oder weniger regelmäßig – wie er es nannte, ›Crystal‹ nimmt. Und dass er natürlich nicht abhängig sei, sondern seinen Konsum völlig unter Kontrolle habe. Den Stoff beziehe er von der Straße, wie dies andere auch machen, und von Studienkollegen, die damit dealen. Namen wollte er jedoch keine verraten.

Doch als die Polizei mit einem Drogenhund aufwartete, war Patrik sehr schnell geständig. Er wusste, dass er die Mengen, die er versteckt in seiner Wohnung lagerte, nicht mehr mit Eigenkonsum erklären konnte. »Ja, ich handle mit diesen Drogen«, musste er kleinlaut zugeben.

Die Beziehung zu Valeska beschrieb er als schön und intensiv. »Ja, wir liebten uns!«, schrie er dann irgendwann genervt. Und dass ihm jeder Tag schwerfalle, an dem er seine Freundin nicht sehen könne. Was dann natürlich auch die Frage zur Folge hatte, ob er sie während des vergangenen Wochenendes getroffen habe.

Doch auf die Frage nach seinem Aufenthaltsort während des vergangenen Wochenendes blieb er stur bei seinem Zuhause in St. Gallen, dass er die ganzen Tage zu Hause rumgehangen sei, allein, ohne seine Kollegen und Mitbewohner, die immer noch ihre Semesterferien bei sich zu Hause oder irgendwo im Ausland verbringen würden. Zeugen dafür hatte er natürlich nicht.

Bruno erzählt Christoph, dass sie nun Patrik weiter verhören und sich auf Details dessen, was während der letzten beide Tage auf den Staubern geschehen ist, konzentrieren würden. Denn früher oder später würde sich Patrik, ist Bruno überzeugt, in Widersprüche verwickeln und zugeben, dass er doch auf den ›Staubern‹ war.

So, wie die gesicherten Spuren darauf hinweisen.

Christoph und Harry sind zufrieden. Einmal mehr können sie mit ihrer Expertise einen oder vielleicht sogar den wichtigen Hinweis zur Lösung des Falles geben. Oder zumindest zu einem der beiden Fälle.

Doch auch ihnen ist klar, dass es immer wieder Fälle geben wird, bei denen auch sie nicht helfen können.

ST. GALLEN, KANTONALES UNTERSUCHUNGSGEFÄNGNIS

Patrik kann seit seiner Verhaftung kaum schlafen, hat aber trotzdem jeden Morgen das Gefühl, in einer neuen Welt aufzuwachen. Seit nunmehr drei Tagen sitzt er im Kantonalen Untersuchungsgefängnis im Klosterhof in St. Gallen.

In dem 2008 umgebauten und renovierten Gefängnis gibt es zwanzig Plätze für männliche Insassen, die ihre Untersuchungs- oder Sicherheitshaft, aber auch eine Freiheitsstrafe absitzen müssen, betreut von drei Sicherheitsbeamten.

Bei seiner Verhaftung ist für Patrik eine Welt zusammengebrochen. Eine Scheinwelt, wie er in den letzten Tagen bemerken musste. Die Welt, in welcher er mit Valeska zusammen war, die Welt, in welcher er dank Drogen voller Selbstbewusstsein und Energie war, eine Welt, in der er von Reichtum und einem unbeschwerten Leben träumte.

Eine Welt, die es jetzt nicht mehr gibt und die es nie mehr geben wird.

Als Erstes musste er, unter dem Druck des anrückenden Polizeihundeführers mit seinem Drogenhund, zugeben, dass er mit Drogen handelt. Denn die verschiedenen Depots, die er in seiner Wohnung angelegt hatte, waren zu groß, als dass er diese mit Eigenkonsum hätte erklären können.

In mehreren Verhören wurde aus ihm auch herausgequetscht, wie er zu diesen Drogen kommt, auf welchem Weg diese in die Schweiz kommen und über welches Netz er diese in der Schweiz, speziell in der Ostschweiz, vertreibt.

Irgendwann war sein Widerstand gebrochen, er konnte und wollte nicht mehr leugnen und sich rausreden, erzählte freimütig – und irgendwie auch mit Stolz – wie er sein ›Business‹ aufgebaut hat und wie dieses funktioniert. Hatte von Valeska und den andern Mädchen erzählt, die mehr oder weniger freiwillig die Drogen aus Osteuropa in die Schweiz bringen. Und von den Personalvermittlungsagenturen ›Agentúra Lepšá Práca ALP‹ in Warschau und ›Go West Jobs‹ in Zürich, welche als Schaltstellen oder Dreh- und Angelpunkte für den ganzen Handel agieren.

Im Bewusstsein, dass diese nach seinen Aussagen ausgehoben und stillgelegt würden.

Doch der härtere Teil der Verhöre war der über das vergangene Wochenende. Der Teil, in dem Patrik sich länger und mit größtem Einsatz dagegen wehrte, der Polizei das zu sagen, was sie hören wollte.

Lange hielt er an der Version fest, dass er während des letzten Wochenendes wegen Alenas Besuch auf ein Treffen mit seiner Freundin Valeska verzichtet habe und deshalb nicht auf die ›Staubern‹ gefahren sei. Und dass er sein Wochenende zu Hause in St. Gallen verbracht und die ganzen Tage zu Hause rumgehangen sei, allein, ohne seine Kollegen und Mitbewohner, die immer noch ihre Semesterferien bei sich zu Hause oder irgendwo im Ausland verbringen würden. Und dass es dafür natürlich keine Zeugen gebe.

Doch dann wurde es immer schwieriger, diese Version aufrechtzuerhalten. Denn als die Agentur ›Go West Jobs‹ in Zürich ausgehoben wurde, sagten René Bitterli und Filip Beranek sofort aus, dass sie mit einem Mordfall im Appenzellerland nichts zu tun hätten. Sie hätten Patrik Fricker nur den Auftrag gegeben, dieses Problem zu lösen, von Mord sei aber nie die Rede gewesen.

»Ja, das stimmt, ich habe diesen Auftrag erhalten«, gibt deshalb Patrik bereits nach einigen Nachfragen dem Druck der Ermittler nach. Und erzählt freimütig, dass er nach dem Anruf aus Zürich noch am Samstagabend seinen Rucksack gepackt habe und in den Pfannenstiel hinaufgefahren sei. Und von dort auf dem direktesten, wenn auch strengen und steilen Weg auf die Staubern hinaufgestiegen sei.

»Es muss kurz nach halb elf gewesen sein, als ich oben ankam. Ich ging aber nicht ins Restaurant, sondern blieb vor dem Berggasthaus sitzen und habe dieses beobachtet.«

Er habe dabei im ›Stübli‹, diesem separaten Raum im Untergeschoss, eine Gruppe junger Leute gesehen, die sich unterhielten und scheinbar Spaß zu haben schienen. Und später sei auch Valeska im Raum aufgetaucht und habe sich zur Gruppe gesetzt. Was ihm aber nichts ausgemacht habe.

»Aber das wissen Sie sicher bereits, dass Valeska dort unten war«, wirft Patrik ein. »Nach Mitternacht habe ich dann einen Schatten bemerkt, der sich zum ›Stübli‹ schlich. Drei Personen haben dann diese Person scheinbar bemerkt und sich nach draußen gestürzt, um diese zu stellen. Jedoch ohne Erfolg.«

Was er in seiner Schilderung bewusst auslässt, ist die Beobachtung von Alena und Roger oberhalb des Berggasthauses.

»Dann verließ die Gruppe den Raum, aber …«

»Aber was?« Die Ermittler, die ihn verhören, werden ungeduldig.

Patrik hat Mühe, das zu schildern, was er in Bildern noch immer vor sich sieht. »Valeska blieb mit einem anderen Mann im Raum und hat … die beiden hatten …«

»… Sex miteinander«, ergänzt einer der Beamten trocken, »und das war das Motiv für Sie, Valeska umzubringen.«

»Nein, nein, ich habe Valeska nicht umgebracht! Dafür habe ich sie zu sehr geliebt. Es traf mich mitten ins Herz, als ich sie mit diesem Typen gesehen habe, doch ich hätte ihr verziehen, das kann ich Ihnen versichern.«

Dann hätten Valeska und eben dieser Typ den Raum fluchtartig verlassen und seien im Dunkel der Nacht verschwunden, während neue Personen das ›Stübli‹ betreten haben, zuerst Alena. Scheinbar sei es dann zu einem Streit mit einer Person, welche vom Restaurant her den Raum betreten habe, gekommen.

»Gesehen hab ich nicht alle Details, was ich dann aber deutlich gehört habe, war ein dumpfer Knall, als wenn ein Körper auf etwas aufgeschlagen hätte.«

»Und haben Sie auch nachgeschaut, ob dem wirklich so war?«

»Die Person, die im Raum war, als es …, als es passierte, stürmte nach draußen. Erst dann bin ich in den Raum gegangen, um zu sehen, was dort geschehen ist.«

»Und was war geschehen?«, schaltet sich nun auch Bruno Fässler, der das ganze bisherige Verhör wortlos beobachtend verfolgt hat, genervt ein. »Nun erzählen Sie uns doch endlich das, was wirklich wichtig und von Bedeutung ist!«

Patrik dreht seinen Kopf zu Bruno: »Was ich bisher erzählt habe, *war* für mich von Bedeutung. Und nicht das, was *Sie* hören wollen.«

Bruno Fässler ist leicht irritiert, auch durch die Blicke seiner St. Galler Kollegen, die ihn fixieren.

»Okay, dann fahren Sie fort«, muss er kleinlaut beigeben.

»Ich habe den Raum betreten, das Licht war aus, nur durch den Mondschein fiel etwas Licht in den Raum. Ich habe erkannt, dass jemand auf dem Boden lag ..., es war Alena, das war mir sofort klar, jemand anders war ja vorher nicht im Raum. Ich hab mich über sie gebückt, wollte ihr aufhelfen, als ich an meiner Hand, die ich unter ihren Kopf schob, etwas Feuchtes spürte ... Es muss Blut gewesen sein, vom Sturz ..., von einer Platzwunde am Kopf ... Ich wusste nicht, was ich tun soll.«

»Worauf Sie sich entschlossen haben, den regungslosen Körper zu ›entsorgen‹, um nicht selbst in Verdacht zu geraten. Und um Ihren Auftrag zu erfüllen«, folgert Bruno Fässler.

»Aber ich wurde ..., ich hab doch nur ...«, stammelt Patrik, ohne das auszusprechen, was er gerne sagen würde. Dass es viel weniger um den Auftrag von ›Go West Jobs‹ ging, als vielmehr um die Anweisungen, welche ihm Monika gegeben und die er ohne nachzudenken ausgeführt hatte. Doch wie sollte er dies beweisen? Wem würde die Polizei wohl eher glauben – ihm, dem bereits nachgewiesen wurde, dass er nicht die Wahrheit gesagt hatte, oder Monika, der unbescholtenen einheimischen Serviertochter?

Patrik spürt, dass er in die Enge getrieben ist, dass er keine Chance mehr hat, aus dieser Situation herauszukommen. Und dass es auch nichts mehr nützen würde, jetzt noch andere Personen ins Spiel zu bringen.

»Die einzige Chance, die ich noch hatte, war, Alena verschwinden zu lassen. Das war die einzige Möglichkeit, Zeit zu gewinnen, um sie dann endgültig verschwinden lassen zu können ... Dass Sie, Herr Fässler, so schnell mit einem Mantrailer auftauchen, hatte ich nicht erwartet ...«

Bruno geht auf diese Bemerkung nicht ein. »Beschreiben Sie genau, was Sie dann gemacht haben«, fordert er Patrik auf.

Und Patrik erzählt, wie er den Plastiksack, in welchem er seine Reservewäsche eingepackt hatte, Alena über den Kopf gestülpt hatte und diesen am Hals mit dem Klebeband, welches schon vorher den Sack verschlossen hatte, fixierte. Einzig mit dem Gedanken, weitere Blutspuren aus der stark blutenden Platzwunde zu verhindern.

»Und dann haben Sie Alena in die ›alten Staubern‹ gebracht?«

»Ja, habe ich. Was nicht so einfach war … Auch wenn Alena nicht wirklich schwer war … aber einen leblosen Körper über diese Distanz zu tragen, geht an die Reserven …«

»Zum Glück waren Sie ja unter Drogen, da konnten Sie über sich herauswachsen«, kann sich Bruno eine gewisse Ironie nicht verkneifen.

Patrik schweigt.

»Waren Sie sich sicher, das Alena bereits tot ist«, fragt Bruno Fässler nach.

»Sicher??? Ich habe mir darüber keine Gedanken gemacht, war überzeugt, dass sie tot war. Sie hat sich nicht bewegt, war nicht ansprechbar. Warum fragen Sie?«

»Weil es für Ihre Zukunft wesentlich sein könnte. Der aktuelle Stand unserer Ermittlungen weist darauf hin, dass Alena noch gelebt hat, als sie im ›Stübli‹ lag und erst später starb. Durch Ersticken. Was für Sie heißen würde, dass Sie wegen fahrlässiger Tötung angeklagt werden. Damit würden zu den drei Jahren für den Drogenhandel drei weitere Jahre Haft für das Tötungsdelikt dazukommen.«

Spätestens jetzt wird Patrik klar, dass es für ihn keine

Zukunft mehr geben wird, weder als Drogenhändler noch als Student noch in einer irgendeiner anderen Rolle. Sondern nur noch als Verurteilter und Bestrafter.

»Und Valeska, haben Sie Ihre Freundin auch umgebracht?«, holt ihn Bruno Fässler aus seinen Gedanken zurück.

»Nein, Herr Fässler, das können Sie mir nicht auch noch anhängen. Auch wenn es für Sie vielleicht das Einfachste wäre. Ich bin von den alten ›Staubern‹ auf direktem Weg wieder abgestiegen und nach St. Gallen zurückgekehrt. Valeska habe ich seit ihrem Verschwinden aus dem ›Stübli‹ nicht mehr gesehen und auch nichts mehr von ihr gehört. Das Letzte, was ich über sie erfahren habe, war, dass sie tot ist. Tot, ohne dass ich die Gelegenheit hatte, von ihr Abschied zu nehmen. Das schmerzt doppelt. Aber umgebracht habe ich sie nicht!«

»Doch wer, Herr Fricker, könnte außer Ihnen noch ein Interesse an ihrem Tod gehabt haben? Haben Sie eine Idee?«

»Muss jemand Interesse an ihrem Tod gehabt haben? Oder war es einfach ein Unfall – was ja auch möglich wäre, wie Sie es beschrieben haben?«

Und auch wenn Patrik für sich ein Szenario vor Augen hat, welches den Tod an seiner Freundin erklären würde, schweigt er weiter. Es macht für ihn, in der Gewissheit seiner aussichtslosen Lage, keinen Sinn mehr, weitere Personen in den Kreis der Verdächtigen aufzunehmen und diese der Polizei mitzuteilen.

Obwohl er unterdessen eine klare Vermutung hat, wer diese schuldige Person ist.

BERGGASTHAUS ›STAUBERN‹, ZIMMER VON MONIKA

Normalerweise freut sie sich über ihre Freitage, auch wenn sie ihre Arbeit über alles liebt. Doch heute kommt bei Monika keine richtige Freude auf. Die beiden Ereignisse von vorgestern, als Alena und Valeska tot aufgefunden wurden, beschäftigen sie noch zu stark, als dass sie sich entspannen und erholen könnte.

Und noch mehr das, was sie in der Mordnacht gesehen und erlebt hat.

Da sie nicht schlafen konnte, war sie nochmals nach unten gegangen, hinauf zum höchsten Punkt über den ›Staubern‹, bevor der Weg hinunter und Richtung Furgglen führt. Sie genießt dort eine Weile die Ruhe der Nacht an diesem Kraftort, den sie oft aufsucht, um allein zu sein. Doch auch Valeska hatte diesen Ort entdeckt, was es immer schwieriger machte, wirklich allein dort zu sein. Auch nachts.

Dann treibt sie ihre Neugier nochmals zum ›Stübli‹. Ihr Instinkt sagt ihr, dass es in diesem noch nicht ruhig ist und die räumliche wie auch akustische Abgeschiedenheit dieses Ortes geradezu verlockend ist, dort die Nacht zum Tage zu machen.

Und wirklich entdeckt sie Valeska, die sich auf Nik, den jungen Mann, der als Einziger der Bülacher Gruppe ohne Begleitung das Wochenende im Alpstein verbringt, einlässt. »Die Situation ausnutzen, dass ihr Freund Patrik nicht hier ist und sich gleich dem Nächstbesten an den Hals werfen«, geht es Monika durch den Kopf. Doch dass sie es als unmoralisch beurteilt, wenn ein Mensch so handelt, ist noch der kleinere Teil dessen, was ihr zu schaffen macht. Denn weit schlimmer ist für Monika, sehen zu müssen, dass auch Valeska, wie alle Frauen in ihrem Umfeld – so empfindet sie es – viel leichter Aufmerksamkeit, Zuneigung oder gar Liebe erhalten als sie selbst.

Vor allem die jungen Frauen in ihrem Arbeitsumfeld, die von Männern, von männlichen Gästen, begehrt werden. Ohne dass sie selbst die Aufmerksamkeit erhält, die sie eigentlich auch verdient hätte.

Das war schon in den letzten Jahren so.

Keine Wahrnehmung, keine Aufmerksamkeit, keine Liebe, kein Leben, so fühlt sich Monika jeweils in solchen Momenten. »Liebesentzug ist nur ein anderes Wort für Lebensentzug«, hat dies der deutsche Aphorismensammler und Publizist Peter E. Schumacher einfach, aber treffend formuliert.

Eigentlich hat Monika von Haus aus ein gesundes Selbstbewusstsein, das haben ihr ihre Eltern beigebracht. Sie hatte gelernt, stolz darauf zu sein, aus einer Bauernfamilie zu stammen, die sich jeden Franken hart erarbeiten musste. Sie lernte sich in der Schule zu behaupten, auch wenn sie im Unterricht nicht die Stärkste war – doch ihre sprichwörtliche Bauernschläue half ihr immer wieder, auch heikle und herausfordernde Situationen zu meistern.

Erst lange nach der Schule hatte sie wirklich begonnen zu lesen. Keine Magazine oder Kitschromane, sondern philosophische Bücher. Bücher über Themen des Lebens, die auch sie beschäftigen. Themen, über die sie unterdessen sehr gut Bescheid weiß. »Du hast eine große Lebensintelligenz, die Schulintelligenz ist dort, wo du heute stehst, weniger wichtig«, hatte einmal ein Freund versucht, ihre

Unsicherheit wegen ihrer schulischen Bildung zu nehmen. Was er auch geschafft hat.

In Gesellschaft ihrer Freundinnen und Freunde konnte sich Monika immer gut und authentisch in Szene setzen. Einzig mit den Männern klappte es nie so richtig. Weder mit Beat, ihrem Jugendfreund, der sie im letzten Jahr kaum mehr beachtet hatte; auch nicht mit Pit, dem St. Galler Polizisten und auch nicht mit Roger, für den sie seit letztem Jahr mehr als nur freundschaftliche Gefühle empfindet und von dem sie sich angezogen fühlt.

Und jedes Mal, wenn sie eine solche Situation erlebt wie eben diese zwischen Valeska und Nik, trifft es sie wie ein Messerstich ins Herz, sie fühlt sich verletzt, auch wenn es nicht gegen sie gerichtet ist. Aber eben auch nicht auf sie bezogen ist.

»Das größte Übel, das wir unseren Mitmenschen antun können, ist nicht, sie zu hassen, sondern ihnen gegenüber gleichgültig zu sein«, hatte George Bernard Shaw, der irisch-britische Dramatiker, Nobelpreisträger, Satiriker, Musikkritiker, Politiker und Pazifist, dieses Gefühl beschrieben, welches bei Monika seit einiger Zeit nun immer öfters hochkommt.

Das Knacken der Türklinke und des Schlosses holen Monika aus ihren Gedanken zurück. Monika verschwindet blitzschnell und sieht, wie Valeska und Nik fluchtartig das ›Stübli‹ verlassen, schnell zum First hinaufgehen und dort aus ihrem Blickfeld verschwinden. Doch Monika spürt, dass sie nicht mehr allein ist, auch wenn sie niemanden hören oder sehen kann. Sie spürt, dass ein Mensch in ihrer Nähe ist, nimmt eine energetische Ausstrahlung wahr, die sie sich nicht erklären kann.

Nun hört sie, dass drinnen im Raum die Verbindungstür zum Keller und hinauf zur Küche geöffnet wird. Eine Gestalt betritt den Raum, Monika kann nur einen Umriss erkennen. Nein, zwei Umrisse, bereits scheint eine zweite Person den Raum betreten zu haben. Dann wird es für eine kurze Zeit etwas lauter, dann wieder ruhig, bevor ein dumpfer Knall zu hören ist.

Und erneut verlässt eine Person den Raum durch die Außentür und verschwindet oben auf dem First. Trotz der Dunkelheit erkennt sie, dass es der Mensch ist, mit dem sie sich bisher nur auf einer geistigen und philosophischen Ebene vereint hat, und der ihr dennoch auch körperlich so vertraut zu sein scheint. Roger.

»Eine Person muss noch drinnen sein …, dumpfer Knall …, Sturz …, was ist da drinnen passiert?«, geht es Monika durch den Kopf. Sie schleicht zur Tür und öffnet diese, um den Raum zu betreten.

Da spürt sie, dass sich das menschliche Energiefeld, das sie schon vorher wahrgenommen hat, ihr genähert hat.

Sie betritt den Raum, ohne die Tür zu schließen, und dreht sich blitzartig um. Vor ihr steht ein Mann, der die Handfläche seiner flachen Hand zuerst gegen Monika richtet, dann aber mit dieser seinen Mund schließt und andeutet, dass er ihr nichts antun will und sie sich ruhig verhalten soll. Zeichen, welche Monika schemenhaft erkennen kann, da sich ihre Augen längst an die nicht absolute, sondern mondhelle Dunkelheit gewöhnt haben – und die sie auch sofort versteht.

Und schnell erkennt sie, wen sie vor sich hat. »Patrik, was machst *du* hier, ich dachte, du bist dieses Wochenende nicht hier«, flüstert sie ihm zu.

»Dachte ich auch, das ist eine komplizierte Geschichte, Monika. Doch lass uns zuerst schauen, was hier abgegangen ist, du hast diesen Knall sicher auch gehört.«

Vorsichtig gehen sie weiter in den Raum hinein, am ersten Tisch, der rechts vor der Bank quer zur Wand steht, vorbei. Da spürt Patrik, der vorausgegangen ist, auf dem Boden einen Widerstand. »Hier liegt etwas …, jemand …«, wendet er sich Monika zu.

Er bückt sich über den Körper, fasst ihn an den Schultern, versucht ihn hochzuziehen, spürt aber sofort, dass der Kopf nach hinten abknickt, die Muskeln keine Spannung aufbauen. »Alena, es ist Alena. Alena, Alena, hörst du mich«, flüstert er ihr zu.

»Sie bewegt sich nicht!«

Patrik schiebt seine Hand unter Alenas Kopf, will sie aufrichten, zieht diese aber sofort wieder zurück, als er etwas Nasses, Klebriges spürt.

»Blut! Sie ist verletzt, blutet stark.«

Monika kniet sich neben ihn hin, tastet den Körper von Alena und die Umgebung, in der dieser liegt, ab. »Überall Blut, der ganze Boden ist klebrig. Was hier wohl geschehen ist?« Monikas Frage an Patrik ist eine rein rhetorische. Denn sie ist sich ziemlich sicher zu wissen, was hier geschehen ist, nachdem sie gesehen hat, dass Roger nach dem dumpfen Knall fluchtartig den Raum verlassen hat.

»Vermutlich ist sie gestürzt und ist mit dem Kopf auf der Bank aufgeschlagen. Was sollen wir machen?«

Monika überlegt kurz, versucht an Alenas Hals den Puls zu spüren, hält ihre Handoberfläche vor ihre Nase, um herauszufinden, ob sie noch atmet. »Können wir denn überhaupt noch etwas machen?«

»Du denkst, dass sie tot ist?«

»Erkennst du Zeichen, dass es *nicht* so ist?«, fragt Monika scharf zurück.

»Was sollen wir machen?«, fragt Patrik erneut.

»Sie muss verschwinden. Jetzt und sofort. Und für immer.« Klarer hätte es Monika nicht formulieren können. »Wenn sie gefunden wird, kommt man früher oder später darauf, dass wir beide die Letzten waren, die bei ihr waren. Und dann kannst du dir ausrechnen, was passieren wird.«

Und Monika malt sich in Gedanken auch aus, was passieren könnte, wenn sie nicht so reagieren würde. Es ist wie ein Schutzmechanismus, der sie zu dieser Entscheidung treibt, eher instinktiv als überlegt, um Roger und ihre Beziehung zu ihm zu schützen.

Patrik ist erstaunt über die Klarheit der Aussagen Monikas, die zudem jegliche Emotionalität vermissen lassen. Doch er hält sich in seinen Kommentaren zurück, denn das Vorgehen, welches Monika vorschlägt, kommt auch ihm entgegen.

»Wo könnten wir sie verstecken?«, fragt Monika.

»Ich kenne einen Ort in der Nähe, wo sie niemand finden wird«, antwortet Patrik ohne zu zögern.

»Gut, bring sie dorthin.« Monika will eigentlich gar nicht wissen, wo dieser Ort ist. Denn wenn sie später gefragt werden würde, kann es nur von Vorteil sein, wenn sie nichts weiß. »Aber wir müssen verhindern, dass Spuren diesen Ort verraten.«

»Ich hab eine Idee«, beruhigt sie Patrik, nimmt aus seinem Rucksack einen Plastiksack, öffnet das Klebeband, welches diesen verschließt. Er nimmt den Inhalt heraus und legt diesen in den Rucksack zurück, stülpt den Plastiksack vorsichtig über Alenas Kopf und fixiert diesen mit dem Klebeband am Hals. »So kann kein weiteres Blut herausfließen«, bemerkt er trocken.

»Dann bring sie jetzt weg. Und gib acht, dass dich niemand sieht.« Monika hilft Patrik, den leblosen Körper auf seine Schulter zu heben, nachdem dieser den Rucksack wieder geschultert hat, öffnet ihm die Tür und schiebt ihn raus. »Mach's gut«, verabschiedet sie ihn, »und lass dich eine Weile nicht mehr hier blicken.«

Während Patrik langsam zum First hochsteigt und dort in der Dunkelheit verschwindet, genießt Monika dieses kurze Gefühl der Macht. Die Macht, die sie über Patrik hatte und ihn so lenken konnte, wie sie es wollte. Aber auch die Macht, die ihr ermöglichte, ihre schlechten Gefühle ohne Reue zur Seite zu schieben und emotionslos entscheiden und handeln zu können.

Sie verlässt ruhig das ›Stübli‹, spaziert hinauf zum Eingang der ›Staubern‹, ist aber noch zu aufgewühlt, um ins Bett zu gehen. Deshalb spaziert sie weiter zu ihrem Kraftort, will dort diesen ereignisreichen Tag, der sich bis tief in die Nacht ausdehnte, abschließen. Es muss schon gegen vier Uhr morgens sein.

Doch Monika scheint dort oben nicht allein zu sein. Sie erkennt schwach einen Schatten, von dem flüsternd eine Frage in ihre Richtung hallt: »Hallo, ist da jemand?«

Monika überlegt, was sie machen soll. Die Stimme hat sie sofort erkannt.

Valeska.

Wer sonst!

Wen sonst sollte sie um diese Zeit hier oben antreffen? An *ihrem* Kraftort, den sie schon seit längerer Zeit teilen muss. Eben mit Valeska.

»Wenigstens nur teilen. Denn sonst nimmt sie mir ja alles weg«, spricht Monika leise vor sich hin. Und sie spürt wieder dieses schlechte Gefühl in sich aufsteigen, dieses Gefühl, das oft die Kontrolle über Monika gewinnt und ihr verunmöglicht, noch rational zu handeln.

Dieses Gefühl, das dann bestimmt, was sie zu tun hat.

OBERHALB DES BERGGASTHAUSES ›STAUBERN‹

Roger beobachtet interessiert Valeska, die vom Berggasthaus hinaufsteigt in die Richtung, wo er im Dunkeln der Staubernkanzel sitzt. Auch wenn er nur schwach ihre Umrisse erkennen kann, weiß er, dass sie es ist. Da es ihn nicht überrascht, dass sie einen Platz sucht, an dem sie allein sein und zu sich kommen kann.

Wenig später steuert auch Monika diesen Ort an, auch ihre Umrisse kann Roger eindeutig zuordnen. Sie scheint die gleichen Absichten zu haben – sie will Ruhe und zu sich finden, alleine sein.

Roger beobachtet, wie die beiden Frauen in Kontakt kommen, ohne dies zu wollen. Den Kontakt, den sie beide nicht gesucht haben, und den sie zu vermeiden versuchen. Durch Schweigen und durch Abtauchen in die Dunkelheit.

Roger überlegt, was nun wohl passieren würde. Das, was bisher geschah, so, wie er die beiden Frauen bisher erlebt hat, gibt eine beinahe schon voraussehbare – und dramatische – Richtung vor. Nicht nur als mögliche Handlung für seine beiden Kontrahentinnen in seiner fiktiven Geschichte, sondern auch in der Realität, die er im Moment erlebt.

Und wie in der Fiktion, in der die Geschichte vorgibt, wie sie weiter geht, spürt er in der Realität seine Unfähigkeit, das, was geschehen wird, beeinflussen zu können.

Ohnmächtig und schon beinahe emotionslos schaut er zu, wie Monika Valeska in die Tiefe stößt.

Roger bleibt noch einige Minuten regungslos sitzen und beobachtet Monika, die ebenfalls wie versteinert stehen geblieben ist. Dann steht er langsam auf und nähert sich ihr mit einem leisen »Monika, Moni …, Moni«.

Monika dreht sich um, ohne ein Wort zu sagen, geht einen Schritt auf Roger zu, schlingt ihre Arme um seinen Hals und legt ihren Kopf an seine Brust. So verharren die beiden einige Minuten – wort- und regungslos.

»Monika, das, was geschehen ist, können wir nicht mehr rückgängig machen. Und warum es geschehen ist, werden wohl auch du und ich nie ganz verstehen können«, bricht Roger die Stille. »Setzen wir uns einen Moment«, fordert er Monika auf und löst sie von sich.

»Was habe ich getan …? Was hat mich dazu getrieben …, ich war nicht mehr ich selber?«, stammelt Monika leise, »warum habe ich das getan? Das macht doch alles keinen Sinn!«

»Warum glauben Menschen, dass der Tod einen Sinn hat? Muss denn jeder Tod, wie immer es auch zu diesem kommt, einen Sinn haben?«

»Aber warum habe ich Valeska umgebracht«, fragt Monika, die nun langsam wieder aus der Welt, in der sie für kurze Zeit war und in der sie ihre Handlungen nicht mehr kontrollieren konnte, in die Realität zurückkehrt. »Ich habe sie nicht gehasst, war nur wütend darüber, dass ich nicht auch das erhalten habe, was ihr in den Schoss gelegt wurde – Aufmerksamkeit, Anerkennung und Liebe.«

»Auch wenn ich es nicht verstehen kann, dass sich eine Frau wie du zu einer solchen Tat hinreißen lässt – diese jungen Frauen polarisieren, ziehen die ganze Aufmerksamkeit auf sich. Und entziehen damit anderen Frauen das, was sie ebenso verdient hätten. Doch das wirkliche Problem kann so – mit dem, was du getan hast – nicht gelöst werden. Denn der größte Fehler ist zu glauben, dass wir dann glücklich sind, wenn all unsere Wünsche erfüllt sind.«

»Was aber auch für dich gilt, Roger … Du scheinst ja mit den gleichen Problemen zu kämpfen wie ich – Aufmerksamkeit, Anerkennung und Liebe. Warum sonst wäre es denn für dich so wichtig gewesen, von Alena angenommen zu werden? Und auch du hast dich zu einer Tat hinreißen lassen, die ich von dir nie erwartet hätte.«

Roger braucht eine Weile, um sich zu fassen und um zu realisieren, dass Monika zu wissen scheint, was im ›Stübli‹ passiert ist.

»Das war ein Unfall, das wollte ich nicht. Aber auch ich hab die Nerven und die Kontrolle über mich verloren! Sie war nicht mehr ansprechbar, hat nicht reagiert …, und dann das Blut … Ich wollte nur noch weg, war der Situation nicht gewachsen. Dafür, was dann geschehen ist, habe ich keine Erklärung.«

»Aber ich«, hakt Monika ein, und schildert Roger, wie sie Patrik dazu gebracht hat, das zu tun, was er getan hat. Ohne jedoch darauf einzugehen, ob Alena noch gelebt hat, als sie und Patrik ihren leblosen Körper gefunden haben.

»Dann habe ich es dir zu verdanken, dass ich wohl mit größter Wahrscheinlichkeit nicht zum Kreis der Verdächtigen gehören werde … Danke, Monika!«

»Doch was mich beschäftigt«, fährt Roger fort, »ist, dass das, was ich mir in meiner Fantasie vorgestellt habe, nun plötzlich Realität geworden ist. Dass ich das, was ich bisher nur in fiktive Gedanken oder Worte gefasst hatte, in eine reale Handlung umgesetzt habe.«

»Schon in der französischen Tragikomödie ›Les Petits Mouchoirs‹ heißt es ›Worte haben Einfluss auf das, was wir tun‹, – ›Kleine wahre Lügen‹ heißt die deutsche Version treffend.« Monika scheint nicht zu realisieren, dass sie sich immer mehr von den Ereignissen der letzten Tage und dem, was sie eben getan hat, löst und wieder der Faszination eines dieser tiefgründigen Gespräche mit Roger erliegt.

Und auch Roger ergeht es so. »Fiktion ist ja keine Lüge, auch wenn sie ihr sehr nahe kommt. ›Die Kunst der Fiktion besteht darin, Dinge zu erfinden, die nicht wahr sind. Aber man muss sie so erfinden, dass sie wahr werden‹, hat der englische Schriftsteller Salman Rushdie treffend formuliert.«

»Doch dein Problem scheint ein anderes zu sein: ›Die Strafe des Lügners ist nicht, dass ihm niemand mehr glaubt, sondern dass er selbst niemandem mehr glauben kann‹, wie schon George Bernard Shaw bemerkt hat!«

»Immerhin kann ich mich mit der Aussage des deutschen Kabarettisten Oliver Hassencamp trösten, der sagt: ›Wer lügt, hat die Wahrheit immerhin gedacht‹ – das ist doch immerhin ein positiver Ansatz.«

»Einen positiven Ansatz gibt es in meiner Tat sicher nicht«, wird nun Monika wieder nachdenklich. »Ich scheine so eifersüchtig zu sein, dass es schon fast als krankhaft bezeichnet werden kann … Und war es diese krankhafte Eifersucht, die mich zur Tat getrieben hat? Oder bin ich einfach nur ein schlechter Mensch?«

»Das einzige Positive, das ich in deiner Tat erkennen kann, auch wenn es selbst mir schwer fällt, ist, dass uns die Ereignisse der letzten Stunden noch näher zusammengebracht haben. Auf einer ganz speziellen Ebene beinahe untrennbar …«

»Doch«, lenkt Roger das Gespräch sofort wieder in eine

andere Richtung, »Ferdinand von Schirach, der deutsche Strafverteidiger und Buchautor, sagt, dass der Mensch, der krank ist, nicht böse sein kann. Böse könne nur der Mensch sein, der Mitleid empfinden kann, sich aber darüber hinwegsetzt. Die Hemmschwelle, die in jedem gesunden Menschen vorhanden ist, zu überwinden, macht die Straftat aus.«

»Das würde bestätigen, dass ich krank und nicht böse bin – ich konnte einfach nicht anders, als Valeska in die Tiefe zu stoßen.«

»Richtig, der Mensch, der nicht krank ist, müsste eine gewisse Schwelle überschreiten, bevor er eine solche Tat begehen kann. Und, Monika, auch deine Tat wird dir kaum nachgewiesen werden können. Jemand wird in die Tiefe gestoßen und überlebt den Sturz nicht – wer will dir da was nachweisen können? Und da Valeska Drogen genommen hat, wird die Polizei eher vermuten, dass sie unter Drogeneinfluss gestürzt ist oder sich in die Tiefe gestürzt hat.«

»Valeska auf Drogen? Hab ich da was verpasst? Obwohl, ich hab mich oft gefragt, wie sie es schafft, immer so gut drauf zu sein, woher sie die Energie nimmt. Hatte aber eher die Vermutung, dass sie sich mit diesen Energydrinks über Wasser hält. Was hat sie denn genommen?«

»Das weiss ich nicht genau. Aber *dass* sie Drogen nahm, wurde mir auch von Alena bestätigt.«

»Doch, Monika, um auf das zurückzukommen, was du vorher gesagt hast: Verstehen kann ich das nicht, aber es scheint irgendwie nachvollziehbar. Erklären kann ich nicht, was dich zu dieser Tat getrieben hat. Und es wird nicht so einfach werden, zu verdrängen, was du getan hast.

Denn nicht die Verurteilung ist wesentlich. ›Die Schande besteht nicht in der Strafe, sondern im Verbrechen‹, hat Lessing gesagt.«

»Nicht weil die Dinge schwierig sind, wagen wir sie nicht, sondern weil wir sie nicht wagen, sind sie schwierig, hat schon Seneca erkannt«, fährt Roger fort. »Wir haben es selber in der Hand, was aus dem wird, was geschehen ist. Oder wie Wulfric im Fantasyfilm ›Outlander‹ zu Kainan sagt: ›Was die Zukunft bringt, entscheidet sich mit dem, was du heute tust.‹ Deshalb müssen wir jetzt festlegen, was wir beide machen, wie wir uns verhalten sollen.«

»Was schlägst du vor«, fragt Monika, »was kann uns helfen, dass wir trotz unserer Taten noch eine Zukunft haben?«

»Schweigen«, lautet Rogers kurze und ebenso klare Antwort.

TERRASSE DES BERGGASTHAUSES ›STAUBERN‹

Seit dem, was geschehen ist, kommen sie des Öfteren zurück an den Ort, auf welchen sie in den vergangenen Monaten fokussiert waren. Wobei es weniger der Ort, als vielmehr die Ereignisse an diesem Ort waren, welche diese Ausrichtung bestimmen.

Bruno und Max sitzen bei einem Bier auf der Terrasse des Berggasthauses ›Staubern‹ und diskutieren einmal mehr, was seit dem Auffinden der beiden Leichen und der Verhaftung von Patrik geschehen ist.

Und was sie noch immer nicht wissen.

»Ich habe das Gefühl, dass Patrik den Kopf für jemanden hinhält. Ich glaube nicht, dass er Alena vorsätzlich umgebracht hat. Vielmehr kann ich mir vorstellen, dass es eine Verkettung unglücklicher Umstände war, oder dass ihn jemand zu dem angeleitet hat, was er getan hat«, sinniert Bruno.

»Doch er hat nach seiner Verhaftung sofort zugegeben, dass er es war«, wendet Max ein.

»Er hat nur bestätigt, dass er den leblosen Körper von Alena in die alten ›Staubern‹ gebracht hat«, korrigiert ihn Bruno, »dass eine Tötung sein Vorsatz war, können wir ihm nicht nachweisen. Und dass er mit dem Abtransport von Alena deren Tod in Kauf nahm, war ihm scheinbar auch nicht bewusst.«

»Doch warum nahm er die Schuld auf sich?«

»Die Frage wird bleiben, ob es Resignation und Aussichtslosigkeit oder doch Aufopferung und Charakter war«, fasst Bruno zusammen.

»Fragen, die wir ebenso wenig beantworten werden können wie die Frage, wer wirklich für den Tod von Alena verantwortlich ist«, stimmt Max ein.

»Und auch Valeskas Tod werden wir nicht aufklären können – es sei denn, ein Zufall hilft uns auf die richtige Spur.« Brunos Ton wird zunehmend sarkastisch.

Denn einmal mehr wird ihm klar, dass er einen Fall nicht abschließen und lösen kann. Ein ungutes Gefühl, das schon einmal sein Leben verändert hat.

BERGGASTHAUS ›BOLLENWEES‹ (EPILOG)

Was im letzten Jahr auf den ›Staubern‹ passiert ist, beschäftigt nicht nur Daniela und Angela, die beide in ihrer zweiten Saison im Berggasthaus am Fälensee stehen. Auch Anita Streule, ihre Chefin, ist nach drei toten jungen Frauen innerhalb der letzten beiden Jahre beunruhigt.

Die Saison hat im Berggasthaus ›Bollenwees‹ gut begonnen, Anita ist froh, noch einmal auf zwei erfahrene Servicemitarbeiterinnen zählen zu können. Zwei, die den Betrieb hier kennen und die das Bild im Restaurant und auf der Terrasse im letzten Jahr wesentlich mitgeprägt haben.

Doch da sie in diesem Jahr – und trotz des Vorfalls im letzten Jahr – zusätzlich eine ausländische Saisonmitarbeiterin eingestellt hat, bleibt ein Gefühl der Angst.

Auch wenn ihr diese nicht über eine der beiden Agenturen ›Agentúra Lepšá Práca ALP‹ in Warschau und ›Go West Jobs‹ in Zürich vermittelt wurde. Denn diese wurden im letzten Jahr von der Polizei geschlossen, der Drogenhandel damit gestoppt und die Verantwortlichen verhaftet. Doch eine gewisse Unsicherheit bleibt.

Speziell an diesem Sonntagmorgen, an welchem sie nach einer für die Gäste langen und dadurch für sie kurzen Nacht noch allein in der Gaststube steht.

Und sich überlegt, ob sie wirklich allein ins Untergeschoss hinuntersteigen soll, um zu prüfen, ob der Entfeuchter im Trocknungsraum die Menge der nassen Kleider, die am Vorabend wegen des Dauerregens angefallen sind, zu bewältigen vermochte.

Denn die Sicherheit, nicht mit einer Überraschung konfrontiert zu werden, gibt es nicht.
Und davor hat Anita Angst.

ENDE

DANKE

Ein spezieller Dank gilt dem Gmeiner-Team um Programmleiterin Claudia Senghaas sowie Iris Capatt für die kritische Prüfung meines Manuskriptes und die konstruktiven Rückmeldungen.

ALPSTEIN-KRIMI-TRILOGIE

Bewahrheitet sich Anitas Angst? Und wie geht es mit Monika und Roger weiter?

Teil 3 der Alpstein-Krimi-Trilogie (Ersterscheinung Februar 2016) wird Aufschluss geben!

Lesen Sie auch ›Doppelbindung‹ – den ersten Alpstein-Krimi von Walter Burk.

Das Neueste aus der Gmeiner-Bibliothek

Unsere Lesermagazine

Bestellen Sie das kostenlose KrimiJournal in Ihrer Buchhandlung oder unter www.gmeiner-verlag.de

Informieren Sie sich ...

www ... auf unserer Homepage:
www.gmeiner-verlag.de

@ ... über unseren Newsletter:
Melden Sie sich für unseren Newsletter an unter www.gmeiner-verlag.de/newsletter

f ... werden Sie Fan auf Facebook:
www.facebook.com/gmeiner.verlag

Mitmachen und gewinnen!

Schicken Sie uns Ihre Meinung zu unseren Büchern per Mail an gewinnspiel@gmeiner-verlag.de und nehmen Sie automatisch an unserem Jahresgewinnspiel mit »mörderisch guten« Preisen teil!

GMEINER SPANNUNG

WWW.GMEINER-VERLAG.

Wir machen's spanne